Emanuele Angione

L'Essenza

MNAMON

Io... forse, davvero

Magari non avevo le scarpe da barca stringate con l'alberello e neanche il piumino con il gallo e la bandiera francese, ma mi sentivo me stesso; la mattina prima di andare a scuola mi guardavo allo specchio, avevo bei capelli lunghi neri, neri come il carbone ed i miei occhi al contatto con l'acqua diventavano rossi ed il loro verde si accendeva per attenuarsi in un castano chiaro. Così mi svegliavo dal torpore nella mia fredda città e ripensavo con distacco e con una consapevolezza adolescenziale a quell'incubo di non aver nulla scappando via con mente e pensieri cercando riparo in ciò che realmente vedevo.

Poi tornavo di fretta nella mia camera tappezzata di poster degli Spands e di Madonna, indossavo le Burlinghton, i Levi's, la cinta El Charro poi la t-shirt e la felpa Best Company. Riempivo lo zaino Invicta e ripensavo ancora a quell'incubo sorridendo e scuotendo il capo. Infine passavo dalla cucina, prendendo due biscotti al volo e delle caramelle da dare a lei per rubarle magari, un bacio, prima di entrare in classe.

"Ciao Snoopy, ciao Silvestro, ciao Anto, ciao Pà, ciao Mà, io vado a scuola".

Oggi, Uomo, rileggo dentro di me, vita vissuta come un "impressum", quell' incubo adolescenziale, nella vita reale di allora, in effetti, non era altro che il riflesso di un sogno vissuto al contrario; ringrazio i miei genitori di avermi donato un tenore di vita agiato e non avermi fatto mai mancare nulla; ma li ringrazio ancor di più perché di ogni cosa che mi hanno donato, mi hanno fatto capire il valore, il valore dell'umiltà, della serietà, il valore di meritarla davvero.

Sono un uomo come molti, mendace e fallace e tanto altro ancora e di questo sono consapevole, lo accetto ma mi sforzo, nel quotidiano, di migliorare, di dare seguito all'insegnamento di due genitori che in quell' agio adolescenziale trasmisero, tra mille difficoltà quotidiane, tanti, tanti valori; prima di tutto la gioia di vivere e l'amore.

A voi, che mi avete insegnato la vita

Prefazione

Negli anni universitari, tra cancerose, canzoni, amici ed esami da sostenere, l'educazione sentimentale di Ema, giovane leone, diviene un viaggio intimistico alla ricerca della sua vera identità, discoprendo istintivamente la sua vera essenza di essere.

Egli la vive intensamente, per gradi e sfumature. La sente scalpitare, palpitare incessantemente in un cuore che ancora non conosce se stesso ed è aperto al mondo.

Diana, Gaia, Barbara, Arianna rappresentano i volti di una gioventù piena di speranza, durante la quale Ema brama una conoscenza profonda: nei corpi placa la sua sete ma è nelle anime, quelle che si percepiscono a vicenda, che egli ambisce a trovare se stesso, riflesso e corrispondente.

Il trascorrere del tempo fa maturare il giovane protagonista, rendendolo un uomo consapevole di doversi misurare con una realtà che, più che esaltare la purezza dei sentimenti, la occulta sotto una coltre di perbenismo e muta indifferenza. Altre donne e altri nomi si avvicendano, lasciando dietro di loro impressioni, lacrime, respiri pregni d' anima vera eppure sfuggente. L'Essenza sembra affievolirsi ed è talvolta sminuita dalla monotonia del vivere, in cui si finge di essere felici anche quando non lo si è più. L'intima voce di Ema però insegue con costanza un appagamento reale e lo spinge verso luoghi, persone e situazioni tra le quali spera di ritrovare il vero.

Il viaggio interiore si rivela infinito ed impervio, ma si arricchisce di riflessioni, di un tipo di introspezione mai vittimistica, che a volte diventa accettazione gen-

tile, altre una carezza leggera o passione irrefrenabile, graffiante. Il leone imparerà a ruggire, a proteggere il suo cuore dall'apparenza fugace e inconsistente delle cose, a ricercare la verità e l'amore, lasciandosi guidare dalla serena, ma ancora indomita, maturità della sua meravigliosa essenza.

Emma Black

Ema ed il Leone

"Nella sua vita, il suo grande amico felino"
Era un giorno di fine aprile, Ema aveva quasi cinque anni, li avrebbe compiuti a settembre e così la mamma ed il papà decisero che era giunta l'ora. La mamma aiutò Ema a vestirsi e lo accompagnò in un grande palazzo, un convitto nella sua città natale. Ema salì quei grandi scaloni tenendo la mamma per mano e non le domandò dove stessero andando, ma si fidò ciecamente.
Un uomo di mezza età, con capelli neri e giacca scura li accolse e li condusse lungo un corridoio di pavimento a scacchi amaranto e verde scuro.
Entrarono in una stanza ed Ema vide tanti piccoli banchi di colore verde chiaro con una striscia nera e sedie di ferro dai seggiolini di chiaro legno perfettamente allineate poi, alzando lo sguardo, si stupì di trovare grandi lettere appese alle pareti e con emozione le indicò alla mamma ma senza parlare. Quell'uomo andò via dalla stanza e ne entrò un altro occhialuto e brizzolato dicendo "Buongiorno!" poi chiamò Ema che, su invito della mamma, gli si avvicinò.
Quest'uomo giocò con Ema a leggere le lettere appese alle pareti e giocò anche con la "gn" di gnomo e la "mutina".
Ema lesse tutte le lettere ed i suoni particolari quindi quest'uomo disse alla mamma:
"Sì, Emanuele è molto sveglio, ma vorrei fare un'ultima cosa con lui", così prese da una scatola di legno due immagini di cartone raffiguranti animali d'identica grandezza, fatte a mascherare

le loro reali dimensioni, le posò su di una banco, le girò e le mostrò ad Ema dicendo con tono serioso:

"Li riconosci, chi sono?"

Ema vide le figure, sgranò gli occhi e rispose:

"Certo! Sono il lione ed il topolino!"

"Bene Emanuele!" disse l'uomo "e chi è il più grande tra i due?"

Ema rimase divertito, guardò la mamma facendole capire che quell'uomo gli sembrava un po' sciocco, così scosse la testa poi guardò l'uomo negli occhi esclamando:

"Il lione! Perché se il lione vuole, mangia il topolino, sa signore, il lione è il re degli animali!"

L'uomo, tolse gli occhiali, sorrise, gli accarezzò la testa e rivolgendosi alla mamma disse:

"Signora, si, Emanuele è pronto per cominciare".

Così Ema ed il suo "lione" iniziarono la primina ed Ema, avrebbe tenuto dentro di sé il "lione" per tutta la vita.

Prologo

Non avrei mai pensato di *inchiostrare* di me; il tratto della mia biro è sottile e tremante, ma ogni volta che poso una parola del mio vissuto sento verità, libertà, naturalezza; insomma, sento di volerlo fare. Solo il mio intimo dà forma al mio scritto. E, come un racconto di anni ed anni, mi accompagna oggi, nel mio presente, senza vergogne, senza timori, ne' riserve o pudori.

Ema, mi chiamo Ema, ho circa quarantasei anni e vivo a Firenze, vivo con me stesso, non so se per scelta o per amore, e se ancora per lungo tempo, ma va bene così.

La mia infanzia trascorse serena e felice, piena d'amore ricevuto da genitori adorabili, da una sorella splendida ed una nonna materna, quella nonna che mi permise di conoscere, in tenera età, l'essenza dell'affetto vero e della vita realmente vissuta.

L'adolescenza fu poi un dolce e burrascoso trascorrere di giorni senza tempo, scandita da lunghe passeggiate con il mio pinscher Snoopy, dai primi sussulti e screzi di un giovane cuore, e dolcemente fortificata da scorribande spensierate e selvagge con amici. Poi la maturità negli anni 90', di scuola, e di fatto, il momento in cui, come una crisalide, uscii dal mio bozzolo, divenendo giovane uomo, pronto a volare verso la vita

Mi sono presentato così, senza troppi fronzoli per farvi assaporare qualcosa di me, ma ora è giusto che io lasci il passo a Lei che inchiostra; vi racconterà accadimenti che sembreranno irreali, molte cose vissute che sembreranno immaginarie, non tutto però sarà raccontato, non tutto...

Coglierà attimi tumultuosi di una esistenza realmente vissuta o fantasticamente trascorsa; ma non me ne vogliate, Lei che inchiostra, sente dentro di me e posa sui fogli solo ciò che recepisce candidamente dal mio animo ed ascolta dal mio cuore.

"Scrivi pure ciò che senti, io ascolterò te e leggerò me".

Madrigal Apasionado
(April de 1919 da "Poemas Seltos")

Quisiera estar en tus labios
para apagarme en la nieve
de tus dientes.
Quisiera estar en tu pecho
para en sangre deshacerme.
Quisiera en tu cabellera
de oro soñar para siempre.
Que tu corazón se hiciera
tumba del mío doliente.
Que mi carne sea tu carne,
que mi frente sea tu frente.
Quisiera que toda mi alma
entrara en tu cuerpo breve
y ser yo tu pensamiento,
y ser yo tu blanco veste.
Para hacer que te enamores
de mí con pasión tan fuerte
que te consumas buscándome
sin que jamás ya me encuentres.
Para que vayas gritando
mi nombre hacia los ponientes,
preguntando por mí al agua,
bebiendo triste las hieles
que antes dejó en el camino
mi corazón al quererte.
Y yo mientras iré dentro
de tu cuerpo dulce y débil,
siendo yo, mujer, tú misma,
y estando en tí para siempre,
mientras tú en vano me buscas
desde el Oriente a Occidente,

hasta que al fin nos quemara
la llama gris de la muerte.
Vorrei stare sulle tua labbra
per spegnermi nella neve
dei tuoi denti.
Vorrei stare sul tuo petto
per disfarmi nel sangue.
Vorrei sognare per sempre
nella tua chioma d'oro.
Che il tuo cuore si facesse
tomba del mio dolente.
Che la tua carne fosse la mia carne
che la tua fronte fosse la mia fronte.
Vorrei che tutta la mia anima
entrasse nel tuo piccolo corpo
ed essere io il tuo pensiero
ed essere io la tua bianca veste.
Per far sì che t'innamori di me
con una passione così forte
da consumarti cercandomi
senza mai incontrarmi.
Perché tu vada gridando
il mio nome fino a ponente,
chiedendo di me all'acqua,
bevendo triste le amarezze
che prima il mio cuore
nel desiderarti lasciò sul sentiero.
E intanto io entrerò
nel tuo corpo dolce e debole,
io sarò donna, sarò te stessa,
restando in te per sempre,
mentre tu invano mi cerchi
da Oriente a Occidente,

finché fine ci brucerà
la fiamma grigia della morte.

Federico Garcia Lorca

Per me, per voi…

"Le cose sono cose ricorda, è il valore che vien dato a loro e come si ottengono, che le rende uniche, speciali. E così, se avrai la forza ed il coraggio nei tuoi anni, di non pensare solo alle cose in materia ma di vedere in te stesso, in animo e cuore; vedrai davvero te stesso e ne rimarrai, in ogni caso, stupito: il dono della vita non è altro che questo, conoscere se stessi".

Ema

1

Erano gli anni 90' ed in una fredda ed umida giornata di fine ottobre si partì per l'Università. Aiutai mio padre a caricare i bagagli in auto, poi in un misto di malinconia e felicità salutai mia mamma. Fu un lungo viaggio, si andò ad Urbino, la città Ducale, una delle meraviglie d'Italia; con me vi era mia sorella di due anni più grande già universitaria. Il viaggio rappresentò il primo vero distacco dalla famiglia, dagli amici, dai giovani innamoramenti, dalla mia piccola realtà; ed anche se sapevo di poter contare sull'affetto di mia sorella, lungo l'autostrada il mio sguardo fisso, rivolto verso il finestrino scovava tra il verdastro dei campi, il bruno dei monti e l'ocra del sole, ricordi ed emozioni mai sopite tuffando la mia mente in attimi di nostalgia, velata da piccole lacrime che ne sancivano un lieto addio.

Mio padre ci lasciò ad Urbino e proseguì per Bologna; avevamo preso una casa in affitto in Porta San Bartolo, il civico non lo ricordo ma ricordo tutto nei dettagli: era un bilocale al secondo piano ristrutturato, con bagno e cucina e sembrava mansardato avendo il soffitto d'un angolo spiovente. Era situato in un immobile molto antico, che aveva un portone in legno scuro ed un batacchio tondo bronzato; in effetti tutto il centro storico di Urbino era di epoca rinascimentale, meravigliosamente sopito ed antico, in cui si sentiva di contrasto, un continuo e confuso vociare di dialetti così differenti che davano, a quel luogo incantato e fiabesco, nuova vita e profumo di moderno. Ricordo la prima sera trascorsa ad Urbino, una doccia ed un saluto fugace a mia sorella Anto, affaccendata a disfare i bagagli; ricordo ancora le sue parole… "Dove vai? Sta' attento!" Ed io, "Sì non ti preoccupare faccio un giro e torno, ciao".

Usavo portarmi il walkman ed ascoltare a ripetizione:

C'è, Bella più che mai e Porno in tv degli *Stadio*; le vie del centro mi avvolsero, mattoni squadrati di un rossiccio consunto dal tempo, lampioni fiochi in ferro battuto lungo le pareti, stradine disconnesse con ripide salite segnate nel mezzo da un lungo e continuo solco per far scorrere l'acqua. Cercai il centro, ma non lo trovai, assorto com'ero in quel labirinto di vicoli senza tempo; poi di colpo udii un vociare, sì, udii un vociare di gente giovane, di ragazzi come me e davanti ai miei occhi si materializzò luminosa e brulicante di vita, Piazza della Repubblica, il luogo che per anni mi avrebbe accudito e cresciuto.

Mi inserii alla grande sin da subito, socializzai con tante e tante persone, delle quali, ancor oggi vedo i volti ma d'alcuni, a malincuore, non ricordo i nomi.

L'Università, nel suo vero senso di *studere, studere*, faceva quasi da importante contorno, e nonostante i morbidi incitamenti di mia sorella a studiare di più e le dolci strigliate ricevute dai miei genitori, durante lunghe conversazioni serali in cabine telefoniche, la mia voglia di vita era più forte d'ogni altra cosa.

Beninteso studiavo, il sufficiente, come diceva mia mamma, "il quanto basta"; certo la resa non era eccelsa ma avevo un'ottima capacità, una memoria fotografica che alcune volte sbalordiva anche i docenti a cui, in sede d'esame, citavo pagina e rigo del testo.

L'episodio più simpatico, accadde quando sostenni l'esame di statistica. Tornai a casa verso le 6,30 del mattino e feci la doccia, nel frattempo mia sorella si alzò ed arrivò una sua amica per studiare, io uscii dalla mia stanza in giacca e lei mi chiese "Dove vai?"

Ed io le risposi "A sostenere l'esame".

Quindi, sbigottita, guardò la sua amica ed esclamò:

"Ma ho un fratello matto o cosa, ora è rientrato come una mummia ed ha l'esame; io non lo so guarda tu, guarda!" Tornai dopo circa quattro, cinque ore, era l'ora di pranzo ed aprii la porta; le trovai entrambe, ancora lì, inarcate sui libri, che tenerezza, così mia sorella ebbe un sussulto alzò lo sguardo ma non disse nulla, io la guardai, le sorrisi e le dissi: "Venticinque, ciao ora vado a nanna ".

No so se la mia natura d'essere è stata sempre così, ma ho cercato negli anni, di dare il giusto peso alle cose; ho sempre avuto uno spiccato senso del dovere, forse un riflesso inconscio e crepuscolare di smodato rispetto per i genitori, ma quando sentii, nel mio profondo, di essere veramente cresciuto, diedi maggior valore a me stesso, scoprendo nel mio intimo inesplorato, tante cose celate, misteriose e meravigliose allo stesso tempo.

Sin da quegli anni, si accentuò come un desiderio fortissimo, insito nella mia natura, una componente essenziale del mio io, la ricerca del vero sentimento, il sentimento da me definito "l'essen-

za che tutto muove", l'amore, il vero amore.

Una ricerca acuita ancor di più da una forma di libertà mai vissuta, scaturita anche dalla novità della distanza da casa e dall'indipendenza di giovane uomo, pronto e capace di tutto. Certo per un giovane uomo, in piena tempesta ormonale magari poteva sembrare un qualcosa di strano, particolare, eccitante e trasgressivo ma, già in precedenza, dai miei primi approcci alla vita sentimentale, fatta di umide pomiciate e leggeri sfioramenti intimi, mi accorsi che il mio modo di viverlo era differente. Una profondità diversa da altri, una ricerca di soddisfazione fisica certo, ma principalmente anche d'animo, un battito cardiaco accelerato non solo per l'amplesso e l'odore indelebile di una donna sul mio corpo ma ancor più per il sentirsi dire a labbra socchiuse "ti amo", con l'anima.

Ricordo ancora quelle parole pronunciate anni fa a me stesso, che mi porto dietro a futura memoria:

"Ho dato ed avuto tanto, ci sono andato vicino, ho sentito il suo profumo, ma non ho mai conosciuto davvero l'amore, *l'essenza che tutto muove* materializzata in un corpo da me accarezzato ma so di certo che a breve sarà al mio fianco, per sempre, per amarmi e farsi amare".

Così Ema, in quel d'Urbino, prese a correre; colpì di spada e di fioretto, subì anche ferite dolorose e sanguinanti ma per comprendere bene l'importanza di quegli anni nella sua esistenza, come in un romanzo che si rispetti, bisogna superare il limite della realtà e saper cogliere nella mascherata immaginazione, se davvero in questo scritto ve ne fosse, l'inizio di un lungo racconto amorevole di esistenza, di amicizie, di affetti veri, d'erotismo sensuale, forte ed appassionato di un uomo che senza alcuna remora racconta emozioni, paure e misteri, di sé e dell'essenza che tutto muove.

2

Profumo *Obsession*, capelli neri lunghi, un filo di barba ed occhi castani erano il suo identikit.

Era fine novembre ed Ema si era già ambientato in quel di Urbino; la nostalgia di casa c'era, ma la nuova esperienza di vita, vissuta in piena libertà, lo coinvolgeva più che mai.

Il suo tempo trascorreva tra presenze fugaci alle lezioni in Facoltà e caffè pomeridiani sorseggiati al Belpassi. Sua sorella era solita uscire dalla Facoltà di Farmacia e tornare a casa, sapeva che lui si sarebbe intrattenuto in piazza per poi rientrare nel tardo pomeriggio.

Ema aveva legato facilmente sia con studenti fuori sede che con coetanei urbinati, con uno in particolare, Pierluigi detto "Pigi" tipo strano, stravagante; il padre di Pigi era proprietario di tre appartamenti del centro che affittava agli studenti, ed aveva un agriturismo in zona Cesane, in collina, in periferia di Urbino. Pigi era iscritto, a tempo perso, alla Facoltà di Scienze Politiche; era biondino, riccio ed un po' stempiato. Vestiva sempre di nero, solitamente portava un cappottino, un lupetto, un paio di jeans e stivali *Sonora boats*, anch'essi neri. Si definiva un tipo burbero, selvaggio e country, ma era buono d'animo e sincero e questo incuriosiva Ema, che lo considerava una persona vera, un amico.

Solitamente si incrociavano in piazza, nel pomeriggio, poiché Pigi non amava frequentare le lezioni in Facoltà e di continuo diceva: "No, non vengo dai, cass, mi scasso" ed era solito "sfanculare" facilmente anche le nuove conoscenze; in effetti sembrava ruspante e a volte maleducato ma era diretto e sincero, insomma diceva pane al pane e vino al vino.

Un tardo pomeriggio, Pigi si presentò in piazza, Ema era lì, con alcuni amici di Facoltà e Pigi gli propose di andare in discoteca.

Ema fu ben lieto di quella proposta quindi si mise d'accordo con Pigi che, sarebbe passato a prenderlo in serata, verso le 23,00.

Ema rientrò a casa, cenò con la sorella, fece una doccia e si preparò. Indossò un paio di jeans, una camicia celeste ed una giacca blu, pensò di mettersi la cravatta, ma poi desistette rendendosi conto che andava a ballare e non ad una cerimonia. Lisciò i capelli con una noce di gel e si spruzzò il suo profumo.

"Anto, io sto andando a ballare" disse alla sorella affaccendata a sciacquare i piatti, lei lo guardò e rispose: "Ma con chi vai e dove? Sai che io ho la responsabilità, non che tu non debba andare, ma almeno dimmi?"

"Anto vado con Pigi che hai conosciuto anche tu, non ti preoccupare, non farò tardissimo, tranquilla", così le diede un bacio ed uscì.

Una campagnola Fiat di colore verde scuro con la cappottina in tela nera sbucò a tutta velocità lungo la strada delle Mura quindi accostò e lampeggiò ed Ema pensò tra sé e sé: "Oddio! Ma dove andiamo co' sta cosa obbrobriosa…" poi si avvicinò ed un sorridente Pigi si sporse dal finestrino dicendo "Dai sbrigati sali!"

Partirono per dirigersi al Masai, una discoteca verso Cagli; durante il lungo tragitto Pigi ascoltò e cantò quasi ininterrottamente una musicassetta di *Liga*, il primo *Ligabue* ed anche Ema, che apprezzava molto, intonò con lui le canzoni. Si fermarono a fare benzina, poi presero un caffè, fumarono una sigaretta, anzi una "cancerosa" come usava dire Ema, in ricordo di uno dei suoi film preferiti:

"I Ragazzi della 56esima strada" e proseguirono. Si sentiva profumo di evasione e di libertà in quella Fiat campagnola: allegria, felicità e spensieratezza davano ad Ema una nuova energia mascolina, diversa, mai sentita.

Così giunsero al Masai, ed all'ingresso Pigi fece chiamare Massi, un suo amico che faceva il buttafuori e, fiero del suo operato, Pigi accennò ad Ema di venire avanti; così entrarono gratuitamente, anzi ricevettero anche due consumazioni omaggio a testa.

"Vedi mi conoscono tutti cass, e dentro ci sono un sacco di miei amici ed amiche e… figa da buttar via. Ah ah ah!" Disse Pigi sghignazzando mentre si toglieva il suo cappotto nero riponendolo al guardaroba.

"Pigi sei proprio una gran testa di cazzo, grazie comunque!" Rispose Ema

Quindi si avventurarono all'interno della discoteca e Pigi incontrò amici ed amiche, tipi molto loquaci e simpatici: Fedele detto "il Fed", Dario, Teresa e Lucilla. Con loro, un po' in disparte, c'era "una dark lady", Fabiola, bel fisico asciutto e ben proporzionato; aveva occhi scuri, labbra tinte di un rosso scuro, ombretto e contorno occhi anch'essi di un colore scuro; indossava una minigonna grigio piombo, calze velate e stivali neri; aveva una maglia scollata di colore nero e una lunga collana con un pendente rosso.

Gli amici di Pigi avevano preso il tavolo dove abitualmente usavano stazionare tra una bevuta ed un'altra, e a mo' di piacioni, erano soliti osservare le ragazze che giravano lì attorno.

Per mettersi in evidenza ordinavano sempre una bottiglia di champagne *Vueve Cliquot* che veniva servita accompagnata da frutta fresca tagliata; lì però scattava la colletta tra loro, infatti, a causa dell'elevato prezzo dello champagne servito al tavolo usavano dividere la spesa. Ema e Pigi furono invitati ad unirsi all'allegra compagnia. Ema continuava ad osservare Fabiola che aveva catturato la sua attenzione e quando lei accese una sigaretta ballando nei pressi del tavolo, egli colse l'occasione per avvicinarla.

"Scusa hai da accendere?" Chiese,

"Sì", rispose Fabiola che allungò ad Ema il suo accendino continuando a ballare; Ema accese e lo restituì ringraziandola; Fabiola, senza alcuna risposta, lo ripose nel pacchetto di sigarette che teneva stretto in una mano e continuò a ballare lì davanti.

"Vai, champagne!" Esclamò Pigi, quindi tutti si avvicinarono al tavolo e mentre il barman riempiva i flute, in molti cominciarono a spiluccare la frutta fresca servita in una grande coppa di vetro trasparente. Ema prese un flute e lo porse a Fabiola, lei sorrise poi prese uno spicchio di frutta e rispose: "Che gentilezza, mai capitata una cosa del genere, di solito i ragazzi si scolano la bottiglia senza neanche chiedere se qualcuna ne vuole. Ma così tu resti senza!"

"No, non ti preoccupare, bevi, tranquilla" rispose,

"Se non ti fa schifo beviamo in due ok?"

"Ti chiami Ema giusto?"

"Sì, sono Ema, va bene beviamo a metà, al massimo troverò sul bicchiere il segno del rossetto ed eviterò di bere da lì" sorrise.

La bottiglia terminò in cinque minuti, i ragazzi fecero i conti in tasca e ne presero un'altra. Ema e Fabiola presero a conversare, lui si appoggiò alla spalliera di un divanetto e lei si pose davanti a lui, poi le disse: "Ho un paio di consumazioni prendi qualcosa?"

"Va bene grazie, volentieri" rispose.

Al bar, lui prese un *Martini Rosso* e lei un *Gin Lemon*; rimasero lì davanti al bancone, accesero una sigaretta e continuarono a conversare. Fabiola sembrava molto spigliata ed interessata a ciò che diceva Ema, lui raccontava d'essere iscritto all'Università ad Urbino e di trovarsi bene. Aveva legato con molta gente tra cui Pigi, che lo aveva portato lì. Fabiola raccontò che lavorava saltuariamente in un negozio di abbigliamento donna, che viveva con i suoi ma aveva la mansarda con accesso indipendente e quindi viveva in semi libertà, poi aggiunse che era fissata con il colore nero, amava Renato Zero ed i gatti, infatti ne aveva addirittura tre. Ema le raccontò del suo gatto, Silvestro e delle sue performances a casa e della simpatica disperazione della madre per i danni che faceva suscitando in Fabiola grande divertimento.

Tra loro si era creato un grande affiatamento, tantoché mentre gli altri erano a ballare, si isolarono dal gruppo quindi, presero altre consumazioni ed andarono a sedersi al tavolo improvvisamente tutto libero. Fabiola accese un'altra sigaretta e a bruciapelo chiese: "Hai una ragazza?" Ema rimase perplesso ma prontamente rispose "Adesso no, no", Fabiola fece una faccia strana, poi si alzò di scatto e disse: "Dio! Questa canzone mi fa impazzire, dai andiamo a ballare!"

Era *"Enjoy the Silence"* dei *Depeche Mode*, anche ad Ema piaceva molto.

Gli amici erano sparsi in pista, Ema scorse Pigi che, ballando, flirtava con una tipa dai lunghi capelli rossi, così si fece una risatina; Fabiola gli domandò perché stesse ridendo e lui, dopo essersi avvicinato le parlò ad un orecchio "Guardo Pigi con quella tipa con i capelli rossi, la seduce ah ah ah, che soggetto!"

"Naa! Dio quella è Lucrezia, di un paese qui vicino, tipa molto trasgressiva, Pigi la marca ogni volta che la vede" rispose Fabiola, con risatina sarcastica.

"Mmm non è che Pigi si dimentica di me stanotte e si porta quella" rispose Ema tra il serio e faceto, "Non ti preoccupare Ema, ho l'auto, male che vada ti risalirò io ad Urbino" con sguardo smaliziato, concluse Fabiola.

Continuarono a ballare per un'altra mezz'ora, poi Fabiola propose "Vieni ti offro io qualcosa da bere, adesso" così Ema, nella confusione, la prese per mano tirandola a sé, lei lo guardò in modo strano, sorrise e rispose: "Ok, simpatica sta cosa".

Pigi si era appartato in penombra con Lucrezia ed armeggiava sui divanetti, Ema lo vide e da lontano Pigi, da uomo vissuto, compiaciuto rispose facendo un cenno con la mano che tutto andava per il meglio.

Gin Vodka e Cointreau per Ema, mentre Fabiola andò di *Angelo Azzurro*; Ema era un po' alticcio ma quanto bastava, nel senso che reggeva bene l'alcol ed aveva una dote, riusciva a rimanere abbastanza lucido anche quando esagerava.

Si erano fatte le 2.00 passate e i due tornarono a ballare; ormai il Dj metteva su pezzi pop rock: *Doctor and the Medics, Inxs, Queen*; il ritmo in pista era diventato frenetico, molti saltellavano ed alcuni cadevano in terra.

Ema chiese a Fabiola se le andava di sedere per fumare una sigaretta e così fecero. Fabiola lo portò in un luogo appartato, con poca confusione, in una zona dove vi erano divanetti di pelle celeste e le pareti erano scure ed avevano degli specchi decorati. Ema accese una cancerosa e le domandò:

"Scusa tu prima mi hai chiesto se avessi una ragazza, io ti ho risposto, ma tu sei fidanzata?"

Fabiola prese la sigaretta tra le mani di Ema, sorrise e rispose "Uff... troppo complicata questa domanda" poi fece una boccata e cacciò il fumo soffiandolo sul suo viso, gli ridiede la sigaretta e aggiunse "No, sono io e basta, ti va bene questa risposta?"

Ema non rispose, si alzò i capelli e si stirò con la schiena, sbracandosi sul divano, fece un tiro ancora e soffiò il fumo verso l'alto. Poi preso da orgoglio disse:

"Ok. Scusa per la domanda, non vorrei che pensassi che ci stessi provando!"

"Finiscila Ema dai! Non me la sono presa, poi ci siamo appena conosciuti, la tua domanda è normale" replicò Fabiola, "e poi perché dovrei prendermela? Ma da me che vuoi? Niente, no?"

"Niente appunto" rispose Ema un po' stizzito; così Fabiola d'improvviso si avvicinò a lui, gli accarezzò il petto e gli diede un bacio sulle labbra. Ema reagì d'istinto, sollevò il busto, le prese la testa tra le mani e continuò a baciarla in maniera intensa; le loro lingue si sfiorarono, si conobbero si bagnarono, continuarono così per un bel po'; Fabiola ansimò ed Ema la tirò a sé, le baciò l'orecchio e poi il collo più volte, lei chiuse gli occhi, poi mise la sua mano di nuovo sul petto di Ema ed iniziò a scendere.

Ema riprese a baciarla sulle labbra, Fabiola morse le sue, lui le sfiorò i capezzoli ed iniziò a sentire il suo odore addosso. Di scatto Fabiola si scostò, aveva il volto sfatto, il rimmel le si era sbafato ed i suoi occhi erano lucidi d'emozione, di desiderio ed eccitazione; aveva lo sguardo di una ragazza, di una donna, meraviglioso da percepire e che solo, in quel momento, un uomo che ha vere emozioni, riesce a cogliere.

"Fabiola tutto bene?"

"Sì, scusami, vado in bagno"

"Ok, anche io" aggiunse Ema

Pigi era scomparso ma ad Ema non interessava più di tanto, andò in bagno si sciacquò il viso ed uscì, Fabiola fece lo stesso. Tornarono a sedere castamente al tavolo; ormai erano le 2,30 quando comparve Pigi tenendo per mano Lucrezia.

"Ah, eccoti Pigi!"

"Eh! Ho avuto da fare!" rispose con enfasi, tirando a sé Lucrezia e stampandole un bacio sulla bocca.

Pigi e Lucrezia si sedettero di fianco a loro e ripresero da dove avevano lasciato. Fabiola mostrò tutta la sua insofferenza, ed infastidita da quell'atteggiamento, disse: "Ema andiamo a farci un giro ti prego, mi danno fastidio ste cose fatte proprio davanti a tutti, comunque è vero non sono cazzi miei, magari lo faccio anche io e non me ne sono mai accorta, ma capiscimi".

"Noi andiamo a prendere un po' d'acqua" fece Ema ad alta voce, per dissolvere quel momento così strano e non creare imbarazzi, ma simpaticamente, avrebbe voluto dire altro.

Così si ritrovarono di nuovo l'uno di fronte all'altra appoggiati al bancone del bar mentre il Dj faceva girare *Whit or Whitout you* degli *U2*.

"Ti va di venire con me in un posto adesso?" parlò improvvisamente Fabiola con occhi lucidi, "Certo!" Rispose senza pensarci un attimo.

Fabiola piegò la testa sorridendo, allungò la mano e prese la sua dicendo "Dai, allora andiamo".

Vicino all'ingresso dei bagni vi era una scala scura in metallo, Fabiola fece strada e salirono su; arrivarono su di un soppalco buio con una piccola balconata che dava sulla cabina del Dj dove vi erano fissate le luci che illuminavano la pista. Fabiola si appoggiò alla balconata guardando giù, Ema si mise al suo fianco, poi si guardarono ed in silenzio sorrisero; lui prese l'iniziativa e le cinse i fianchi, quindi le baciò il collo, Fabiola sospirò e si alzò con una mano i capelli, Ema si pose dietro di lei premendola contro la ringhiera e continuò a baciarle il collo, poi le mise le mani sui fianchi ed appoggiò il ventre sui suoi glutei ed iniziò a premere delicatamente il bacino su di lei. Fabiola allungò dietro la mano e toccò Ema, che le alzò la gonna, lei gli sbottonò i jeans continuando a toccarlo in un crescendo di desiderio. Ema continuò a premere il corpo su di lei, che ne assecondava i movimenti; Fabiola era diventata leggerissima e lui la cingeva con le sue braccia poi portò le mani avanti prendendole i seni e lei si incurvò ancora di più. Ema si strusciò su di lei con ancora più foga. Fabiola si girò di scatto, aveva il volto sudato, decisa lo baciò con passione e, stringendo il suo viso tra le mani, gli sbottonò la camicia e lo accarezzò sul petto, poi sussurrò "Ti voglio, ti voglio!"

Ema fece scivolare la sua mano ed iniziò a toccarla tra le gambe, lei gemette ed ansimò "Sì, sì, mi piace!"

Fabiola gli prese la mano e lo trascinò appoggiandosi sulla parete scura del soppalco poi, eccitata, gli mise le mani sui glutei e continuò a strusciarsi mordendogli le labbra. Ema iniziò a sfiorarle il collo con la lingua ed appoggiò le mani alla parete premendo ancor di più su di lei; le alzò di nuovo la gonna e lei continuò a sbottonargli i jeans. Fabiola sentì piacere, gli tolse le mani dai glutei e si lasciò andare poggiandole sulla parete, lui le allargò le gambe e la sollevò, continuando a spingere il bacino sul suo. Viveva il calore di Fabiola ed ogni volta che premeva su di lei sentiva i suoi respiri affannati, ritmati al suo movimento. Fabiola avvicinò le labbra all'orecchio di Ema, facendogli sentire il suo piacere; lui diede maggior impeto ai suoi movimenti e lei li assecondò stringendolo forte a sé, quindi lo fece entrare ed Ema la penetrò.

"Non ti preoccupare prendo la pillola, continua ti prego, vienimi!"

Sentì d'esser bagnato e sentì anche lei umida. Pian piano si fermò e baciò Fabiola, lei gli riprese il viso tra le mani e lo baciò su tutto il volto, poi, con una voce diversa, tenera, disse "Ema non pensare che …"

"Shh, io non penso nulla, sta' tranquilla" così la

baciò di nuovo.

Le luci della discoteca si accesero, il Dj smise di far girare i dischi; Ema e Fabiola si ricomposero e scesero dal soppalco mano nella mano. Si recarono al tavolo dove trovarono una parte della compagnia ormai sfatta, sonnolente ed alticcia.

"Sei sparita tutta la sera Faby!" con voce rauca Vanessa,

"Sì! In effetti ho ballato poco, in compenso però ho girato e bevuto molto" sorrise.

Pigi, si era dato una calmata, così guardo l'orologio "Beh! Sono le 3,30 cass, dai Ema andiamo"

"Aspetta, aspetta!" rispose avvicinandosi a Fabiola

"Allora ciao Faby", lei fu tentata di baciarlo ma desistette e rispose "Ciao Ema, a presto", poi "Ah, Pigi ha il mio numero, se vuoi puoi chiamarmi ok?"

Ema la guardò ancora e rispose a labbra socchiuse "Certo Faby, certo lo farò", quindi le diede un bacio sulle guance e aggiunse "Notte".

Erano oramai le 4,00 ed Ema e Pigi rientrarono ad Urbino, parlarono poco durante il viaggio di ritorno, Pigi mise su musica dei *Depeche Mode* e chiese ad Ema soltanto se si era divertito e se aveva legato con Fabiola, Ema parlò e non parlò, rispose soltanto che era una ragazza molto attraente e che aveva un bel carattere; Pigi aggiunse di avere il suo numero e lui terminò dicendo di saperlo, ma di non esserne interessato al momento. Ema rientrò a casa, si mise il pigiama senza far rumore e si sdraiò nel suo letto; non prese subito sonno, ma pensò e ripensò a quella notte, sentì l'odore della donna sul suo corpo, sentì il sesso, si eccitò, sentì emozione, si sentì uomo.

3

Un sabato di metà novembre, Ema uscì verso le 21,45 dopo aver consumato una veloce cena con Anto. Si recò, come d'abitudine, in piazza ed incontrò Mario e Lucio, due ragazzi che aveva conosciuto in Facoltà. Mario era della provincia di Roma, Rocca Priora mentre Lucio era di Terni. Insieme, presero a stazionare dinnanzi al Caffè Rinascimento dove erano soliti prendere da bere e posizionarsi all'esterno, cincischiando appoggiati alla parete fatta di freddi mattoni antichi, tra le due entrate a vetrata in stile inglese del caffè.

Nel caffè c'erano luci soffuse e veniva pompata musica di sottofondo, ascoltata tra una bevuta ed un'altra.

Ema usava bere *Martini Rosso*, quindi ne prese uno ed uscì all'esterno, Mario e Lucio presero anch'essi da bere e lo raggiunsero. Tra loro, iniziarono vari discorsi.

Mario, romanaccio con accento marcato, spesso si faceva prendere dall'enfasi e diventava difficile comprenderlo, tanto che Lucio, ternano, capiva più di Ema e scimmiottandolo spiegava ciò che egli diceva. L'argomento principale di Mario e Lucio erano le donne, e ne parlavano di continuo, quasi come un'ossessione, aggiungendo a volte epiteti molto coloriti e simulando, nel loro parlare, movimenti corporei alquanto eloquenti.

Usavano far battutine pepate e maliziose a molte ragazze, cercando così di attirare l'attenzione e pensando di esprimere la loro simpatia e virilità. Ad Ema, questo non piaceva molto e spesso diceva loro di smorzare i toni per evitare di far figuracce; egli aveva una mentalità differente, meno sfrontata, non che fosse bigotto e non avesse personalità, né tantomeno era timido, anzi, ma considerava l'avvicinamento e l'approccio ad una ragazza, uno dei momenti più delicati e belli che un giovane uomo potesse vivere.

Urbino era un pullulare di ragazze, giovani donne, provenienti dai luoghi più disparati d'Italia; ed anche se egli aveva avuto piccoli amori legati alla sua città ed una grande fiamma di Milano, la sua mentalità sull'innamoramento era molto elastica ed aperta.

Era un giovane uomo, geloso quanto basta, certo, non era petulante ed ossessivo; considerava la gelosia come l'esternazione di uno stato d'animo, dell'innamoramento legato al possesso immaginario fisico e mentale di un essere, a volte però decadente in accentuati riflessi di insicurezze e fragilità emotive proprie degli esseri umani.

Non considerava la gelosia come giusta medicina a comportamenti non leali ed ambigui di coloro i quali corrispondevano al suo sentimento; ma in fondo faceva piacere anche a lui riceverne percezione per la sua persona.

La Piazza si animò, il vociare si fece sempre più forte mentre, dal Caffè Rinascimento, melodie crepuscolari degli *U2* e dei *Simple Minds* si diffondevano mischiando chiacchiere e musica.

D'improvviso, due ragazze uscirono dal caffè, una di esse aprì la borsa, tirò fuori una sigaretta, frugò ancora nella borsa, si guardò attorno e si avvicinò ad Ema chiedendo:

"Hai da accendere?"

Ema aveva appena acceso una marlboro lights

quindi, senza rispondere, annuì facendo un sorriso, tirò fuori il suo zippo argentato e lo diede alla ragazza; lei, capelli neri lisci, occhi bruni, labbra carnose e carnagione olivastra, accese; fece due boccate guardando e soffiando sulla sigaretta quindi lo restituì dicendo con un accento marcatamente pugliese "Grazie".

Ema la osservò, riprese il suo zippo e rispose "Prego" non aggiungendo nulla.

Mario che era di fianco, guardò Ema in modo perplesso, e prima che le due ragazze si allontanassero, intervenne tempestivamente dicendo "Ciao? Non ci siamo neanche presentati, io sono Mario, lui è Lucio e lui Ema"

"Diana, io sono Diana"

"Ed io Giulia" rispose l'altra ragazza, biondina con occhi castani.

Diana aveva ombretto azzurro, lucida labbra; indossava un cappello di lana nero, un piumino bluette, una borsa di pezza scura, fuseaux neri e *Cult*.

"Allora Diana, di dove sei?" chiese Mario

"Sono pugliese della provincia di Lecce"

"Ah bei posti, io sono di Roma, cioè periferia, a pochi chilometri, Rocca Priora"; intervenne Lucio "io di Terni"

"Ed io di Ancona" rispose Giulia;

"D'Ancò!" disse euforicamente Mario facendo ridere tutti.

"E tu di dove sei?" chiese Diana rivolgendosi ad Ema

"Sono lucano, di Potenza" rispose, rimanendo appoggiato alla parete e riponendo le mani nelle tasche del suo giubbino di pelle *Converse*.

Mario prese l'iniziativa e propose di andare insieme in un locale, un pub sempre in centro, The Bosom, dove facevano un'ottima crema al mascarpone, così invitò le ragazze.

Diana, in principio, sembrò titubante, ma Giulia la convinse ed andarono.

Il Bosom era già affollato e dovettero attendere sulla porta per una mezz'ora, così tra una sigaretta ed un'altra iniziarono a conoscersi meglio e si misero a parlare dell'Università.

Diana e Giulia studiavano Giurisprudenza, Mario L'Isef, Lucio Psicologia ed Ema Scienze Politiche. Entrarono al Bosom e si sedettero su dei divani a mo' di panca in pelle color crema.

Il locale era fatto da mattoni antichi rossi con arcate illuminate da piccoli faretti, non molto grande, ma carino ed accogliente.

"Cosa prendiamo?" chiese Lucio

"Che domanda!" rispose Giulia "Crema di mascarpone!"

"Già, magari con una birretta eh?" rispose Mario. Quindi ordinarono e mentre erano in attesa di essere serviti, dinnanzi a loro apparvero due ragazze.

"Ciao Diana, ciao Chià!"

"Oh Luisa, ciao!"

"Ciao" seguitò Diana con un sorriso di circostanza stampato lì, al momento. Luisa aveva capelli castano ricci, tenuti su da due fermagli ai lati, occhi azzurri; indossava un cappottino corto blu e portava dei guanti colorati da cui uscivano i polpastrelli. Con lei c'era Linda, bionda e con occhialini tondi, aveva un piumino bianco ed indossava un dolcevita rosso.

"Ciao ragazze" intervenne Mario alzandosi in piedi e porgendo la mano per fare conoscenza, poi arbitrariamente continuò "Volete sedervi qui con noi?"

Luisa si guardò attorno, incrociò lo sguardo di Linda e rispose "In effetti è tutto occupato e non abbiamo tanta voglia di aspettare, sì grazie, ci accomodiamo con voi"

"Ah Mario! Scusa" disse Chiara, "anche Luisa è d'Ancò!"

Mario sorrise a trentasei denti e mentre goffamente cercava di fare spazio alle due nuove ragazze si mostrò alquanto simpatico e socievole. Ema e Lucio osservavano divertiti le mosse di un pachiderma impacciato che cercava di essere fine e gentile e, di tanto in tanto, si guardavano ridendo. Ad Ema era capitata di fronte Diana che ogni tanto incrociava il suo sguardo. Mario era seduto tra Diana e Chiara, mentre Lucio era seduto tra Linda e Luisa.

"Ecco, finalmente la crema di mascarpone e le birre!" esclamò Chiara

"Anche noi la vogliamo!" disse Linda, così arrivarono anche per le ultime due della compagnia. Mario cominciò a prendere confidenza con Diana che sorrideva divertita alle sue battute, egli raccontava aneddoti del suo paese, di gente anziana che aveva l'abitudine di parlare in dialetto molto stretto, davvero incomprensibile, quindi ne faceva versi e chiedeva se qualcuno comprendesse il suo parlare per poi spiegarne il significato.

A Mario piaceva Diana, e si era capito chiaramente, infatti mentre parlava, non faceva altro che guardarla e lei, sentendolo parlare, lo seguiva con attenzione ed annuiva in maniera compiaciuta quindi Mario iniziò a darle maggiore confidenza chiedendole apertamente alcune cose della sua vita.

Cercò di entrare in intimità, pensando che il suo atteggiamento da simpaticone, avesse fatto breccia nel suo animo, così domandò, oltre la sua provenienza ed informazioni varie su ciò che le piaceva fare, se avesse un ragazzo e via discorrendo.

Diana cambiò atteggiamento, sembrò un po' infastidita da tanta invadenza e fu restia a rispondere, quindi lo guardò con un sorriso ironico e gli fece elegantemente capire che doveva farsi i fatti suoi.

Chiara, partecipava ai discorsi, e divertita, rincarò la dose

"Dai su Diana, dai, che ti avrà chiesto mai, diglielo che hai un ragazzo, non ragazzo, come hai detto a me, il fantasma sensuale ah ah ah!"

"Smettila Chiara" replicò Diana, stufa ancor di più.

Ema chiacchierava con Luisa, ma con la coda dell'occhio seguiva interessato l'evolversi della situazione ed era infastidito dalla pressione di Mario che, dopo appena due ore da quando aveva conosciuto Diana, le stava addosso come un arrapato mentale.

"Dai su, se scherza!" disse Mario, "Allora adesso ve racconto sta cosa" aggiunse;

Chiara e Linda, divertite dal suo modo di fare, dissero "Sì, sì, racconta, sei simpatico quando racconti le cose con il tuo accento!"

Mario raccontò di un suo flirt nei pressi di Roma, e non si comprese se fosse immaginazione o cosa vera da uomo vissuto venutagli lì lì, al momento, per far colpo sulle ragazze ma il fatto attirò l'attenzione di tutti.

Mario, che aveva quasi vent'anni, raccontò di una donna di mezza età, sposata, molto avvenente, che lo aveva visto un anno prima, in un bar in periferia del suo paese, ed aveva chiesto informazioni di lui al barista; poi si accorse che lei lo pedinava sistematicamente, ma non si avvicinava mai. Una sera lui stava camminando e lei si accostò con l'auto al marciapiede allora Mario si avvicinò, aprì la portiera e senza dire, nulla montò in auto. La tipa lo portò in periferia, zona campagna e lì, come diceva lui, "Fecemmo e numeri!"

Seguirono pepati commenti, maschili e femminili, la curiosità di sapere nei dettagli era tanta, ma Mario evitò di scendere nei particolari dicendo solo che per un anno aveva fatto i numeri e che lei si era follemente innamorata, ma lui non sentiva nulla e la chiamava solo quando ne aveva voglia.

Diana si alzò e disse "Vado a fumare fuori, chi ha da accendere?"

Ema rispose "Diana aspetta, vengo anch'io a farmi una cancerosa", lei sorrise e ripeté divertita "Cancerosa? Simpatico!"

Anche Lucio e Linda si aggregarono ed uscirono a fumare.

Linda domandò a Lucio "Ricordo bene?
Tu fai come me Psicologia?"

"Sì! Possibile che non ti abbia mai vista?
È un mese e mezzo che vado a lezione"

"Io invece ti ho visto con una ragazza bassina e riccia" rispose Linda

"Genny, sì Genny di Terni" aggiunse Lucio, quindi Linda da furbetta chiese "Ma state sempre appiccicati, ma è la tua morosa?"

"No, no, Ah ah ah! Se ti sentisse ora, no è una grande amica, pensa che abbiamo fatto le superiori insieme a Terni e poi ci siamo ritrovati iscritti alla stessa Facoltà e nella stessa città senza saperlo"

"E tu cosa studi Diana" domandò Ema

"Faccio Economia, te lo avevo già detto"

"Ah allora, conosci Mauro e Giulio della mia città!" esclamò Ema.

"Mmm… Mauro e Giulio? No, no, non li conosco, forse di vista, ma sti' nomi non mi dicono niente" rispose Diana buttando a terra la sigaretta e pestandone la cicca con un piede.

Lucio domandò "Dove abitate ragazze?"

"Io sto ai collegi universitari, alle Vele" rispose Linda"

"Io abito con quella scassapalle di Chiara ed altre due ragazze in via Raffaello" disse ridendo Diana; "E voi?" aggiunse Linda

"Io con quel matto di Mario e un ragazzo veneto, qui vicino in via dei Magazzini" rispose Lucio

"E tu Ema?" continuò Linda

"Io abito in Porta San Bartolo, sto in appartamento e vivo con mia sorella, anche lei studia qui"

"Ah! Ema ha il controllore!" Sghignazzarono.

"No, non è assolutamente il mio controllore, è mia sorella più grande e basta, una sorella affettuosa a cui sono legatissimo e basta!"

Diana sorrise ed intervenne "Dai, in fin dei conti non c'è nulla di male Ema, anzi sei fortunato, per qualsiasi problema puoi contare su di lei e viceversa no?"

"Proprio così Diana, vero!"

Infreddoliti, rientrarono al Bosom e videro che Mario era entrato in grande confidenza con Chiara, il suo braccio la cingeva attorno al collo, lei rideva divertita mentre Luisa, che era di fronte a loro, gesticolava freneticamente con le mani scimmiottando qualcosa.

"Il tuo amico non perde tempo" disse Diana rivolgendosi a Lucio,

"Ma quello è tutto matto, è molto socievole, forse a volte troppo, ma ha un gran cuore" così Lucio, giustificò l'atteggiamento di Mario.

Ema percepì in Diana gelosia ed invidia per Chiara e Mario, ma non conoscendola non disse nulla.

Egli era fortunato; da molte amiche, ma anche da ex ragazze, era stato sempre apprezzato e considerato un ragazzo dalle meravigliose parole per come comunicava; era in grado di entrare dentro, di consigliare e di aiutare a prescindere dal sentimento che potesse provare.

Portava con sé questo segreto che custodiva gelosamente e di cui andava fiero, insomma come le disse un'amica era un leone buono, "in grado di ruggire con grande forza e, al momento opportuno, capace di aiutare a leccare le ferite".

Ema sperava, in cuor suo che, con il trascorrere degli anni, questo meraviglioso dono caratteriale non si assopisse.

Trascorse un'altra mezz'ora ed i ragazzi decisero di andar via dal Bosom, si era fatta quasi l'1.00, così si recarono in piazza dove vi era ancora vita.

Gruppetti sparuti, qua e là presi dal chiacchiericcio notturno, popolavano il pavimento di san pietrini. Si posizionarono quasi in cerchio sotto il porticato della piazza dinnanzi ad un'edicola e ripresero a conversare.

Ema accese una cancerosa e così fece anche Lucio, mentre Mario abbracciava Chiara e scherzava con lei che sembrava gradire non poco quelle attenzioni.

Diana se ne stava appartata, distante dal resto del gruppo, del tutto pensierosa, fumava nervosamente, osservava i gruppetti di gente in piazza quindi, di tanto in tanto, sbirciava in direzione di Mario e Chiara.

Ema si intratteneva con Linda e Lucio con i quali, commentava di tutta quella gente, a quella tarda ora, ancora in piazza, rendendosi conto che in effetti anche loro facevano la stessa cosa e, definendoli simpaticamente, giovani spiriti vagabondi in cerca del sonno o d'altro...

Mario cominciò a baciare sulle guance Chiara, Diana infastidita, da quella situazione, si avvicinò e disse "Chiara andiamo, dai è tardi, io ho sonno!"

"Dai a Dià, è sabato, domani dormi di più" rispose Mario, macchiato di rossetto.

"Dai Diana stiamo ancora un po" aggiunse Chiara poi, rivolgendosi a Mario "Sai, a casa siamo nella stessa camera, ormai viviamo in simbiosi, come due sorelle"

"Ah ah ah!" rise Mario "bello, così quanno ve vengo a trova', ne trovo due al prezzo de una"

Ema pensò "Ma quanto è scemo questo!"

"Ragà dai facciamo una passeggiata notturna per i vicoli di Urbino, esploriamo la città ducale, tour by night, arriviamo al Palazzo Ducale" disse Lucio, "Sì dai" replicò la sonnambula Linda "Ci sono dei posti meravigliosi da vedere".

Cominciarono a risalire verso il Palazzo Ducale, immergendosi tra vicoli e vicoletti, Ema conosceva bene il centro, perché era solito girare di sera con il suo walkman ad esplorare.

Li condusse in un vicolo dove vi era un piccolo balcone di ferro bronzato, ricoperto interamente da fiori rampicanti, aveva le imposte del balcone laccate di bianco, sembrava essere proprio la casa delle fate. Poi risalirono per vicoli angusti e lastricati di mattoni consunti, costeggiarono le antiche mura, risalirono ancora per ripidi vicoletti e sbucarono in Piazza Rinascimento.

Girarono attorno al perimetro del Palazzo Ducale per arrivare alla balconata principale che dava su porta Lavagine e si fermarono ad osservare.

"Meraviglioso, unico!" esclamò Linda,

"Sì impressionante!" aggiunse Lucio,

"Sì bello davvero, ma Roma è Roma regà!" rispose Mario tenendo per mano Chiara.

Diana sbuffò e fu presa da una risata incontrollata, poi si mise la mano davanti alla bocca e rispose "Certo hai ragione, Roma è Roma, ma questo è un capolavoro rinascimentale, cerca di capirlo se ci riesci!"

"A Mà, lo so, lo so che ti credi! Bello davvero, ma io penso che Roma è unica, poi se vuoi ti ci porterò a fare un giro così ti renderai conto e t'innamorerai, daje" rispose Mario.

Ema pensò ancora "No questo non ci fa, questo è davvero tutto scemo!"

Si erano fatte le 2,30 circa, così tornarono verso la piazza e si accordarono per vedersi l'indomani, nel pomeriggio per un caffè.

Chiara, prima di andar via, sbaciucchiò Mario e fu evidente che si era presa una bella cotta; lui che si sentiva un uomo conquistadores, appena le ragazze si allontanarono, se ne vantò, poi però confessò che quel suo atteggiamento con Chiara era di circostanza, che serviva a stuzzicare Diana, perché Chiara ingenuamente le aveva detto che a Diana, lui piaceva, ed anche tanto.

4

Era domenica, Ema si svegliò, prese il caffè, si fece la barba, poi una doccia e studiò un po'.

Aiutò la sorella a preparare il pranzo; gli piaceva molto cucinare ed era veramente portato.

Pranzarono, come primo, gnocchi al mascarpone e spinaci e di secondo, arrosto.

Dopo pranzo Ema uscì, si recò in piazza e trovò davanti al Caffè Rinascimento Mario e Lucio, poi arrivarono Chiara, Diana e Linda, mentre Luisa non uscì perché aveva deciso di studiare.

Chiara ebbe uno slancio d'affetto verso Mario che la abbracciò e la baciò, ma ebbe un atteggiamento diverso, chiuso, scostante.

Faceva freddo e quindi si rintanarono al Caffè Rinascimento, si accomodarono nella saletta al secondo piano, che aveva il pavimento a lastroni quadrati di marmo con venature bianche e rosa, sedie in legno impagliate e tavolini tondi color noce.

Le pareti erano di un rosa antico e vi erano appesi quadri raffiguranti l'antica Urbino.

Chiara sedette vicino a Mario e lo abbracciò, lui stette in silenzio, accavallò le gambe ma poi si divincolò dall'abbraccio; le prese la mano e la mise freddamente su di una gamba.

Ordinarono i caffè, Lucio attaccò bottone con Linda e prese a parlare di continuo, quindi sembrò a tutti che stesse accadendo qualcosa.

Ema era seduto di fianco a Diana, con addosso ancora il giubbino di pelle, mentre Diana sembrava disinteressata a tutto, si guardava di con-

tinuo le unghie che avevano uno smalto rosso consumato e se le toccava, Ema disse "Sfaldate?"
"Ah! Sì uffa, me le devo limare e smaltare stasera"
"Rosso passione magari, eh Diana?" intervenne Mario, ma lei fece una smorfia e non rispose. Ema tirò fuori dalla tasca del giubbino il walkman e lo posò sul tavolo poi si mise a sostituire le batterie.
" Bello! Argento e nero" disse Diana",
"Sì mi piace tanto"
"Che ascolti?"
"Amo la musica straniera, gli *Spandau Ballet*, gli *U2*, i *Simple Minds, Madonna* ed altri tipo i *New Kid's on the Block*, non so se conosci; però, in questo periodo, ho una fissa per gli *Stadio*, canzoni tipo *Bella più che mai, C'è, Porno in tv*, sono fantastiche".
"Anche a me piacciono i cantanti stranieri, più o meno gli stessi che piacciono a te, ci aggiungerei i *Cure* e anche i *Queen*, ma anche io adesso ho una fissa, una fissa forte, colpa di mia sorella maggiore, non ridere! Mi piace da morire *Anna Oxa*, canzoni vecchie, come *Pagliaccio azzurro, È tutto un attimo, A lei*, conosci?"
"Sì certo! Anna Oxa, una grande davvero, anche a me piace tanto, per caso hai qualche cassetta?"
"Si anche io ho il walkman e ne ho una tutta della Oxa"
"Dai, me la puoi registrare?" chiese con gentilezza,
"Sì, certo, Chiara ha la radio che duplica le cassette"
"Bene! Dopo prendo una musicassetta così me la registri ok?"
"Va bene dai" annuì Diana.

Mario cambiò postura, tolse la mano di Chiara dalla sua gamba, distese le sue, fin sotto il tavolino ed intervenne

"A proposito de musica, vi piacciono Zucchero e Vasco?"

"Certo!" risposero tutti,

"Allora ve racconto un fatto che m'è successo un anno e mezzo fa circa. A Roma è venuto il mitico Vasco a fare un concerto ed io, grazie ad un mio amico co' agganci nella security, sono entrato nel suo camerino"

"Davvero?" disse incredula, Linda

"Sì, zitta! Aspè, famme di!" continuò "Allora, entrammo nel camerino, lui era vestito co' pantaloni de pelle e t-shirt bianca co' logo del tour e stava in piedi, davanti allo specchio tutto stranito; quello che m'aveva fatto entrà disse: Vasco ciao ti presento un caro amico, Vasco sè girò e me diede la mano, poi io, emozionato, glie' dissi sei un grande Vasco! Lui prese a ridere, poi strappò un foglio da un blocchetto e mi chiese se avessi una penna, io la trovai subito e lui mi fece una dedica, *'Ad un amico de Roma, Vasco'*, a me venne spontaneo dire gagliardo! E lui mi rispose in dialetto romano: a Mà, annamo va! Ah ah ah! Capito regà! Vasco in romanesco!"

"Che figata" esclamò Diana

"Sì!" disse Mario "un tipo troppo tosto Vasco, ho fatto la cornicetta all'autografo e la tengo sulla mia scrivania a Rocca Prioria, come un trofeo de guera".

"Beh, caspita dai, si sono fatte quasi le 15,00 andiamo?" disse Lucio.

Scesero in piazza, Ema andò al tabaccaio, prese una musicassetta da sessanta minuti e la diede a

Diana, poi la compagnia si sciolse; anzi Ema salutò tutti di fretta e si avviò verso casa, erano le 15,10 di domenica, e la sua "viola" era già scesa in campo.

Egli era solito ascoltare le partite alla radio ed attendere la marcatura della sua squadra, più che altro ci sperava; Baggio era andato via e a sostituirlo c'era, come attaccante, un certo giovane argentino, Gabriel Omar Batistuta. Firenze era la città che Ema amava sin da piccolo, ed il viola era un colore che lo affascinava tanto.

Nel tardo pomeriggio Ema uscì con la sorella e si recarono al Belpassi; la domenica vi erano dei dolci che lo facevano impazzire, grandi meringhe ripiene di panna ed era solito farsene mettere da parte tre o quattro.

Si sedettero ad un tavolo da dove si vedeva anche la tv, e mentre la sorella fu raggiunta da alcune amiche, intrattenendosi nel chiacchiericcio, Ema si mise a gustare le sue meringhe, guardando "90° Minuto".

Ad un tratto entrarono al Belpassi Lucio e Linda; Ema li vide e fece loro cenno con la mano, i due risposero e si accomodarono ad un tavolino, Ema attese un po' ma non vide entrare gli altri, dopo mezz'ora, vide solo arrivare una trafelata Chiara che si sedette con Linda e Lucio.

Ema pensò "Ma Mario? E manca anche Diana!" allora, si fece due conti, e capì che era accaduto qualcosa; quindi sentì dentro di sé fastidio, una stizza, mista di rabbia e gelosia, non motivata ma quasi irrefrenabile.

Per un attimo gli venne voglia di alzarsi ed andare a domandare per saperne di più ma non lo fece.

Quando andò via con la sorella, si avvicinò e salutò tutti, senza dir nulla, ma si accorse che Chiara era davvero imbufalita.

Ema ed Anto tornarono a casa, cenarono, videro la tv, poi si misero a letto; Ema si mise il walkman ed ascoltò musica, ma per addormentarsi quella sera, impiegò un bel po' di tempo.

5

Era lunedì, il mattino Ema si recò in Facoltà e seguì le lezioni, poi raggiunse la sorella e pranzarono in mensa con le sue amiche.

Dopo pranzo, passeggiò solitario verso la piazza per prendere un caffè; incrociò Pigi che andò via di corsa, quindi vide arrivare Lucio, Linda, Chiara ed un'altra ragazza bionda.

Lucio era a braccetto con Linda allora Ema pensò che stessero insieme ed in effetti era così; infatti Lucio glielo comunicò con grande soddisfazione.

Ema, in cuor suo, fu veramente contento perché le reputava due persone sincere, leali ed affini caratterialmente. Si complimentò dicendo loro che erano una coppia bella e simpatica.

Non vide né Diana e né Mario, né tantomeno li vide girovagare in piazza, ma non si interessò più di tanto, così apparve Chiara in compagnia.

"Ema ciao" disse Chiara, sorridendo,

"Ciao Chiara",

"Lei non la conosci vero?"

"Assolutamente no"

"Ciao io sono Grazia, abito con Chiara e Diana" rispose, con un simpatico accento.

"Ciao, sono Ema! Ma sei toscana vero?"

Chiese, affascinato da quel modo di parlare.

"Sì perché si sente? Son di Arezzo" rispose

"Caspita! Bellissima zona, scusa ma io amo tanto la Toscana e quindi mi piace tanto il tuo accento"

Grazia si mise una mano davanti alla bocca, arrossì e rispose "Grazie sei davvero gentile";

"Ema è Ema, ci sa fare!" aggiunse Lucio strizzandogli l'occhio.

Grazia era bionda con capelli lisci, occhi di un verde scuro e dai lineamenti morbidi.

Chiara si allontanò per salutare dei suoi amici di Ancona, quindi Ema e Grazia rimasero lì a parlare.

Grazia studiava Psicologia e conosceva Chiara da un mesetto, da quando abitavano a casa insieme; le aveva presentate un suo amico quando Grazia era salita ad Urbino a cercare casa.

Il fine settimana tornava ad Arezzo faceva una strada tutte curve che attraversava l'Appennino, bruttissima, da vomito quindi tornava il lunedì ad Urbino. Da Arezzo non vi erano corriere per Urbino né tantomeno una stazione comoda, doveva fare un giro pazzesco, ma per fortuna c'era questo suo amico, che lei chiamava simpaticamente il *Conte Uguccione*, che era anche lui di Arezzo e le dava sempre uno strappo, insomma facevano gli universitari pendolari insieme.

"Eccolo Davide! Vieni un attimino qua, ti presento una persona!" Urlò Grazia vedendo il suo amico che era giunto in piazza.

Davide, per non smentirsi, iniziò a correre a gambe larghe, a mo' di scimmia, in direzione di Grazia, poi la abbracciò e la sollevò esclamando: "Sorellina!"

Grazia scoppiò a ridere e rispose "Dai, sei matto, mettimi giù!"

Davide era una vera e propria caricatura vivente: aveva dei capelli scuri, gonfi e mossi, portava un paio di lenti squadrate, fumé ed era magro ed alto.

"Oh ciao, io son Davide!" esordì, dando la mano con una stretta fortissima,

"Ciao piacere!" Rispose Ema simpaticamente divertito dal quel modo di fare, poi aggiunse "Anche tu aretino?"

"Maremma, e che tu fa' l'indovino?" Esclamò curioso;

"Contee, e che l'ho detto io, sennò, Ah ah ah" rispose divertita Grazia",

"Noo, non gli hai mica detto pure che sono il Conte Uguccione? Maremma! Ma che può pensa' di me, manco mi conosce, ah ah ah!" Continuò divertito Davide.

[Il Conte Uguccione era un personaggio di un programma tv di quegli anni: *"Mai dire goal"*, un personaggio buffo, simpatico, un conte toscanaccio che vedeva la vita in modo leggero e divertente e faceva sempre battutine pepate inerenti al sesso].

I due parlarono un po' sotto lo sguardo di una attenta Grazia, Davide era tifoso viola come Ema, quindi fu amicizia a prima vista ma ad Ema, quel modo di fare buffo, divertente, ma anche garbato e gentile piaceva davvero tanto ed anche Grazia aveva fatto presa su di lui, una ragazza bella ed allo stesso tempo semplice, simpatica, divertente e gentile.

Chiara tornò da loro, mentre Linda e Lucio salutarono andando via mano nella mano.

"Che bellini che sono!" esclamò Grazia

"E stasera si tromba alla Uguccione!" Scimmiottò Davide, creando un esilarante alquanto comico imbarazzo in tutti.

Ema domandò a Grazia di Diana, ma rispose immediatamente Chiara con un tono di voce alquanto infastidito dicendo:

"Chiedilo al tuo amico Mario dove sta', forse in

camporella a fa' e numeri! Belli tutti e due!"

Ema capì che non tirava una buona aria e quello che aveva immaginato il giorno precedente era veramente accaduto.

Chiara si allontanò innervosita, andò al supermercato per comprare qualcosa per cena dicendo a Grazia che sarebbe andata a casa, mentre Grazia e Davide rimasero ancora in piazza con Ema.

"Ema ascolta" disse Grazia, "Chiara è nera! Ieri sera a casa, una burrasca, a momenti veniva giù il soffitto"

"Ma cosa è successo?"

"Verso le 17,00 si è presentato sto Mario da noi; Chiara era tanto felice, hanno parlato da soli una mezz'ora poi, di colpo, Chiara è venuta da me con le lacrime agli occhi, Mario è andato in camera da Diana e sono usciti. Diana è tornata dopo mezzanotte e Chiara l'ha aspettata e lì è successo il putiferio".

"Cioè non mi dire, Mario e Diana si sono messi insieme?"

"Sì! E Chiara, inviperita con lei, l'ha cacciata dalla stanza, dicendole sei una falsa, viscida, ed altre cose bruttissime, e per poco non si sono prese a botte! Le abbiamo dovute separare, Maremma! Fino alle 2,00 siamo state in piedi per calmare Chiara. Ora io dormo in stanza con Chiara e Diana con l'altra ragazza"

"Che storia assurda" rispose Davide.

Ema non chiese più nulla e si accordò con loro per vedersi la sera. Tornò a casa, cenò ed uscì.

Si incontrò con Lucio e Linda in piazza, sotto l'orologio quindi passarono a chiamare Chiara, poi fu la volta di Davide e scesero in porta Valbona dove, fuori le mura, Davide aveva parcheggiato la sua auto, così la presero.

Imboccarono la Statale, che da Urbino portava a Pesaro, Davide conosceva un locale che distava circa quattro cinque chilometri, un Wine bar con musica soffusa ed in stile retrò, molto grazioso.

I ragazzi, concordi, optarono per andare lì.

Il gruppetto era molto affiatato poi, con le battute di Davide, il divertimento era davvero assicurato.

Ema fece una rapida lettura della carta dei vini e domandò al ragazzo che prendeva la comanda, "Avete il *Rosè Donna Lidia*?"

Il ragazzo rispose di non conoscere quel vino, si informò ma tornò dicendo di non averlo.

"Ma dai Ema prendiamoci un buon *Brunello di Montalcino*" disse Davide

"Dai va bene, hai ragione"

Grazia diede una leggera pacca sulla spalla ad Ema ed aggiunse "Tu che ami la Toscana non puoi non gustare un buon *Brunello*, no!"

Presero un paio di calici accompagnati da cresce sfogliate, mentre Lucio e Linda andarono, morbidamente, di caldi infusi.

Chiacchierarono molto, e quando Lucio e Linda iniziarono a scambiarsi effusioni, Davide, seduto al loro fianco, si divertì a rifarne il verso, suscitando in Ema e Grazia un simpatico e ridicolo imbarazzo.

Grazia fece un sorso di *Brunello* e posò il calice; al centro del tavolo vi era un grande candela bianca, così Ema si accovacciò sul tavolo e fissò attraverso la sua luce, gli archi alcolici dissolversi nel calice.

Grazia accese una sigaretta e fece un altro sorso, Ema fece lo stesso.

Poi lei legò i capelli e si ritrasse sul tavolo iniziando a parlare fitto fitto con Ema.

Davide si alzò con la scusa di dover andare in bagno ed indicò ad Ema di mettersi più vicino a Grazia per parlare comodamente.

Davide fece quel gesto spontaneamente, egli conosceva da anni Grazia, sapeva delle sue sofferenze d'amore, la conosceva molto bene ed aveva intuito che Ema le aveva suscitato qualcosa, quindi pensò di fare in modo che i due potessero conoscersi meglio; Davide, giullare per caso, era, in effetti, un cavaliere con un grande animo.

Grazia usciva da una storia d'amore travagliata, aveva lasciato Nico della sua città un paio di mesi prima e si era accorta di non amarlo. Nico continuava a pressarla attraverso amici ed amiche e anche attraverso i suoi genitori.

Grazia non era più interessata a lui, e seppur fossero stati due anni e mezzo insieme, lei lo aveva cancellato. Nico aveva ventitré anni, era un ragazzo davvero bello, giocava nella primavera calcio dell'Arezzo ed aveva uno stuolo di corteggiatrici. Grazia non era mai stata gelosa, forse perché quella scintilla che doveva infiammare il suo cuore, non si era mai accesa.

Raccontò ad Ema il suo mondo, raccontò di Arezzo, dei suoi amici, dei suoi genitori e del fatto che fosse figlia unica, ma non era stata viziata; ricordò che era cresciuta, con due cugini, suoi coetanei con i quali giocava sempre e da lì, il soprannome datole dalla nonna di "maschio mancato", infatti, da piccola, era lei che si imponeva e li faceva sempre piangere.

Ema ascoltò con grande interesse, poi raccontò di lui, e lei ascoltò in silenzio con molta attenzione.

Egli sapeva raccontare le cose, aveva una mirabile comunicatività, raccontava con il cuore trasmettendo emozioni, il suo tono era sempre pacato, morbido e continuo, il timbro della sua voce imprimeva alle sue parole qualcosa di fantastico, faceva rivivere agli altri attimi di esistenza, che, a quella età erano molto comuni, ed in cui molte volte gli altri si ritrovavano, ma non avevano mai avuto modo di ricordarli e riviverli in quel modo intenso.

Ad Ema piaceva farli riemergere dal profondo del suo io con delicatezza e passione per poi trasmetterli con semplice amore.

Gli occhi di Grazia iniziarono a velarsi di una patina lucida e a brillare di una luce particolare, una luce che Ema aveva iniziato a conoscere da poco nel volto della donna, ed anche il viso di morbide e delicate fattezze, nell'intima percezione di Ema, era cambiato.

Si fece mezzanotte passata e rientrarono ad Urbino.

Ema salutò a Porta Valbona e chiese a Grazia di poterla rincontrare per prendere un caffè, Grazia sorrise per quella gentile richiesta ma Davide fu più lesto e rispose:

"Certo! Domani un bel caffettino verso le 2,30 ci vediamo in piazza, ma andiamo al Caffè del Teatro, offro io!"

"Va bene" disse Grazia,

"Anche per noi" aggiunsero Lucio e Linda;

"Allora notte disse Ema",

"Notte, notte Ema" rispose Grazia.

6

L'indomani Ema si recò in Facoltà e dopo le lezioni, furono affissi i calendari dei pre appelli d'esame.

"Cazzo! tra venti giorni pre appello di Dottrine Politiche e poi, dopo una settimana Storia Moderna" esclamò Ema

"Mamma mia" rispose Mizio, che stava al suo fianco, mentre guardavano, basititi, quei fogli appesi nella bacheca della Facoltà.

"Ema da oggi pomeriggio ci mettiamo sotto, studiamo a casa mia ok?"

"Ok Mizio sì, dobbiamo metterci sotto!"

Ema telefonò a casa e comunicò alla mamma la ferale notizia degli esami imminenti, lei rispose, tra il serio ed il faceto:

"Dai, impegnati, dai che sei in grado, ma datti da fare, esci di meno, non fare tardi e non distrarti troppo; tua sorella non mi dice nulla di quello che combini … ma io ti conosco fin troppo bene!"

Ema si recò a mensa, incontrò la sorella, pranzarono insieme e le riferì degl'imminenti esami quindi le disse che sarebbe andato dal pomeriggio a studiare dal suo amico Mizio fino alla sera.

Passò a volo da casa prese i libri e si recò di nuovo in piazza all'appuntamento per il caffè.

Arrivò in anticipo, accese una cancerosa ed attese i ragazzi, pronto per andare da Mizio a studiare.

Arrivarono Linda e Lucio e dopo alcuni minuti anche Davide e Grazia.

Il cielo era sereno e soleggiato, la temperatura era tiepida così si sedettero ai tavolini, sulla balconata del Caffè del Teatro.

Tempo cinque minuti ed arrivarono i caffè.

Davide cominciò a far battute simpatiche riferendosi alla ragazza che li aveva serviti al tavolo ma Ema, pensieroso, non colse le sue colorite e divertenti allusioni.

Grazia s'accorse che in Ema c'era qualcosa che non andava e, affettuosamente, gli domandò:

"Ema ti vedo un po' strano, che hai?"

"Mmm ... in effetti sì, oggi sono usciti i preappelli d'esame e tra venti giorni ne ho uno e poi, dopo una settimana, un altro. Il fatto è che sono indietro di brutto e dei libri mi ricordo solo il colore delle copertine e la data di stampa! Ecco, mò so' cazzi!"

"Ah ah ah" Davide scoppiò in una grassa risata e per smorzare la tensione di Ema commentò:

"Ma dai, venti giorni dai, c'è tutto il tempo, e poi se la docente è donna tu fa il belloccio e trombatela lì lì, come farebbe il conte, Ah ah ah!"

"Dai su" aggiunse Linda, "Io tra dieci giorni, e sto più o meno come te". Ema si riprese e realizzò che il tempo in effetti c'era, doveva solo, come aveva detto la madre, distrarsi di meno e concentrarsi di più nello studio; la tensione del primo esame universitario lo attanagliava ma guardandosi attorno vedeva, nei volti degli amici, la stessa comune paura ed in fin dei conti, tutti erano lì proprio per quel motivo, essere responsabili dei propri impegni, studiare e fare esami e non erano neanche i primi a fare ciò; così si caricò sentendosi rincuorato.

A questo contribuì anche Grazia che prese a parlare in modo rassicurante "Ema, hai seguito le lezioni?"

"Si ma non tutte di queste materie, i docenti sono pure di carattere bello tosto, a volte le loro lezioni mi ammorbavano e quindi non andavo... Ah! Davide a proposito, alla conte Uguccione, son loro che mi trombano questa volta!"

Grazia continuò "Ema ascoltami i miei esami iniziano tra due mesi e mezzo e sono a buon punto con lo studio, sai è tutta questione di volontà e concentrazione; se vuoi io posso ascoltarti quando ripeti e darti una mano eh?"

Ema, in quel momento, capì davvero chi aveva davanti, le avrebbe voluto dire ti voglio bene e darle un bacio ma fu laconico "Grazie, non ti preoccupare con Mizio da oggi pomeriggio ci metteremo sotto fino alla sera".

"Bene" aggiunse lei

"A proposito sono le 15,00 passate! Devo andare mi aspetta a casa sua; che fate voi? Venite verso la piazza?"

Così tutti andarono via, e giunti in piazza, Ema chiamò a sé Grazia e le disse: "Io studierò penso fino alle 19,30 poi andrò a casa, vogliamo uscire un'oretta stasera dopo cena?"

Grazia lo guardò e rispose "Va bene ci vediamo in piazza"

"No Grazia... intendevo uscire solo io e te per chiacchierare!"

"Va bene usciamo noi due e facciamo due chiacchiere, va bene, Ema ora va' e studia, fallo per te stesso, mi raccomando!"

Mizio abitava all'esterno delle mura del centro, nella zona moderna di Urbino, Ema fece tutta la salita di Via Raffaello poi prese un paio di scorciatoie ed arrivò.

Il suo amico e compagno di studi nel frattempo

aveva preparato la moka così la mise sul gas.

Ad Ema piaceva prendere il caffè con la crema fatta con le prime gocce appena uscite e sbattute con lo zucchero nella tazzina, poi era abituato a spegnere il gas quando il caffè era appena a metà nella moka poiché diceva che il vero caffè doveva essere ristretto e se la moka borbottava a lungo, era tutto da buttare; "Non è un caffè ma una ciofeca" era il suo modo di dire e quindi fece lui.

Seguirono due chiacchiere al volo ed una cancerosa sul balcone poi si accomodarono in camera di Mizio dove vi era una spaziosa scrivania, si misero l'uno di fronte all'altro e non alzarono la testa fino alle 19,30.

Quello, fu il primo pomeriggio di Ema trascorso a casa di Mizio, il primo di una lunga serie.

Ema rientrò a casa intorno alle 20,00, raccontò ad Anto della intensa giornata di studio e cenò, poi si preparò, la salutò dicendole che non avrebbe fatto tardi cosciente com'era che il giorno seguente, avrebbe dovuto studiare; la sorella sorrise e disse semplicemente di stare attento a quel che faceva.

Ema arrivò in ritardo in piazza, si affacciò al Caffè Rinascimento ma non vide Grazia, si sporse al Belpassi ma non la vide neanche lì, quindi stazionò poi improvvisamente sentì chiamarsi "Ema, Ema!"

Si voltò e vide Grazia sorridente, che gli andava incontro.

Indossava un cappottino grigio sbottonato, scarpe con il tacco, calze velate scure, gonna grigia scozzese con un dolcevita color panna; quando poi, fu ancor più vicina, Ema notò che portava i capelli sciolti, era truccata con un rossetto di color rosso ed un ombretto chiaro che evidenziava i suoi splendidi occhi verdi.

"Ciao Ema!"

"Ciao" rispose Ema incantato a guardarla

"Allora come è andato il pomeriggio di studio?"

"Bene Grazia! Davvero bene, io e Mizio siamo amici, e quindi ci troviamo alla grande"

"Ah, meno male, un compagno di studi anche amico, è una gran cosa", poi aggiunse "Allora che si fa?",

"Dunque, innanzitutto non si fa tardi, comperiamo le cancerose e poi si va a … dai passeggiamo per il centro senza meta, ti piace?"

"Sì, bello, mi piace, e non si fa tardi ok!"

Ema la prese spontaneamente sotto braccio e lei, senza alcun tentennamento si strinse a lui.

Grazia riprese a raccontare del suo ex fidanzato come se volesse trovare giustificazione e conforto in Ema per averlo lasciato, lui non era infastidito dal racconto di Grazia, né sentiva quella sensazione di strana gelosia che aveva provato per Diana, quando intuì che si era messa con Mario, anzi la seguiva attentamente nel suo racconto.

Grazia pianse, Ema si imbarazzò, poi le diede un fazzolettino di carta e la consolò come un fratello.

Si fermarono appoggiandosi ad un muretto che dava su Porta Lavagine, faceva freddo; Ema le diede la sua sciarpa, le mise una mano sulle spalle e prese a parlare facendole capire che spesso le cose che in apparenza vediamo come meravigliose in effetti non lo sono, specialmente in amore; poiché il primo impatto, che da ragazzi si ha con l'altro sesso è legato sempre superficialmente all'estetica, all'attrazione fisica ed in molti si illudono che da lì possa avere inizio tutto; invece, spiegava la sua percezione Ema, il primo contatto vero avviene proprio dentro ciascuno di noi in modo del tutto differente.

Così, fece l'esempio: "Un uomo ed una donna dovrebbero parlarsi attraverso una sottile parete, senza vedersi ma dovrebbero soltanto sentire le variazioni e le vibrazioni del battito del loro cuore e percepire in animo le sensazioni che il timbro di voce e le parole, dette dall'altro suscitano nel loro io; è come se in acqua ferma si facesse cadere una goccia d'acqua, questa muove la superficie poi fa tanti cerchi che pian piano si dilatano ed emettono vibrazioni poi se si fanno cadere altre gocce continue, con maggiore intensità, nello stesso punto esse, arrivando in profondità, la nutrono e la fanno crescere. L'aspetto esteriore, di cui s'invaghiscono i nostri occhi non è altro che un semplice condimento all'amore, ma non è la vera sostanza di cui ci si nutre; *l'essenza* è ben altra cosa..."

Grazia non disse nulla, ringraziò Ema.

7

I successivi furono dei giorni intensi per Ema, *"studere, studere"*, quindi si mise veramente sotto. Si organizzò così: la mattina a casa ed il pomeriggio sino alla sera da Mizio. Ema andò avanti costantemente per più di una quindicina di giorni. Usciva molto poco e si vedeva di rado con gli amici. Nelle sue uscite, Grazia era quasi sempre presente ma d' amori trascorsi e prossimi non si parlava più.

Chi si rifece viva fu Diana che aveva rotto con Mario mentre lui non frequentava più il gruppo; anche Lucio e Linda erano scomparsi, avevano scelto un esilio volontario che chiamavano simpaticamente: Paradise Love, fatto di vita casalinga tra studio e tant'altro...

Diana fece pace con Chiara e consegnò finalmente ad Ema la musicassetta di *Anna Oxa* dicendogli "Te l'ho fatta davvero con il cuore!"

Una sera freddissima di inizio dicembre, la neve fece la sua comparsa ad Urbino così rientrando da casa di Mizio, Ema fu colto da una vera e propria bufera e amante com'era della neve sin dall'infanzia, quella coltre bianca, che tutto copriva, gli mise uno stato di euforia irrefrenabile.

Ema veniva da una delle città più fredde d'Italia dove la neve cadeva quasi ogni inverno quindi amava "sguazzare", per ore ed ore, nel bianco candore, respirando quell'aria pura ed ascoltare i sordi fiocchi posarsi al suolo.

D'ovatta era il suo mondo in quegli istanti ed egli si sentiva di nuovo bambino, felice, vivo.

Nevicò per due giorni di continuo tanto che l'U-
niversità rimase chiusa e la città fu ricoperta da
una spessa coltre che ostruiva il passaggio in
molte strade, vicoli e vicoletti del centro.

Ema, per allietare ancor di più quei momenti fe-
stosi ebbe una pazza idea; la sorella rise tanto appena comprese cosa era intenzionato a fare ma
conoscendolo, lo lasciò fare.

Prese la teglia del forno, si incappucciò ben bene
ed uscì, Anto andò con lui per vedere cosa com-
binasse quella "peste cresciuta".

Si mise all'inizio della salita che portava fin giù,
proprio sotto casa, in Porta San Bartolo e lancian-
dosi con la teglia, a mo' di slittino, la percorse
tutta a gran velocità arrivando sino al portone di
casa, aprendolo e quasi sfondandolo con i piedi.

Tutti impazzirono a vederlo ed alcuni iniziarono
ad emularlo.

Ema continuò per un bel po', avendo ormai creato una nuova comitiva improvvisata con cui si
lanciava e gareggiava.

Da lì, casualmente, passarono anche Chiara e
Diana che lo videro e fu così che anche loro furono coinvolte in quel divertimento sfrenato.

Diana sembrò diversa, solare, socievole ed affettuosa.

Il suo atteggiamento freddino ed acido sembrò
improvvisamente svanito, va bè che Ema non la
vedeva da quasi quindici giorni e non la conosceva bene, si erano visti, si e no, due volte parlando, forse solo una volta in modo confidenziale,
ma Ema ebbe questa sensazione.

Da piccolo, la nonna Pina diceva ad Ema: "tu sei
lungimirante, intuisci le cose prima che gli altri
le sentano e le scoprano dentro se stessi; la tua

sensibilità non ha eguali piccolo mio, da grande te ne accorgerai".

Diana ed Ema scivolarono con la teglia da forno, insieme, avvinghiati, ed arrivarono fin giù ruzzolando. Diana si trovò su di lui, lo guardò, Ema fece la stessa cosa, poi Chiara gli sferrò una palla di neve, dissolvendo quell'attimo.

Iniziò una vera e propria battaglia che si protrasse fino al tardo pomeriggio.

Fradici, stremati ed infreddoliti si fermarono, Ema le invitò a salire a casa per scaldarsi e prendere un tè, così andarono.

Anto studiava ma fu contenta di vedere il fratello con le sue amiche, Ema fece un tè caldo, prese la *Nutella* ed una confezione di *Tarallucci del Mulino Bianco* così preparò una merenda che, in effetti, valse da cena visto che si fecero quasi le 20,00 tra una chiacchiera e l'altra.

Le riaccompagnò fino alla piazza e tornò a casa egli era davvero felice ed Anto se ne accorse,

"Che cosa stai combinando eh? Ti conosco, Manu, va be', va be', l'importante è, che tu sia felice, ti voglio bene".

Ema andò a dormire e con il walkman ascoltò per ore, *Anna Oxa*.

8

Il sole fece la sua ricomparsa ed iniziò il disgelo, tutto pian piano tornò alla normalità e ad Ema, di quella prima grande nevicata d'Urbino, rimasero dolci e candidi ricordi.

Mancavano ormai pochi giorni all'esame, era teso, così decise di fare da solo il ripasso.

Uscì pochissimo, sentiva addosso la responsabilità di dovercela fare; i genitori e la sorella, già passati prima di lui da quella dolce ghigliottina, non lo pressavano più di tanto ma lo esortavano a fare bene per sé stesso.

Ema si incontrò un paio di volte con Diana e Chiara, il rapporto d'amicizia si era consolidato e tra lui e Diana vi erano grande simpatia ed intima complicità.

Andò un paio di volte con loro al cinema e a mangiare la pizza con alcuni amici in comune ed in quei momenti era stato sempre vicino a Diana.

La sera prima dell'esame Ema non uscì ma verso le 22,00 sentì citofonare, rispose Anto e lo avvertì che vi era una ragazza che chiedeva di lui.

Ema rispose, riattaccò la cornetta, si mise, in fretta e furia, un giubbino e scese un attimo, quindi aprì frettolosamente il portone

"Ciao!"

"Ciao Diana che ci fai qui? Rispose, visibilmente sorpreso.

"Niente scusa, scusa, ma Mizio mi ha detto che domani sosterrete l'esame e sono passata per... insomma, per farti "l'in bocca al lupo!" Ema sorrise e rispose "Crepi il lupo! Diana, grazie mille, veramente un pensiero meraviglioso il tuo".

"Ok Ema, allora ciao e buonanotte", sussurrò Diana imbarazzata, spostandosi i capelli davanti agli occhi e strisciando nervosamente un piede sul selciato.

"Si grazie ci vediamo domani, ti offro il caffè dopo l'esame ok?" Rispose in modo dolce Ema.

Così "Morfeo" fece a pieno il suo dovere ed egli dormì tranquillo.

La mattina, giacca blu, camicia celeste, jeans, cravatta regimental, ed Ema era pronto.

La sorella gli raccomandò di stare tranquillo, che aveva studiato e quando si sarebbe trovato davanti al docente, avrebbe ricordato tutto poi si preparò anche lei ed uscirono insieme; Anto andò in Facoltà di Farmacia mentre Ema svoltò a sinistra in piazza e proseguì verso la sua Facoltà.

Un vociare confuso, una calca di studenti affollava l'ingresso della Facoltà, Ema vide Mizio, così salirono insieme al secondo piano e si recarono davanti all'aula d'esame.

Arrivò l'assistente che aprì la porta e disse: "Chi deve sostenere l'esame venga dentro e consegni il proprio libretto"

Mizio ed Ema consegnarono i libretti e rimasero sull'uscio con tanti altri, che con libri ed appunti cercavano la memoria e la fortuna dell'ultimo minuto e vi era anche chi, pregava, invocando San Giuseppe da Copertino, protettore degli universitari.

Arrivò il docente con la sua borsa di pelle scura, giacca cammello e barba grigio nera, folta.

"Prego entrate" sentenziò l'assistente e l'aula si riempì.

Ema e Mizio si accomodarono dietro, così il docente aprì il registro, fece sedere vicino a sé l'assistente, prese a spulciare i libretti ed iniziò a chiamare il primo candidato; a rompere il ghiaccio fu una ragazza. Così cominciò l'appello: due, tre promossi, e nessun bocciato, era passata un'ora e così si continuò. Ema e Mizio uscirono dall'aula per fumare e videro, sul pianerottolo Pigi.

"Cass ragazzi fate l'esame!"

"Si Pigi" rispose Mizio

"E tu Pigi?" Chiese Ema

"No cass, ma sé matt! Non so nulla, io lo faccio a maggio".

D'improvviso arrivò alle loro spalle, di corsa Gilberto, amico di Facoltà e disse "Dio! Si sta incazzando come una iena, ha buttato fuori il Vigna e Lucilla!"

"Cazzo!" esclamò Ema "Porca putt... e quelli erano sempre a lezione seduti avanti, mo' si doveva incazzare questo!"

"Mannaggia! Non ci voleva e ora? Speriamo dai" mugugnò preoccupato Mizio.

Erano ormai le 12,00 passate, la tensione era salita alle stelle, Ema sperava di essere chiamato il prima possibile ed ecco che l'assistente pronunciò il suo cognome; Ema si avvicinò, salutò e si sedette poi fu tentato come a scuola di tirar fuori i libri dallo zaino ma si rese conto che era ad un esame universitario.

Si tranquillizzò ed attese.

Il docente aprì il libretto ripeté il suo nome e cognome, Ema sospirò e rispose d'essere lui, il docente guardò ancora il libretto, lo chiuse e...

e come la puntura sul culetto da bambini, durò veramente un attimo; tre domande, Ema rispose "Ventisette lo accetta?" disse il docente,

"Si!" rispose Ema.

Mizio seguì ad Ema e fu anch'esso promosso.

Dalla Facoltà alla piazza Ema volò, sentiva dentro una sensazione meravigliosa, come se avesse un'energia innaturale, l'adrenalina era in pieno circolo; si fermò alla prima cabina telefonica libera e chiamò i genitori che furono felici del risultato poi andò verso casa ma Anto non era ancora rientrata allora tornò, come una trottola, in piazza e vide Diana.

Ema, rimase fermo, lei si avvicinò un po' preoccupata ed Ema esclamò "Ventisette!"

"Oddio!" Diana lo abbracciò con tutta la sua forza, poi Ema la guardò, lei aspettava ma Ema esclamò:

"Vai, caffè!" Quindi si rintanarono nel bar.

Anto, rientrando con una sua amica dalla Facoltà, passò dalla piazza e vide Mizio, lo avvicinò e chiese "Mio Fratello?"

"È dentro il Caffè Rinascimento a festeggiare l'esame, l'abbiamo passato tutti e due!"

"Uff" fece Anto verso l'amica "Meno male! Anna è andata".

Ema e Diana uscirono dal bar e si incontrarono con Anto così andarono insieme a pranzo a mensa.

Dopo pranzo Ema accompagnò a casa Diana, ma arrivati al portone, fu lui a prendere l'iniziativa.

Fu galante e domandò: "Diana posso baciarti?"

Lei rimase incredula poi rispose con un filo di voce "Si, lo desidero tanto".

Fu un bacio lungo, passionale, ed ancora, un bacio vero, profondo, erotico, sensuale; un bacio tra un giovane uomo ed una giovane donna che si desideravano tanto. E fu così che Diana ed Ema scaldarono i loro cuori in quel freddo e lontano mese di dicembre ad Urbino.

9

It's my life e *Living on a Prayer* di Bon Jovi erano pezzi adrenalinici per Ema, anche Diana impazziva per quei brani che ascoltavano e riascoltavano, passeggiando teneramente per le vie d'Urbino.

Diana era al settimo cielo, Ema anche.

A sorpresa Ema aveva comprato il doppio jack per il walkman che consentiva di collegare due cuffie, contemporaneamente, allo stesso apparecchio e così ascoltare la stessa musica.

"Che progressi la tecnologia!" Disse Diana quando Ema le fece vedere il jack.

Vagavano per Urbino, senza meta, lui con un bomber, dei jeans sdruciti, i capelli legati con un elastico di colore viola ed anfibi slacciati; lei sbarazzina, acqua e sapone, portava i capelli sciolti, un cappottino corto, dei jeans e scarpe basse.

Diana era la classica bellezza salentina, mora, olivastra di carnagione, occhi scuri e labbra sinuose. Aveva un viso meraviglioso ed un corpo ben proporzionato, come diceva Ema "Misure giuste nei posti giusti".

In quel periodo presero a frequentare nuovi amici, e con loro usciva spesso anche Mizio con la sua comitiva.

Diana era tornata a vivere in stanza con Chiara che si era messa con un ragazzo ascolano di nome Fabio e così, spesso, ma soprattutto nei week end, facevano delle fughe a casa di lui che abitava per conto suo. Fabio aveva ventitré anni e mezzo, quindi più grande di Ema, frequentava l'Isef, era un tipo sportivo e molto carino; aveva un buon carattere, era simpatico e socievole e tra lui ed Ema c'era grande affiatamento.

Fabio aveva una bella auto sportiva, quando stava ad Urbino amava portare in giro Chiara e fare escursioni improvvisate, così capitava che invitasse anche Diana ed Ema che, più di una volta, accettarono volentieri.

Visitarono San Marino, la Rocca di San Leo, Gradara e tanti borghi e paesini delle zone circostanti; fecero anche seratine in discoteca in riviera Adriatica, i locali più gettonati furono le perle tra Misano e Riccione: il Pascià, il Prince, il Peter Pan ed il Cocoricò.

Ema amava le discoteche e quando si decideva di andare, per lui era eccitazione allo stato puro.

Ema dopo dieci giorni fece l'altro esame ed andò bene, ed anche Diana superò il suo primo esame, quindi festeggiarono romanticamente dormendo per la prima volta insieme.

Chiara partì con Fabio per Ascoli e così Ema andò a casa di Diana.

Lei cucinò per lui, cenarono, poi uscirono a fare un giro in piazza, presero da bere e rientrarono presto.

Ema si sedette sul letto di Diana, lei chiuse a chiave la porta, spense la luce ed accese la lampada sul comodino, lui prese una musicassetta dalla tasca del giubbino, gliela diede, lei la infilò nel radione e si sedette sul letto di fronte ad Ema e si mise ad osservarlo teneramente.

Le prime note di *Coming Around Again* di *Carly Simon*, la fecero sorridere così si sollevò i capelli portandoli dietro le orecchie, Ema la fissò intensamente, si alzò, le prese le mani e la fece alzare dinnanzi a lui, poi la strinse a sé e cominciò a baciarla dolcemente. Le baciò il viso, le sfiorò le labbra con la lingua, si soffermò sull'orecchio e scese lentamente sino al collo.

Diana chiuse gli occhi e si lasciò andare, Ema si tolse maglia e t-shirt, lei fece lo stesso rimanendo in reggiseno. Lui si mise dietro di lei, le sollevò i capelli ed iniziò ad accarezzarle le spalle respirando delicatamente sul suo collo; Diana si eccitò, ebbe i brividi e si girò, quindi lo baciò con passione ed iniziò a premere i seni sul suo petto.

Le labbra si incontrarono di nuovo, massaggiandosi le une dentro le altre, umide, calde.

Diana iniziò ad ansimare intensamente ed Ema riprese a baciarla sul collo lasciandole un'umida scia del suo sapore, poi delicatamente, le slacciò il reggiseno.

Lei lo lasciò cadere e si mise in bocca le dita, le bagnò e le fece scivolare al centro del petto di Ema scendendo fino a jeans, lui si eccitò ancor di più e la girò di spalle, iniziò a scendere con la lingua sulla sua schiena seguendo le vertebre fino ad arrivare ai glutei.

Diana ebbe altri brividi ed iniziò a gemere, mise le mani tra le gambe di Ema e prese a toccarlo in profondità strusciando il sesso sui suoi glutei.

Ema la girò di nuovo, la toccò ancora poi scese fin lì con le labbra. Diana impazzì, gli strinse la testa premendola sul suo petto, lui, tenendo le labbra incollate alle sue, iniziò a sbottonarle i jeans, lei lo aiutò e fece lo stesso con lui.

Diana si sdraiò sul letto ed Ema si mise su di lei; si tolsero ciò che era rimasto sui loro corpi, lei sussurrò: "Dio come ti voglio"

"Anch'io, tanto" rispose e riprese a baciarle i

seni. Lei rimise le mani sulla sua testa e lui scese fino all'ombelico; Diana iniziò a contrarsi, lo tirò a sé e lo baciò, poi scese tra le gambe di Ema e prese a dare la bocca al suo sesso.

Lui iniziò a premerle la testa, Diana lo deliziò con la sua lingua, "Cristo amore mi piace, sì".

Ema le accarezzò l'orifizio celato, lei ebbe un sussulto, si risollevò di scatto, prese il volto di Ema tra le mani, e sussurrò "Ficcamelo!"

Ema la baciò, scese con le labbra lungo il suo corpo, arrivò tra le sue gambe e la preparò facendole sentire ancora la sua bocca, la sua lingua; lei gemette ancora e strinse le gambe attorno alla testa di Ema.

Diana ansimava ed Ema osservò il suo volto; lei aveva una luce strana negli occhi, una luce di un attimo, unica meravigliosa.

Diana allargò le gambe ed Ema le entrò dentro.

Si mordeva le labbra godendo e fissava il viso di Ema muovendosi delicatamente, sentendolo duro dentro di sé, pose le mani sul suo petto e fece leva aumentando il vigore dei suoi movimenti, Ema la assecondò stringendola dai glutei e spinse ancor di più; lei iniziò ad alzare il timbro di voce, Ema si sollevò e Diana si lasciò penetrare a fondo. Ema le strinse i seni e spinse ancora, poi sentì di venire, quindi rallentò, sentì contrarre Diana più volte e la sentì godere, bagnarsi.

"Cristo! Vengo!" Ema uscì da Diana e si mise di fianco a lei; lei si sollevò rannicchiandosi su di lui.

Vi fu silenzio per un istante infinito, Diana baciò Ema e sussurrò "Ti amo", Ema rispose "Anch'io".

Rimasero lì per tutta la notte; avvinghiati l'uno all'altra, in un letto ad una piazza, in una fredda e vecchia casa del centro di Urbino che, per quella notte, era diventata una calda ed accogliente "suite matrimoniale" dell'Hilton.

10

Un paio di giorni dopo Ema e Diana andarono ad una festa natalizia organizzata presso i collegi universitari dove trovarono molti amici tra cui Mizio, Davide, Grazia ed anche Pigi.

Ema fu avvisato da Pigi della presenza Fabiola, la vide in lontananza, di spalle ma evitò di avvicinarla, lei non lo vide.

La serata trascorse all'insegna del divertimento, musica a tutto volume e servizio bar a prezzi davvero stracciati, improvvisato, per l'occasione, da alcuni studenti del circolo universitario.

Ema e Diana ballarono per parecchio tempo, bevvero e si imboscarono poi presero a fare del chiacchiericcio con Lucio e Linda, anche loro finalmente di nuovo tra gli amici.

Ema si allontanò con Lucio e Pigi ed iniziarono a gironzolare mentre Diana rimase con Linda ed altre amiche.

"Oh! Ema cass, bravo! Non sapevo di Diana, proprio una fig...!" Esclamò Pigi

"Finiscila dai Pigi! Sei il solito" rispose ridendo Ema,

"No non scherzo mica, è una delle più belle matricole che c'è in giro cass! E te la uccelli tu, Ah ah ah!"

"Vero!" aggiunse Lucio divertito,

"Mannaggia, ma come devo fare con voi!"

Sospirò Ema scuotendo divertito la testa.

Pigi scimmiottò con le mani e diede uno spintone ad Ema, poi serio "Dai, scherzo, lo sai, comunque sei stato un grande".

A loro si aggiunse Davide che alticcio, arrivò di corsa gridando "Il Conte se le tromba tutte!"

Poi, d'un tratto si sentì una voce familiare

"Aho! Guarda chi c'è? Er kamasutra de Terni!"

"Oh Mario!" Esclamò Lucio "Da quanto tempo!"

"E certo! Stai sempre a fa n'arte! Ah ah ah! Ciao regà, bella festa eh?"

"Ciao Mario, sì davvero" rispose Ema,

"Ciao io sono Pigi, sì bella festa, piena di figa, peccato che stì qua, cass, si sono accoppiati fissi Ah ah ah! Però Linda e Diana meritano dai!"

"C'è so' pure Linda e Dianarella? Ma famme capì Lucio, ancora stai co' Linda, sennò ce facevo un pensierino Ah ah ah!"

"Sì" rispose Pigi "Ciulla fisso, ed Ema con Diana, che cass… ed io vado a mano, porca zozza! Ah ah ah!"

Ema era infastidito dalla presenza di Mario, per i suoi precedenti con Diana, per il suo atteggiamento da gradasso ed il modo grezzo di fare; poi però accadde quello che Ema non avrebbe mai voluto accadesse.

Mario colse la palla al balzo e si rivolse a lui dicendo:

"Ehi fratellì, famme accende và, pure tu nun te fai più vedè! Tutto ok?"

"Certo! Ho avuto da studiare questo periodo, mi son mosso davvero poco"

"Stà come un leone, si muove la notte, cass, s'uccella Diana, ah ah ah!" intervenne Pigi pensando d'essere stato simpatico,

"Dai bravo! Nun ciò sapevo, sì è na bella pischella davvero",

Ema stizzito dalla battuta di Pigi rispose freddamente "Sì, ci frequentiamo da una settimana, dieci giorni, più o meno".

"Sdadadrang!" gesticolò ancora Pigi, senza freni inibitori, così Ema urtato ancor di più, gli intimò di smetterla.

"Aho!" disse Mario "Lascialo stà, nun vedi che sta allegro e sta a scherzà dai, e poi, Ema, ma nun te n'ammorà, nunne vale la pena, poi de quella; tu sei amico mio no? Allora stamme a sentì, te dico solo che dopo mezz'ora, come disse er sommo poeta, quella... la bocca sollevò dal fiero pasto..."

Lucio e Pigi rimasero in silenzio, Ema gelò, poi reagì e replicò con rabbia: "Mario sei proprio grezzo davvero!"

Mario fece uno sguardo di sfida ad Ema e gli si avvicinò, si trovarono testa a testa, Davide e Lucio intervennero per separarli, Mario iniziò a dire "Dai famme vedè dai, allora!" Ema non reagì, subito Lucio allontanò Mario ma lui continuò

"Lasciame stà! Aho! Famme vedè che vuole, se le vuole piglià stanotte!"

Ema decise di reagire ma Davide lo bloccò, quindi gli urlò contro come un indiavolato

"Meglio che te ne vai, e non ti fare vedere!"

Linda e Diana si accorsero della situazione così si avvicinarono, frettolosamente.

"Cosa è successo amore?" esclamò Diana preoccupata, poi vide Lucio che allontanava di peso Mario parlando concitatamente e capì che il motivo del contendere, era proprio lei.

"Ema, amore; allontaniamoci vieni!"

Ema non rispose, la guardò, poi "Allontaniamoci? Eh!

E perché mi dovrei allontanare?"

Diana lo abbracciò e lui la respinse, Linda s'accorse che la situazione stava degenerando e cercò di mettere pace

"Dai ragazzi non vi rovinate la serata, non ne vale la pena, per quello poi! Ma non lo vedete"

"Appunto" rispose Ema "Dillo alla tua amica!"

Diana si sentì ferità e rispose "Io me ne vado a casa, basta!"

"Brava. Fai bene ciao, buonanotte!" Gli rispose con tono di voce alterato

"Ma state scherzando? Finitela tutti e due, dai!" Cercò di placare gli animi Linda ma non ci fu verso; Diana si mise il giubbino e non salutò nessuno, così Linda chiamò Lucio e decisero di andar via con lei.

Ema, accecato com'era, fu tentato di andare a cercare Fabiola, ma Pigi lo calmò, presero a bere d'*Assenzio* e ci diedero tanto mischiando con fumo.

Lasciarono i collegi a notte inoltrata e brancolarono a lungo per la piazza poi, quando albeggiava e la sbornia si attenuò, Pigi accompagnò Ema sotto casa, lui lo ringraziò e Pigi lo salutò:

"Scusa, la colpa è anche mia che ho fatto troppe battute",

"No, Pigi non ti preoccupare, tu hai scherzato e lo so, so che mi rispetti tanto e non hai fatto nulla di male",

"Ok Ema, allora se non ci vediamo, Buon Natale"

"Buon Natale Pigi".

11

Un tiepido sole svegliò Ema, ancora frastornato per la strana ed inaspettata nottata di sbornia e lite furibonda.

Era la vigilia del rientro a casa, quindi con la sorella cominciò a preparare i bagagli. Anto s'accorse che c'era qualcosa in lui che non andava ma evitò di chiederglielo, ella attese inutilmente che fosse lui ad aprirsi ma egli non si sbottonò, quindi lasciò perdere e non chiese nulla ma intuì chiaramente.

Ema restò a casa per pranzo, attese inutilmente che il citofono suonasse poi, dopo pranzo, salì in piazza.

Incontrò poca gente, molti erano già partiti, allora si avviò verso il Caffè Rinascimento, e lì davanti trovò Fabio e Chiara.

Fabio lo invitò a prendere un caffè, cosi s' accomodarono nella saletta; Ema attendeva da Chiara qualche notizia su Diana, ma lei non disse assolutamente nulla; fu Ema a parlarne, rendendosi conto di aver esagerato.

Fabio fu un vero amico, leale, sincero, affettuoso; lo strigliò dolcemente e gli spiegò che le congetture degli altri, gli atteggiamenti e le parole esternate molte volte sono dovute ad invidia e gelosia da parte di chi non è in grado di arrivare e saper tenere una cosa preziosa, come era per lui Diana.

Chiara decise di parlare ed aggiunse che Diana era ferita e che si sentiva anche colpevole, aveva pianto molto e pensava sempre a lui ma le aveva detto che, se lo avesse incontrato, non gli avrebbe dovuto far capire nulla e che, per il momento, non era intenzionata a vederlo.

Ema era confuso, il suo cuore gli diceva di correre da lei ma la sua mente ed il suo orgoglio lo frenavano; prevalse la ragione e, da buon leone, rispettò la volontà di Diana.

Diana non si fece viva né il pomeriggio né la sera, Ema rimase a casa, non uscì, pianse, tenendosi tutto dentro, senza confessare nulla ad Anto.

L'indomani Ema e la sorella presero il bus affollato di studenti, che da Porta Lavagine arrivò alla stazione ferroviaria di Pesaro; attesero l'Intercity proveniente da Bologna direzione Bari e salirono. Ema aiutò Anto a sistemare le valigie, si tolse il cappotto, si posizionò su di un sedile vicino al finestrino ed accese una cancerosa.

Il capostazione diede il via, il treno sbuffò e ripartì, senza il saluto a Diana.

Ema si mise le cuffiette del walkman e se le tolse all' arrivo. Camminò tra i veloci e fugaci colori spruzzati sul finestrino di quel mondo in movimento, tingendosi il volto di giallo, d'azzurro, di verde e d'arancio.

Ema viaggiò con la mente, Ema viaggiò con i suoi pensieri, Ema viaggiò con il suo il cuore; Ema raggiunse Diana, la abbracciò, la baciò, Ema la sentì ancor di più sua.

"A casa finalmente!"

Esclamò Ema, appena la madre aprì la porta, Snoopy fece le feste e Silvestro partecipò a modo suo all'accoglienza, annusando aristocraticamente le valigie dei due "figliuol prodighi".

L'albero illuminato ed i regali sistemati ordinatamente in un grande cesto rosso, con torroni, pandori e panettoni aprirono il cuore di Anto ed

Ema, che posarono, con felicità, i loro doni per i genitori.

In quei giorni di vacanza Ema rivide i suoi amici, raccontò dell'Università e trascorse nottate a giocare a carte.

Fu tentato di telefonare a casa di Diana ma non lo fece né ricevette chiamate da lei.

Trascorse la vigilia a casa con i genitori, la sorella, la nonna ed un simpatico ed inimitabile ingegnere nucleare scapolone che andò da loro con la madre. L'ingegnere era di famiglia, aveva vissuto una vita molto movimentata, ricca di episodi simpatici e grotteschi che amava raccontare, arricchendoli ogni volta di nuovi particolari che destavano sempre attenzione e curiosità; sua madre usava ricordarne alcuni davvero grotteschi e lo incitava a raccontarli nuovamente.

Cenarono come d'abitudine, a base di pesce, il papà, alla mezzanotte, festeggiò il compleanno, quindi deposero nella mangiatoia il Bambino che in animo, cuore e spirito tutto muove quindi scartarono i regali.

Il giorno di Natale fu davvero fantastico e dopo aver bevuto in sala un prosecco a cui la madre dell'ingegnere non rinunciò, abituata com'era ad accompagnare le sue bevute con una pasticca anti acidità, l'allegra comitiva si accomodò a tavola, riccamente agghindata per l'occasione.

L'ingegnere aveva cucinato una grande faraona, mentre la madre e la nonna di Ema avevano provveduto al resto.

Fu un pranzo di Natale proprio come Ema desiderava, caldo, pieno d'affetto e d'amore familiare. Seguirono un buon caffè, quattro chiacchiere ed un dolce sonnecchiare sul divano accompagnato dal ronzio della tv.

Nel tardo pomeriggio Ema sarebbe dovuto andare con gli amici al cinema, così iniziò a prepararsi. Uno squillo del telefono destò la sua attenzione, ma la madre fu più lesta nel rispondere.

"Pronto? Ah sì ciao, sei un'amica di Ema, ora lo chiamo, auguri anche a te grazie, ciao"

Ema sentì emozione, andò al telefono in camera da letto, attese che la madre riattaccasse l'altro apparecchio e... "Pronto?"

"Sì pronto, ciao sono io, Diana come stai?"

"Bene Diana ciao, e tu?",

"Anch' io bene, volevo farti gli auguri per Natale"

"Ah grazie, auguri anche a te, sei con i tuoi?"

"Sì sono a casa, mi godo la famiglia"

"Brava, anch' io, quando sali ad Urbino?"

"Penso dopo la Befana"

"Anch' io, ok... Ah! Diana ci vediamo su, devo parlarti ok?"

"Ok Ema anch'io, un bacio, mi manchi"

"Anche tu, un bacio"

Così terminò quella telefonata, Ema avrebbe voluto parlare ancora a lungo, farle sentire il suo amore e chiederle scusa, Diana probabilmente anche, ma l'emozione del momento di due cuori inesperti frenò le parole vere e diede solo quelle di circostanza, eppure una fredda cornetta, scaldò gli animi di entrambi.

A Capodanno fu Ema a telefonare a Diana, poi trascorse l'ultima settimana di vacanze ed arrivò l'Epifania che tutte le feste portò via.

E se fino ad un anno prima, per Ema, quello era un momento fastidioso che sanciva il rientro a scuola, ora era divenuto, improvvisamente, un momento molto atteso.

12

Per Ema, il ritorno ad Urbino avvenne dopo l'Epifania, inaspettatamente Diana non arrivò, trascorsero altri giorni fino a quando lei rimise piede nella città ducale.

Dopo un paio di giorni, Ema vide finalmente Chiara e chiese di Diana, l'amica riferì che era tornata, quindi Ema decise di andare da lei.

Diana lo accolse con un caloroso bacio sulla guancia, Ema tirò fuori un pensiero per lei, Diana lo scartò e si spruzzò il profumo regalatole, si trovò in difficoltà poiché lei non aveva preso nessun regalo, allora si giustificò dicendo che era stata sul punto di farlo, ma aveva desistito perché era confusa, non sentiva nulla da festeggiare e magari non sarebbe stato accettato di buon grado in quella situazione così ingarbugliata.

Diana aggiunse che si sentiva d'esser considerata da lui una ragazza superficiale, quindi aveva deciso, forzatamente, di fare in quel modo.

Ema rimase un po' male, ma non lo diede a vedere, considerava un regalo, specialmente a Natale, come un dolce pensiero infinito per una persona cristallizzato magicamente in un momento senza tempo; poi le disse che per lui non era cambiato nulla, che gli screzi che avevano avuto prima del Natale erano ingiustificati e quella sua reazione era stata impulsiva e molto infantile.

Giustificò il suo comportamento come manifestazione di gelosia dovuta alla paura di perderla. Ema sentiva il possesso su di lei, d'anima e di corpo.

Aggiunse che durante le vacanze aveva avuto modo di riflettere e si era reso conto di amarla davvero tanto.

Diana sorrise, si sentì in imbarazzo, fece un caffè, e parlò:

"Ascolta, anche io ho avuto modo di riflettere, tu sei davvero un ragazzo speciale, forse sono io che sono sbagliata, ed ora non me la sento, ho paura di deluderti, di non darti quello che vorresti, il mio carattere è così, mi chiudo a riccio e soffro per me e per chi mi vuole stare accanto, mi è difficile a diciannove anni, capire tante cose che magari tu capisci e senti più di me, ti voglio bene, capiscimi, ma per ora...".

Ema rimase attonito, non s'aspettava di certo una accoglienza del genere né tantomeno aveva dubitato del suo amore per lui, anzi, i suoi occhi si inumidirono, divenne rosso, fu sul punto di inveirle contro ma mantenne la calma, la guardò e rispose placidamente da uomo:

"Diana che stai dicendo, forse non ho capito bene, vuoi dire che io e te..."

"Sì" rispose laconicamente e lo abbracciò.

Ema rimase impassibile, non la sfiorò, poi la allontanò dolcemente ed uscì in silenzio senza salutarla.

Rientrò a casa di fretta con gli occhi gonfi di lacrime poi, dopo un'ora, uscì nuovamente: era perplesso, sorpreso, spiazzato, confuso, non credeva a ciò che era accaduto.

Girovagò in piazza senza meta: aveva una fissa, trovare Chiara per capire, per sapere.

Mizio gli si fece incontro e si mise a parlare, Ema era stralunato e mentre Mizio parlava, egli con lo sguardo, in modo continuo, convulso, scrutava tutta la piazza per trovare Chiara.

"Ehi! Ma mi ascolti quando ti parlo o no?" Sbottò Mizio,

"Scusami Mì, è che sono pensieroso, devo risolvere una cosa".

"Ma che è successo Ema?"

"Niente, niente, poi ti dirò"

Mizio lo strattonò verso di sé e disse "No! Non aspetto, Ema tu me lo dici adesso, sai ti voglio bene e siamo amici ok?"

Ad Ema piacque quel gesto sincero di Mizio, si sentì aiutato, lo sentì un vero amico e rispose

"Sì hai ragione, andiamo al bar, così ti spiego".

Ema gli raccontò quasi in lacrime tutto, per filo e per segno, Mizio rimase in silenzio e si dispiacque, cercò di tirarlo su dicendo: "Ema su, non ci pensare, tu sei stato un uomo davvero, hai reagito alla grande, io probabilmente avrei urlato e chissà che, tu invece sei stato grande davvero, vedrai sarà lei a cercarti, vedrai; secondo me ora è rabbia delusione e non sofferenza d'amore quella che hai, comunque anno nuovo vita nuova, ed io ci sono!"

Ad Ema le parole di Mizio arrivarono dentro, in fondo e toccarono le corde del suo orgoglio, capì d'essere un uomo, un uomo con sentimenti e grande forza, che era un uomo sincero e leale e che doveva essere desiderato, che non doveva svendere sé stesso, che avrebbe avuto tante e tante ragazze, che in fin dei conti il suo fascino ed il suo modo di essere gli avevano già dimostrato dove poteva arrivare. E come un giovane leone inesperto e provato duramente, si rialzò e si leccò le sue ferite riprendendo a ruggire ma con una forza ed un coraggio del tutto diversi.

Vero è che a volte bastano attimi e poche parole per dare in un momento profonda conoscenza di se stessi, e per questo non vi è età che possa dare questa consapevolezza o maturità d'esperienze che possa rendere a se stessi energia reale ed intima. Fu così che Ema svoltò nella sua esistenza, Ema divenne Ema.

Trascorsero una decina di giorni circa e rincontrò Chiara, la fermò e parlarono a lungo; entrambi sapevano quale era il vero motivo di quella chiacchiera prolungata, ma nessuno dei due si sbilanciò.

Giunsero Lucio e Linda, ed Ema, senza alcun imbarazzo di mettere a nudo la sua vita sentimentale, decise di affondare e domandò a Chiara cosa sapesse della situazione sua e di Diana.

Chiara si imbarazzò cercò consenso in Linda che la guardò facendole capire di svuotare il sacco, perché era giusto così; allora Chiara confessò:

"Ema ti considero un vero amico, questo lo sai vero? Quindi voglio dirti quello che so, ma io non mi assumerò mai la responsabilità di avertelo detto, negherò sempre ok?"

"Certo!" rispose Ema,

"Diana si è messa con un altro, uno di giù, della sua città, durante le vacanze di Natale, sì lo so, è stata una stronza a non dirti nulla, io gliel'ho detto e per questo ci siamo anche prese, anche Linda le ha detto che uno come te non lo troverà, ma lei ha deciso così".

Ema rimase di sasso e non commentò, ormai aveva una nuova pelle, comprese il comportamento ambiguo di Diana ed aggiunse in modo limpido "Ragazze, siete state davvero delle amiche, non dirò mai che mi avete riferito queste cose; ok ci sono rimasto di merda, preferivo sentirlo dalla sua bocca, ma si vede che non ha il coraggio, io non la colpevolizzo, è una giovane ragazza bella, attraente ma neanche la giustifico, considero tutto ciò un episodio della mia vita ed andrò avanti per la mia strada. Certo è che non mi merita, la sincerità e l'onestà sono le cose che stanno alla base del rapporto tra due persone che dicono di amarsi, quindi..."

Ema trascorse quindici giorni davvero brutti, era deluso più che per amore, per orgoglio; non poteva accettare il comportamento di Diana, il suo giustificare il tutto dicendo ho paura di non darti quello che meriti e menate varie, era stizzito, era davvero un leone pronto ad azzannare la preda. Mizio fu un vero amico per lui, lo cercò di continuo e lo portò in giro quasi ogni sera, Ema reagì e quel velo grigio che aveva in animo e mente iniziò a dissolversi.

Perse la memoria di Diana e fu meglio così.

Arrivò la fine di febbraio ed in una tarda mattinata Chiara fermò Ema che era con Mizio nei pressi della Facoltà. Chiara lo tirò a sé allontanandolo da Mizio e con enfasi gli riferì:

"Ti devo dire una cosa importante!"

Ema rimase perplesso per tutta quella foga e la fece parlare "Allora devo dirtelo per forza, Diana si è lasciata con quel tipo del suo paese da una settimana ed ora a casa non fa altro che parlare di te, piange si dispera; ma zitto, mi raccomando, io non ti ho detto nulla ok?"

Ema sentì un sussulto dentro di sé, orgoglio, rivincita mista a dispiacere ed amore, ma fu freddo e disinteressato nel risponderle, Chiara aggiunse "Domani arriva Fabio, perché non andiamo a fare un giro tutti e quattro insieme come i vecchi tempi? Dai ti prego!"

Ema sorrise e le disse "Ci penserò, domani ti farò sapere, ok?"

Quella stessa sera Ema andò a casa di Mizio per il compleanno di un amico che abitava con lui e lì incontrò tante persone che non conosceva. C'erano anche Lucio, Linda e Pigi, che gli ricordò nuovamente di Fabiola ed Ema si fece dare il numero di telefono. Durante la serata Ema conobbe Francesca e Gaia, una ragazza alta, con capelli lunghi biondi e occhi castani. Francesca e Gaia erano grandi amiche di Mizio; Gaia studiava Sociologia e Francesca Giurisprudenza, vivevano insieme al centro di Urbino. Ema legò subito con le ragazze e parlò a lungo con loro, raccontando di tutto un po'suscitando l'interesse di Gaia.

Bevvero tanto, suonarono la chitarra e cantarono, così andarono avanti fino alle 3,00, poi Ema decise di andare via, così Lucio e Linda si accodarono, con loro anche Pigi, Francesca e Gaia.

Fecero la stessa strada poiché abitavano tutti in centro tranne Pigi che salì sulla sua rombante Fiat campagnola e sgommò via.

Giunti in piazza si trattennero un po' e, tra una battuta ed un'altra, Ema chiese a Gaia se fosse fidanzata, lei rispose di no, poi fu lei a rivolgergli la stessa domanda ed egli rispose allo stesso modo; così, voltandosi verso l'amica Francesca si fece sfuggire un "Sì! Bene!" che Ema colse chiaramente, ma fece finta di nulla.

Ema rientrò a casa e sentì dentro il ruggito del leone; dal buio di un mese prima, adesso si sentiva al centro dell'attenzione di una giovane donna, fiero, orgoglioso determinato. Con il suo walkman si addormentò ascoltando a manetta gli U2, ed amando sé stesso.

13

L'indomani Ema incontrò Chiara e si accordarono per l'uscita. Ema si fece trovare nel primo pomeriggio a porta Valbona, Fabio passò con l'auto e lui montò dietro trovando Diana.

"Ciao!" esclamò imbarazzata, ma subito dopo ella sorrise dolcemente,

"Ciao Diana", nient'altro poi Ema si rivolse a Chiara e Fabio chiedendo "Dove andiamo?"

"Ema, ti porto in un posticino" rispose Fabio "Si va alla magnifica Gola del Furlo!"

La Gola del Furlo era un luogo incantevole, le acque del fiume di un verde intenso scorrevano incassate tra rocce a strapiombo, il fiume impetuoso nel suo andare creava schiuma bianca che si rituffava nel verde, mossa da turbinii d'acqua che facevano sentire la loro voce.

Fabio parcheggiò accostando sul ciglio della strada, scesero e raggiunsero la staccionata che dava sul fiume e si misero ad osservare estasiati lo scorrere delle acque; qua e là felci ed alti abeti facevano da contorno a quel paesaggio incantato. Dall'alto dello spacco delle rocce filtrava la luce di un tiepido sole, che accarezzava i loro volti, compiaciuti per quel caldo bacio.

"Dio che meraviglia!" esclamò Chiara stringendo Fabio, mentre Diana ed Ema se ne stavano appoggiati, uno di fianco all'altra, sulla staccionata osservando il fiume.

"Hai da accendere Ema?" Chiese Diana

"Sì, ma hai preso a fumare?"

"Sì, marlboro lights, come te!"

Ema le diede il suo zippo e sorrise poi si accese una cancerosa e riprese ad osservare lo scorrere impetuoso delle acque.

Seguì ancora silenzio, mentre Chiara e Fabio si allontanarono, continuando nelle loro effusioni.

Diana prese coraggio e disse "Ema, ti devo chiedere una cosa?"

"Sì" rispose determinato "Dimmi"

Lei, diretta "Provi ancora qualcosa per me?"

A quella domanda Ema sentì forti emozioni, emozioni contrastanti, rabbia, rancore, odio, affetto ed amore. Bruciò dentro.

"Perché mi fai questa domanda?"

Lei, si stropicciò gli occhi umidi e rispose "Perché io ho sbagliato, ho sbagliato tanto e vorrei tornare con te, io sento che... Ti amo, ecco".

Ema si accigliò, scosse la testa, poi buttò la cicca, abbozzò un timido sorriso ed espresse ciò che sentiva senza alcuna remora

"Ti sei accorta di amarmi? Dio, bello sai, anch'io me ne accorsi, mi hai spiazzato... Diana non so cosa risponderti, ti direi anch'io o forse no, ma non voglio risponderti adesso, io son capace di andare avanti è una mia dote, riesco a trarre forza da ciò che mi accade, anche se è qualcosa che mi lacera dentro".

Diana si avvicinò ancor di più, gli accarezzò il viso e poggiò la sua testa sul suo petto. Ema restò in silenzio, teneramente le accarezzò i capelli, poi la baciò sulla fronte e la tenne lì, sul suo petto.

Rientrarono ad Urbino decidendo di chiudere quella giornata in pizzeria.

Ema ne conosceva una vicino casa sua, dove era solito andare, sin dai primi tempi del suo arrivo ad Urbino; lì lavorava un pizzaiolo, un bell'uomo, simpatico, attraente che era originario di un paese vicino alla sua città.

Con lui si era creato un rapporto davvero forte; Tony, il suo nome, aveva una trentina d'anni, considerava Ema un fratello minore da crescere, consigliare ed indottrinare specialmente sul sesso "debole".

Tony era, come diceva Ema, "un tostone"; aveva capelli lisci castani, tirati dietro con il gel, occhi verde scuro e sguardo magnetico.

Ema lo chiamava "il brigante dalla tartaruga parlante" per il fisico che aveva mentre Tony definiva Ema "nu uagliò che si farà", apprezzandolo per il suo modo di essere.

Tony era un gran "Don Giovanni", ma davvero d'alto livello; le più belle ragazze erano state quasi tutte con lui, egli conosceva *l'Ars amandi*, i modi per sedurre una donna, erano davvero innati nel suo modo di fare.

Una volta Ema capitò lì e vide Tony all'opera, bastarono un suo sguardo e due parole per sciogliere il cuore di una donna, per poi, come diceva lui, portarla a soddisfazione.

"Ema, tu godi e vieni ma la cosa più bella è far godere lei. È questo quello che devi saper fare per capire il sesso e respirare il suo odore; sentire una donna ed il suo piacere è come soddisfare il proprio io, ricorda".

Mangiarono una pizza e prima di andar via Ema salutò Tony che lo fissò e fece cenno di aver capito.

La serata non finì lì, perché a Chiara venne voglia di una crema al mascarpone, Fabio la assecondò, così si ritrovarono al Bosom. Ema accese una cancerosa e si mise a parlare con Diana.

I due parlarono intensamente, Diana sorrideva ed annuiva catturata com'era dalla situazione, Ema parlava in modo da scioglierle il cuore, ma senza farle complimenti né corteggiarla.

Ema era sé stesso, una voce ferma, decisa, parole ben posate, così vicino e distante allo stesso tempo; voleva proprio quello, essere sé stesso.

Fabio e Chiara osservavano l'evolversi della situazione contenti che le cose andassero per il verso giusto, Fabio strizzò l'occhio ad Ema per invogliarlo ad affondare, Ema sorrise ed annuì.

Poi disse "Diana ricordati che vizi e virtù sono insite in noi, da sempre e per sempre", quindi le sfiorò con la mano il viso, spostandole i capelli dietro le orecchie, e gli diede le sue labbra.

Il leone ruggì ma la sua esperienza gli fece alzare la guardia; e come quando il grande felino si acquatta per sferrare l'attacco ad una preda ed osserva, scruta, muove la coda ed aspetta il momento opportuno, senza fretta, ma con determinazione; Ema, ebbe lo stesso atteggiamento, fu vorace, famelico, ipnotico, ma allo stesso tempo, romantico ed attento alla sua ingordigia.

Tony gli aveva insegnato che un bacio è un bacio, ma è anche amore e sesso se chi bacia è in grado di farlo; bisogna saper baciare ma saper entrare in una donna con amore, facendo sesso come si fa, è altra cosa, è legarla a sé.

14

Tutto sembrò tornare alla normalità, come se quei due mesi non ci fossero mai stati, Ema era molto determinato nelle cose, forte, orgoglioso ed amabile e Diana, innamorata, lo seguiva in tutto e per tutto ed ammirava il suo modo di essere.
Un mese andò via così tra lo studio e la scoperta dell'amore fisico, passionale, erotico, il sesso più profondo, più maturo.
Diana si era legata a lui in maniera morbosa, Ema ne ebbe la percezione e non si fermò, andò avanti per scioglierla dentro sé.
Erano ormai giornate primaverili ed i pomeriggi, scaldati da un sole radioso, si allungarono.
Ad Urbino in primavera la piazza si svuotava e si usava andare, dopo il caffè, su in Fortezza Albornoz, a prendere i primi caldi raggi di sole.
Mizio ed Ema usavano farlo, portando con loro i libri. Diana, che era sotto esame, rimaneva a studiare a casa e lasciava che Ema andasse in giro, però chiedeva sempre, con chi fosse e a che ora sarebbe passato da lei.
Un pomeriggio, sdraiate su di un asciugamano, tra il verde prato della Fortezza, Mizio vide Gaia e Francesca, così le raggiunsero e si sedettero con loro. Chiacchierarono per parecchio tempo poi, all'imbrunire, andarono via insieme.
Ema sorrideva di continuo e Gaia contraccambiava; parlarono di cose futili, non toccarono argomenti troppo personali e quando giunsero in piazza Gaia disse "Tra tre giorni festeggio il compleanno ed organizzo una festa a casa, giusto la

torta, che fate venite?"

Mizio ed Ema accettarono l'invito.

Ema passò da Diana la aiutò nel ripasso, cenò con lei, fecero l'amore e poi prese la via di casa.

Mizio ed Ema, tre giorni dopo, andarono a casa di Gaia per il compleanno, Diana pur sapendolo, preferì non uscire, poiché dopo cinque giorni avrebbe dovuto sostenere l'esame, ed era ancora presa con il ripasso.

La casa in cui abitavano Gaia e Francesca era moto grande, una sala immensa, con grandi camere, infatti con loro abitavano altre quattro ragazze. Quella sera alla festa vi erano circa una ventina di persone, ma Ema, oltre a Francesca e la festeggiata conosceva soltanto Mizio.

Portarono un pensierino, un simpatico braccialetto d'argento che Gaia gradì molto tanto da indossarlo immediatamente.

Ema prese a gironzolare nella sala; una radio posizionata su di un tavolino a cui erano collegate delle grandi casse acustiche ed un ragazzo che metteva su musica rock, poi vi era un ricco buffet pieno di rustici, patatine, pop corn e molte bevande per lo più alcoliche.

Mizio prese da bere per lui e per Ema, nel frattempo arrivarono anche gli altri invitati.

La serata decollò, ballarono, chiacchierarono, risero; Ema socializzò senza problemi; la maggior parte degli invitati erano persone veramente semplici e conviviali, Gaia d'altra parte aveva un modo di fare schietto e sincero ed i presenti riflettevano il suo modo d'essere.

Era una ragazza che non se la tirava per nulla, pur essendo molto bella ed attraente; capitava, però, che molti confondessero il suo modo d'essere, molto espansivo e genuino, con un interesse da parte sua e, quindi, spesso, era costretta a chiarire, specialmente quando gli atteggiamenti da parte degli spasimanti si facevano molto calorosi.

Gaia non usava alzare muri ma era così naturale, smaliziata, forse un po' ingenua, ma era fatta così, era fatta bene, sia dentro che fuori.

Ad Ema quel modo di fare piaceva molto e si rivedeva in lei, ma sapeva d'esser legato a Diana, e quindi interpretava l'atteggiamento di Gaia nei suoi confronti come un modo d'essere, dolcemente libertino, mosso da una grande simpatia ed affinità con il suo modo personale di vivere la vita. Ricordava eccome, quella sera in cui Gaia esternò la sua felicità avendo saputo che non fosse fidanzato, ma non ricamava troppo sulla spontaneità di Gaia, visto che era solita fare esternazioni sincere, e a volte, simpaticamente imbarazzanti.

Mizio bevve tanto, ma Ema non fu da meno, così si arrivò alla torta, poi si ballò ancora e si chiamò giro.

"Cristoforo le 3,30!" disse Mizio,

Ema fu sul punto di prendere la sua giacca ed andare via, ma Mizio lo fermò e gli fece intendere che si sarebbero dovuti intrattenere ancora, che per loro, non era ancora il momento di andare, e che dopo gli avrebbe spiegato il perché.

Ema prese due rustici, si versò *Martini Rosso*, accese una cancerosa ed uscì sul balcone.

La musica terminò così gli ospiti andarono via uno dopo l'altro e la casa si svuotò.

Le coinquiline andarono a dormire e rimasero soltanto Gaia, Francesca, Mizio ed Ema.

"Dio tutto sto' pattume e sto'casino, e chi pulisce?" esclamò divertita Gaia, mentre Francesca, come una gatta, si avvicinò a Mizio.

Ema capì, capì bene, così Mizio la tirò a sé e la baciò, lasciandosi andare ad effusioni smodate, senza alcun pudore.

"Non guardare Ema! Io lo sapevo già!" Disse Gaia ad Ema ridendo,

"Magari prendo una candela e mi metto vicino a loro" divertito rispose, ma i due, non curanti, proseguirono ancora, liberamente.

Gaia continuò nelle pulizie e disse ad Ema "Dai vado a prendere un sacco bello grosso, così magari mi dai una mano a togliere sta' roba".

Ema aiutò a rassettare sotto lo sguardo compiaciuto di Gaia che ne apprezzò il modo con cui l'aiutava, poi le venne spontaneo chiedergli

"Ma tu fai i servizi in casa?"

"Io vivo con mia sorella più grande, ma dò sempre una mano in tutto"

"Cioè lavi a terra, fai il bucato, non mi dire?" sbigottita Gaia

"Si senza problemi" aggiunse Ema

"Dio! sei un uomo da sposare, Ah ah ah" rispose divertita. Trascorse un quarto d'ora e Francesca e Mizio si diedero una calmata così Gaia si ricordò di una cosa,

"Caspita io ho un bottiglia di *Baileys* in frigo!"

"E cosa aspetti!" Esclamò Mizio e Francesca aggiunse "Dai prendila e andiamo a bere nella nostra camera".

Due letti con piumoni fiorati, l'uno ben distante dall'altro, una grande scrivania, un lungo armadio ed una libreria erano l'arredamento della camera di Gaia e Francesca.

Gaia chiuse la porta e posò la bottiglia e i bicchieri

sulla scrivania, Francesca si sedette sul suo letto, Mizio accanto a lei; Gaia si mise ai piedi del suo ed Ema tirò una sedia da sotto la scrivania posizionandosi in direzione di Gaia poi, rivolgendosi a lei chiese:

"Si può fumare qui?"

"Certo che si può, aspetta verso un po' d'acqua nel bicchiere per la cenere e poi apriamo la finestra; Ah! visto che ci sei, me ne offriresti una? Io le ho finite"

Mizio si alzò, e versò da bere, Francesca si sdraiò sul letto e lui si posò su di lei.

"Dio! Che asociali" disse Gaia ridendo,

"Ma va, va!" rispose Mizio "Vi sentiamo, parlate, parlate".

Così Ema riprese a chiacchierare con Gaia, non curante, dei movimenti pelvici, ormai in atto.

Gaia si alzò e spostò la scrivania mettendola davanti al letto di Francesca, a mo' di separé, poi disse "Fate pure noi chiacchieriamo!"

"Dio le 5,00!" esclamò, risistemandosi la gonna, salita fin sul bacino ed Ema, versandosi ancora da bere, aggiunse "E stiamo ancora bevendo!"

Gaia si risedette ai piedi del suo letto, più vicina ad Ema e non curante domandò:

"Sono curiosa, sono così, estemporanea, vera reale, raccontami della tua vita sentimentale, come va, dai racconta!"

"Bene, tutto ok, va…" rispose Ema,

"Oddio! Scusami, non volevo crearti imbarazzo, scusami Ema, ma sai, Mizio mi ha raccontato di te, anzi mi disse, prima che ci conoscessimo che mi doveva presentare un suo amico speciale e riferì alcune cose".

"Ah ah ah, speciale! Davvero ti ha detto così?

Quel paraculo", scoppiò a ridere Ema

"Si davvero!" rispose Gaia schietta e sincera, "Poi cosa ti ha detto ancora, mmm, lo conosco, dai racconta", preso ed eccitato dalla situazione.

E Gaia raccontò che sapeva che lui era uscito da una sofferta storia d'amore, con una certa Diana alquanto stronzetta e poco sincera, a detta di Mizio, e che non aveva capito nulla di lui, della sua grande capacità di dare affetto, e di comportarsi in modo corretto.

"Che testa di cazzo Mizio!" disse Ema, poi aggiunse "È inutile che gemi e sospiri, ti sento",

"Sta' zitto tu! Sono impegnato, ma è vero quello che ho detto, lo penso davvero!" con un filo di voce tremulo rispose Mizio.

Improvvisamente Gaia mise la mano su di una gamba di Ema e disse "Si vede che Mizio ti vuole un sacco di bene ed è sincero, e probabilmente, ha ragione su di te".

"Sì Gaia, forse è vero ma non so, devo conoscere meglio me stesso, devo imparare a sentirmi; comunque ho capito molte cose da quella storia, tante, davvero, quindi adesso vivrò nuove esperienze in modo diverso, più maturo e consapevole, con i piedi di piombo";

"Ah ah ah ad Urbino i tuoi sono anni di piombo!" rispose Gaia",

"Mi piace Gaia! Sì, vero, ad Urbino i miei saranno anni di piombo!"

Ema le chiese di raccontare la sua vita sentimentale e così Gaia disse che era originaria del Salento come Diana, che aveva avuto un paio di ragazzi e a sedici anni e mezzo, quello più importante con cui aveva fatto per la prima volta l'amore. Ma finita la maturità si erano lasciati litigando per parecchi giorni, perché lui non voleva che andasse lontano all'Università.

Poi ad Urbino aveva già avuto alcune tresche e storielle, ma di poco conto.

"Mai d'essenza..." disse Ema,

Gaia sorrise senza capire "E già, bellissimo... mai d'essenza, me lo ricorderò".

Gaia parlò ancora "Ora invece mi sta succedendo una cosa strana, inaspettata, bella davvero, mi sono fissata con un tipo e so che è tosta, ma a me piace tanto, ed è bello sia dentro che fuori"

"Ah!" esclamò Ema "E che aspetti!"

"Aspetto il momento giusto, aspetto che capisca lui, io mi sento già sua. Aspetta, aspetta! Ascolta questa canzone, le parole entrano dentro", così *Lucio*, con *Io vorrei, non vorrei ma se vuoi,* mise il suo miele.

Ema conosceva bene le canzoni cantate da *Battisti*, e dipinte da *Mogol*, ma la ascoltò come se fosse la prima volta e sentì i brividi addosso.

Francesca e Mizio ricomparvero, si ricomposero e lei, vedendo l'orologio esclamò "Oh ragà le 6,20! E voi due ancora lì come due mummie",

"Ah, colazione va, offro io!" disse Mizio stampando ancora un bacio a Francesca.

Arrivarono in un centro deserto, il mezzo che puliva le strade era ancora in giro e spazzava la piazza, la saracinesca del Belpassi era già alzata, così, infreddoliti, si infilarono dentro.

Ema fu accolto da Alberto e Valentino che lo presero in giro bonariamente chiedendo cosa ci facesse ancora in giro, ma lo conoscevano bene ed allora andarono di battute e dolci allusioni. Presero cornetti caldi e caffè, poi sfatti, attesero che aprisse il tabaccaio di fronte.

Ema accese una cancerosa, e ringraziò Gaia per averlo invitato al suo compleanno, lei lo abbracciò calorosamente, dicendogli che era stata una nottata meravigliosa e che se avesse voluto, si sarebbero potuti rivedere senza problemi.

15

Ema dormì come un sasso tutto il pomeriggio poi, in serata, andò a casa di Diana, la aiutò nel ripasso, cenò con lei e fecero l'amore in modo diverso, erotico, passionale, forte.

Fu Ema, come se avesse una nuova carica in corpo, a dettare tempi e modi e Diana assecondò il suo volere in tutto e per tutto.

Due giorni dopo, al mattino, egli uscì per prendere un caffè in piazza e si incontrò con Diana che lo aspettava con una sua amica; incrociarono Mizio e Francesca che sbucarono d'improvviso davanti a loro. Francesca conobbe Diana e parlarono un po' quindi Ema, Diana e l'amica andarono via.

La sera ci sarebbe stata una festa in un locale ad Urbino, l'Underground, dove si esibiva un gruppo dal vivo, ed Ema era intenzionato ad andare; anche Mizio lo aveva pregato perché avrebbe suonato un loro amico. Alla richiesta di Ema, Diana si innervosì tanto perché mancavano pochissimi giorni al suo esame e non se la sentiva di far tardi, poi dentro di sé, non voleva che Ema andasse quasi tutte le sere in giro senza di lei e questo le aveva iniziato a dare fastidio.

Ema, non curante, fece di testa sua ed andò.

L'Underground era zeppo di gente, Ema entrò ed una coltre di fumo e musica live, sparata a manetta, lo avvolse. Vide molta gente mezza sfatta che ballava sui tavoli, scrutò alla ricerca di Mizio e lo scovò appoggiato ad un tavolino con Francesca che già si dava da fare e pensò "Sono le 22,00 e già armeggia!"

Si avvicinò a loro e disse "Buonasera a voi!"
Mizio allungò la testa e disse "Ohi eccolo! Grande, non potevi mancare".
Anche Francesca si voltò asciugandosi le labbra ancora umide dell'ultimo bacio, "Oh ciao Ema", quindi si guardò attorno e aggiunse "Sei venuto da solo?"
"Sì Francesca perché?"
"E la tua Diana?"
Così egli sbuffò guardando in cielo e rispose "A casa studia, esame alle porte"
"E tu te la spassi alla grande eh? Scherzo comunque Diana è davvero una bella ragazza, aveva ragione Mizio quando diceva che molti vorrebbero…"
"Intanto gli altri pensano ed Ema se la fa!" Intervenne Mizio
"Ma dai finiscila Mizio!"
"Dai Ema vai a prendere da bere ti va?" suggerì Mizio già un po' sull'allegrotto andante.
Ema si appoggiò al banco, ordinò, ed attese.
D'improvviso, delle mani da dietro, gli coprirono gli occhi, Ema sentì una voce dire:
"Cucù!" Poi sentì un corpo caldo appoggiato al suo, toccò quelle mani e capì che erano femminili, le tolse delicatamente e si voltò, trovandosi di fronte Gaia.
"Sorpreso?" Incollandosi di più al suo corpo,
"Sì! pensavo fosse la fata turchina!" Contento di vederla lì, "Vuoi da bere?"
"Si grazie Ema, prendo una birra scura"
Portarono da bere anche a Mizio e Francesca e si fermarono con loro. Gaia andò a salutare degli amici mentre tra la folla sbucò anche Pigi.
Era con due amiche, un po' strane, alquanto spi-

gliate, infatti subito attaccarono bottone con Ema. Pigi propose una bevuta a spese sue e coinvolse Ema che accettò.

"Vai *Martini Rosso!*" disse Ema,

"Wow! Buono anch' io!" Esclamò una delle due amiche con Pigi,

"Ciao comunque io sono Carla" aggiunse e l'altra "Io Margherita!"

Carla, alta, quarta di seno, mora, capelli legati a coda di cavallo, jeans aderenti e camicetta sbottonata nera; era un portento, non era bellissima, ma aveva un corpo da panico.

Ema assunse, senza esserne consapevole, un atteggiamento da uomo vissuto e a Carla piacque molto il suo modo di fare; fine, gentile, ma allo stesso tempo mascolino e mirato, tantoché dopo solo un quarto d'ora, Ema si ritrovò quasi con le labbra nelle sue.

"Cass Ema, ti dai da fare!" Disse ironicamente Pigi mentre si stava godendo Margherita.

Quella curiosa situazione intrigava tanto Ema, in effetti non aveva fatto nulla di eccezionale, ma si era eccitato e continuò consciamente, senza alcun imbarazzo, per vedere cosa in seguito sarebbe potuto accadere.

Andarono a ballare e i loro corpi si strusciarono di continuo. Molti si girarono ad osservarli, osservavano lei, ma lei aveva occhi solo per lui.

Ema si sentì carico quindi la strinse ed iniziò a baciarla, Carla iniziò ad eccitarsi.

Smisero di ballare, presero ancora da bere, parlarono un po' e poi si appartarono lungo una parete in muratura poco illuminata, iniziando a toccarsi. Ema le divaricò le gambe e si appoggiò su di lei. Lei disse "Dio mai capitato, mi fai arrapare da morire così!"

"Ehi! ma che combini?"

Sentì dire Ema, si voltò e vide Gaia

"Cosa c'è?" rispose un po' confuso ed infastidito, lei sorrise sarcasticamente "Scherzavo, vai, bravo divertiti e quella a casa che studia..." poi prese la mano ad un amico che era di fianco a lei ed andò via.

Carla lo guardò stranita ed Ema le disse di stare tranquilla, poiché era una sua amica che usava fare scherzi del genere.

Presero le giacche ed uscirono dal locale, si appartarono in un vicolo in penombra e lei soddisfò il suo palato con il corpo di Ema; fu un qualcosa di repentino, un raptus intenso, sessuale, fisico, senza alcuna inibizione.

Ema si fece sentire, lei si riempì la bocca di lui, lo bevve e si saziarono a vicenda.

Rientrarono nel locale e presero ancora da bere, così Ema decise, improvvisamente di accompagnare Carla da Pigi e Rita allontanandosi poi per qualche istante. Ema era alla ricerca di Gaia, si era fissato e doveva capire il perché di quelle sue esternazioni, che secondo lui erano state di cattivo gusto e fuori luogo, tanto più, in un momento particolare e dinnanzi ad una persona, a lei sconosciuta.

La vide con quell'amico, con Mizio e Francesca vicino ad un tavolino in una zona tranquilla, così li raggiunse.

"E' tornato il mio amichetto dalla sua scorribanda?"

Disse Mizio,

"Si, si, ho conosciuto un po' di gente nuova, amici di Pigi"

"Dolci amiche semmai!" esclamò Francesca "era in combattimento, Mizio sai Ah ah ah!",

"Noo" si intromise ironicamente Gaia "è un santo, ha solo spiegato come si fanno alcune cose ad un'amica di Pigi" così ella d'impeto quasi a dispetto, si girò verso il suo amico baciandolo sulle labbra.

Ema era infastidito per quei commenti sarcastici e rispose "Certo che vi masturbate davvero tanto, mentalmente. Ho solo scambiato due chiacchiere con una persona stop, fine, non vedo cosa ci sia di tanto strano per voi", poi rivolgendosi a Gaia "Ma vedo che anche qui si…"

"Cosa qui?" rispose Gaia

"Anche qui si armeggia alla grande" frecciò Ema;

"Ah! lui non lo conosci, è Sergio un mio caro amico" fece Gaia

"Stretto direi" colpì ancora Ema, suscitando divertimento in Mizio e Francesca.

Sergio si trovò di colpo al centro dell'attenzione e tentennò poi rispose "Mmm, si vero", quindi tirò a sé Gaia, la strinse al suo petto e la baciò; Gaia fece un po' di resistenza ma cercò di non darla a vedere e si lasciò baciare sulle labbra poi, per placare i bollenti spiriti di Sergio, lo scostò dicendogli: "Sai che non mi piacciono ste' smancerie in mezzo alla gente!" E girandosi verso Ema aggiunse "Certe cose si fanno in due, da soli, in intimità, così ci si sente davvero liberi di fare ciò che si vuole".

Ema si allontanò, andò a prendere dell'acqua e poi si sedette ad un tavolo ad ascoltare il gruppo che suonava. Aveva il diavolo in corpo, Gaia era diventata un chiodo fisso, si rese conto che anche se tentava di allontanare il suo desiderio di fare l'amore con lei e possederla, questo tornava a lui più accentuato.

D'improvviso arrivò proprio lei "Solo? posso sedermi? "

"Certo Gaia, a proposito, auguri per il tuo boy friend, e poi prima, Dio! ma ti sembrano corrette quelle battutine che hai fatto quando stavo con quella, dai cioè..."

Gaia lo guardò con occhi accesi, ingurgitò un bicchierino di *vodka* tutto d'un fiato e lo sbatté sul tavolo dicendogli "Tu non capisci proprio un cazzo!" Così andò via.

Ema aveva capito da tempo ma aveva capito anche come si doveva fare, però si innervosì sul serio, chiamò Mizio e lo trascinò con sé,

"Coca Buton, Gin e Vodka per due!" Disse,

"Dio Ema così ci facciamo male!" Rispose Mizo "Ma che cazzo tiene la tua amica Mì? Ora si scopa quello, poi viene da me e mi fa la morale ooh!"

Mizio si mise a ridere "Sei uno spettacolo Ema, Dio! Tu sai, tu hai capito, tu se vuoi, puoi ok, lascia stare, vuoi la verità? L'ha fatto apposta".

Ema sorrise e disse "Ok Mizio, ok".

A sorpresa, in lontananza, apparvero Chiara e Fabio ed Ema esclamò "Questi non escono mai ad Urbino, stanno sempre a trombare in casa, e mo' stasera qui! Che cazzo!"

"Ehi Ema!" Disse Chiara

"Ciao Chiara, ciao Fabio che fate?"

"Una pizza ed un giro qui!" Esclamò sorridendo Fabio

"Grandi!" Rispose Ema "Però io sto andando, sono le 2,30 passate, e si è fatto proprio tardi, Chiara baciami Diana ok! Ci vediamo domani, notte", così Ema si dileguò.

16

Era la vigilia dell'esame di Diana ed Ema passò da lei per pranzo, poi uscirono a prendere un caffè. Diana rientrò a casa poiché aveva appuntamento con la sua amica per il ripasso finale ed Ema rimase in piazza in attesa di Mizio.

Incontrò Grazia e Davide che non vedeva da tempo e si fecero due risate, Grazia era sempre dolce e affettuosa e gli chiese alcuni consigli su di una sua situazione sentimentale che stava per nascere, lui ne fu lusingato e le parlò amorevolmente, come un vero fratello.

Non vedendo arrivare Mizio, Ema decise di andare a casa, svoltò l'angolo ed imboccò la strada, ma di fronte a lui vide sbucare Mizio e Francesca; Mizio lo invitò a prendere un caffè ed Ema allora li accompagnò. Francesca fece notare l'assenza di Gaia, allora Mizio colse la palla al balzo e decise di parlare con Ema.

"Ema ti dico una cosa, ma prendila per come la dico, Gaia si è presa una cotta per te ok? Poi tu sai cosa vuoi quindi.

Francesca annuì ed aggiunse "Sì, è proprio cotta!"

Egli fu contento nel sentire quelle parole, fece intendere di non aspettarsi una cosa del genere ma dentro lui, in effetti, qualcosa lo aveva già iniziato ad intuire e la sua voglia di averla era sempre più forte.

Ema decise di riaccompagnare Mizio e Francesca a casa, e visto che andavano da Gaia, fu determinato.

"*Al cor gentil rempaira sempre amore*", così Ema entrò con Francesca e Mizio in casa, Gaia sentì un vociare in cucina, riconobbe Francesca e venne fuori dalla camera.

"Ciao!" disse Ema; lei, sorpresa, si trattenne e rispose con un laconico "ciao" quindi si accomodarono.

Si sedettero in cucina, scambiarono poche parole in un clima davvero surreale per i loro caratteri, poi Francesca li svegliò

"Ah! ragazzi ho una bottiglia di limoncello salentino, su facciamo un cicchetto". Così bevvero un paio di bicchierini ma il loro parlare era forzato, innaturale; Ema guardava di continuo l'orologio, si erano fatte le 15,00 passate ed aveva detto a Diana che sarebbe passato da lei verso quell'ora.

"Nervosetti oggi?" irruppe nei suoi pensieri Gaia, "No, no, ho detto a mia sorella che ci saremmo visti verso le 15,00 per fare alcune cose",

"E allora vai, non fare aspettare tua sorella, no!" Replicò Gaia, di cervello acuto e fino.

Ema allora non aggiunse altro, salutò ed andò via.

Diana era nervosa per l'esame e appena lo vide lo aggredì, scaricando la sua rabbia: "Caspita sono quasi le 16,00! Non dovevi passare alle 15,00? Io non sto' ai tuoi comodi! Io devo studiare! Non l'hai capito?"

Ema la guardò, le sorrise tiepidamente e le rispose "Diana calma, non esagerare, ascolta ho avuto un imprevisto e sono arrivato un po' tardi, tutto qui, a te non capitano mai imprevisti? E allora, dai tranquillizzati",

"Si? Ma sentiamoli, quali imprevisti? Tu cazzeggi con i tuoi amici, stai sempre in giro, dalla mattina alla sera, anzi, sai, non me ne frega un cazzo di cosa fai! Vai, vai a svagarti!"

Ema non se lo fece dire due volte, i suoi gioielli girarono vorticosamente, rispose solo "Ciao arrogantina" e andò via sorridendo; mentre Diana sbatté violentemente la porta.

Tornò a casa e pensò a quell'atteggiamento aggressivo: "Egocentrica di merda!" Esclamò, poi si soffermò a pensare sul loro passato burrascoso, il dolore, la sofferenza, il suo dire e non dire, il suo non comprendere chi fosse davvero lui.

Ema era stizzito, così fece una doccia ed uscì, e senza pensarci su due volte, puntò dritto a casa di Gaia.

Il portone d'ingresso era aperto, percorse l'atrio e salì una rampa di scalini, arrivò sul pianerottolo, non pensò nulla, suonò e basta.

La porta si aprì, Gaia gli era di fronte e lui con un tono di voce serio e pacato disse: "Devo parlarti". Gaia chiuse la porta, in casa non c'era nessuno, ma preferì andare in camera sua. Accostò la porta della camera e si mise di spalle a lui a guardare fuori dalla finestra poi chiese: "Cosa devi dirmi di così importante?"

Ema si avvicinò, la prese per le spalle, la voltò e le disse:

"Ti voglio".

Gaia sospirò, rimase immobile, chiuse soltanto gli occhi ed Ema la baciò.

Brividi percorsero il suo corpo liscio e levigato, Ema le accarezzò le guance e le sfiorò il collo, poi si ritrovarono distesi sul letto.

"Aspetta!"

Gaia chiuse la porta a chiave, accostò le imposte della finestra ed accese la radio.

Si riavvicinò e si mise davanti ad Ema che era seduto sul letto, si spogliò e rimase in piedi davanti a lui; Ema avvicinò le labbra al suo corpo, le bloccò le gambe con le mani e la sfiorò con la sua lingua. Salì sino all'ombelico, poi riscese; disegnò con la bocca il suo intimo, affondò, dandole ancor più la sua lingua, la sua saliva. Gaia iniziò a dimenarsi e a spingere la testa di Ema sempre più in profondità, poi divaricò le gambe e lo sentì tutto.

Il piacere le aveva pervaso tutto il corpo, era tremante, tirò di forza Ema e lo fece alzare davanti a lei, lo iniziò a baciare e a fargli sentire le labbra, la sua lingua, marcando il territorio.

Gli tolse la camicia e rimasero a petto nudo, poi spinse il suo corpo su di lui facendo sentire la sua femminilità; appoggiò i seni ed iniziò a scivolare lungo il suo addome, risalì repentina e gli si avvicinò ad un orecchio, lo morse e sussurrò "È questo che volevi? Allora prenditelo."

Ema la sollevò, la adagiò sulla scrivania, si sbottonò i jeans, le sollevò le gambe ed entrò in lei; Gaia si lasciò andare senza inibizioni e si distese iniziando a respirare affannosamente, lui continuò con delicatezza mentre lei, posseduta, assecondava il suo sesso contraendo la sua intimità per sentirlo fino in fondo.

Ema la sentì e le diede ancor più piacere, Gaia gemette, Ema continuò ancora; lei si aggrappò con le mani alla scrivania, poi abbandonò il suo corpo e le bagnò d'amore il ventre.

Gaia lo strinse a sé e lo baciò con passione, così si sdraiarono sul letto, l'uno di fianco all'altra; vi furono istanti di silenzio, poi lei non resistette e si avvinghiò di nuovo al suo corpo baciandolo.

Ema sentì in quel corpo di donna l'ardore del desiderio, un desiderio incontrollabile che divenne fame per lui così la cinse e la mise di fianco.

"Ehi! E' chiusa a chiave... Gaia ci sei?"

Dietro la porta c'era Francesca che era rientrata.

"Cazzo!" Disse Ema,

"Ssh tranquillo, ci penso io"

"Francy aspetta! Adesso apro sono impegnata".

Si vestirono in fretta, risistemarono il piumone sul letto e Gaia aprì la porta.

Francesca vide Ema seduto che sorrise, quindi capì, e senza batter ciglio disse: "Ciao Ema, Gaia prendo i libri e vado a studiare da Faby, ciao!" Così si volatilizzò.

Erano le 18,00 oramai ed Ema disse "Devo andare";

un velo sottile scese sugli occhi di Gaia ed Ema vide dentro di lei, vide quella luce di un attimo che solo chi prova intense emozioni con una donna può percepire: emozioni di un istante infinito, amorevole e passionale, fortemente sessuale; desiderato, voluto e materializzato nell' io più recondito, sconosciuto, di un uomo che deve essere capace di viverlo davvero liberando la sua natura senza aver freni inibitori e condizionamenti, sentirlo d'animo e di corpo abbandonando mente e ragione al godimento dei sensi.

Si trattò "di un respiro d'essenza", che nella sua complessa e profonda anima, mosse ed accarezzò il suo io perpetuo.

Gaia lo accompagnò sulla porta di casa, poi disse: "Vai da lei?"

Ema guardò in terra, e rispose "passo sì, ma vado a casa ok?"

Ema non passò da Diana, lasciò perdere, preferì

fare così; egli era cambiato dentro, era un giovane uomo, si sentiva equilibrato, passionale, sensibile, sentimentale; pensò: "Per avermi bisogna meritarmi" e con Diana, per il momento, andava bene così.

Diana non si fece vedere ed Ema rimase tranquillo, sereno e appagato trascorrendo finalmente una serata a casa in compagnia di Anto, la sua amorevole sorella.

17

Arrivò il giorno dell'esame e Diana uscì presto di casa andando in Facoltà; arrivò anche il giorno in cui Anto, la sorella di Ema partì per andare a trovare alcuni amici a Pisa e si sarebbe trattenuta un paio di giorni. Ema rimase ad Urbino con la casa a disposizione, accese la radio, rassettò per bene, si fece una doccia ed andò in piazza. Era l'ora di pranzo e di Diana nessuna notizia né tantomeno Ema pensò di raggiungerla in Facoltà per starle vicino; attese lì, ma non arrivò quindi andò in mensa con alcuni amici.

Seguì il caffè di rito, poi si incontrò con Mizio e Pigi, fece due chiacchiere a volo ed incrociò Chiara e Fabio.

Chiese notizie di Diana ma Chiara non sapeva nulla, quindi le disse che sarebbe andato a fare un giro con Pigi ed in serata sarebbe passato da loro. Pigi ed Ema andarono a trovare due amici stettero un paio d'ore e poi andarono via.

Pigi andò in Facoltà, Ema prese un'altra strada, andò verso casa di Gaia.

Quando suonò alla porta, Gaia aprì subito, e ad Ema sembrò davvero che stesse lì dietro ad attenderlo. Lei non disse nulla, sorrise, lo prese per mano e lo trascinò di corsa nella sua camera; si buttò sul letto ed abbracciò un cuscino come una ragazzina felice; poi lo zittì dicendo:

"Ecco, cosa sto ascoltando adesso ..."

Lucio ricantò per loro *Io vorrei non vorrei, ma se vuoi...*Ema rimase in piedi fissando la parete ed ascoltando, poi si avvicinò a lei, si chinò sul letto e la baciò sulle labbra sussurrandole "Dai, preparati, andiamo a casa mia, prendi tutto ciò che ti serve per dormire ed andiamo".

Gaia sgranò gli occhi si alzò, mise un po' di cose nel suo zaino ed andarono via.

Un bel vassoio poggiato sul letto contenete due tazze di tè caldo e fragranti biscotti fu l'accoglienza che Ema riservò a Gaia. Spontaneamente, prese a parlare di sé, della sua vita, delle sue passioni e del suo modo di essere; Gaia ascoltò e commentò che era veramente un ragazzo unico, come le aveva detto Mizio, ed aveva ragione quando disse che avrebbe dovuto conoscerlo. Poi fu lei che iniziò a raccontare della sua adolescenza, del suo amore per la libertà, del suo modo di amare, quindi disse ad Ema che una cosa del genere non le era mai capitata; per lei era come vivere quei momenti in un film. Sottolineò che, di solito, erano i ragazzi che la cercavano, a volte anche disperatamente, ma fu sincera e disse che quella volta era stata lei che aveva cercato e voluto lui, con tutta se stessa.

Ema sentì voglia di possederla; la baciò, la baciò in modo del tutto diverso, le loro labbra si sciolsero, Gaia era disposta a tutto per soddisfarlo, così abbassò la testa e gli sbottonò i jeans; lo volle tra le sue labbra. Ema indurì il suo addome ed i muscoli vibrarono, poi la sentì stringere e provò piacere, i suoi denti li sentì sino al cervello.

Gaia sollevò la testa e lo baciò ancora, poi si spogliò, Ema si sdraiò sul letto e lei si accovacciò su di lui, poi le strinse i seni e le mise le dita in bocca penetrandola. Gaia lo sentì dentro ed iniziò a scivolare sul suo corpo lentamente, poi si inarcò all'indietro e continuò a muoversi dolcemente.

I loro corpi sudati ed il loro respiro affannato li unì in attimi eterni. Gaia, bagnata di lui rimase sul corpo caldo di Ema e si girò di spalle accogliendolo ancora, Ema sentì lei, lei sentì lui; fu carnale, fu forte, fu passionale; godettero entrambi ancora e a lungo.

Stremati si fermarono, rimasero abbracciati, Gaia poggiò la testa sul petto di Ema e sussurrò "Non mi lasciare, è una situazione strana, complicata, confusa, ma non lo fare".

Ema si alzò per accendere la radio, lei si mise sotto il piumone mentre lui accese una cancerosa ed andò in bagno. Ripresero come se non avessero mai fatto nulla, così continuarono ancora.

Ema perse la cognizione del tempo, si erano fatte le 20,00, ma non pensò a Diana ed all'esito del suo esame; dimenticò, trasportato com'era, da amorosi sensi.

Fecero una doccia e decisero di uscire; Gaia risistemò il letto, si rivestì, si truccò ed attese Ema. Costeggiarono le mura, mano nella mano, arrivarono ad un bar di periferia, presero le sigarette e mano nella mano rientrarono a casa di Ema.

"Dormi qui con me vero?"

Gaia lo abbracciò e rispose "Sì, per tutta la vita".

Il tepore della camera li accolse, Ema accese una cancerosa ed andò sul terrazzino, Gaia lo seguì e gli cinse le spalle, lo baciò sul collo e gli sussurrò: "Sei innamorato di me?"

"Gaia vuoi sapere una cosa? Tu sei diversa dalle altre, hai un cuore ed un animo differente, io amo, ma a modo mio, cioè ho una mia intensità, una mia gradazione, che è differente da quella di ogni altro essere, che l'altro può percepire subito, o nel tempo, perché deve incontrarsi con la mia. Ciò non è immediato ma occorre tempo per scoprirne l'energia e la magia, ma ti dico che dentro sento te, ed è la cosa più bella che mi stia capitando. La vivo come te, con te e quindi ti dico che l'amore verrà, verrà". Ema considerava quella che definiva *"l'essenza che tutto muove"*, fatta in gradazioni di profondità, che scalfita con il primo bacio dato in gioventù, affondava nel tempo, sino al suo profondo segreto e misterioso, ma vero, candido e puro; differente da essere ad essere, ma corrispondente solo ad un'altra anima. Chi avrebbe colto quella essenza, con la sua lei o il suo lui; avrebbe scoperto il vero senso dell'esistenza ed il vero sentimento d'amore che tutto muove. Quel sentimento d'amore, difficile da scovare e celato in ciascuno di noi sin dal concepimento in essenza assoluta.

Alcuni esseri umani sentono, percepiscono le proprie gradazioni ma non riescono a farle proprie o limitano inconsciamente la ricerca in profondità; altri invece, quando il loro cuore viene scalfito, sentono, percepiscono qualcosa, anche di forte, e pensano di aver conosciuto tutto in profondità ed aver compiuto il loro percorso e si illudono d' aver trovato il vero amore.

La ricerca non è facile, pensava Ema, è come un puzzle; l'incastro sembra corretto, ma molte volte non lo è... ce ne accorgiamo subito o, a volte, dopo anni e cerchiamo naturalmente la nostra parte, la nostra anima che completi l'essenza, senza limiti né di natura né di tempo.

Le essenze dei due esseri, alla fine sono destinate a fondersi in una unica e lì, pensava Ema:

"Quel giorno sentirò nel mio cuore Dio che mi parlerà ed impazzirò pensando a lei".

Le gradazioni che Ema stava conoscendo, seppur superficiali, erano intense e gli davano già forti sensazioni, scalfivano sempre più il suo intimo, arricchendo la sua essenza di linfa e sapere.

Innamorarsi di un'anima e conoscere le proprie gradazioni, per Ema era essenziale, ma sapeva anche che non era una cosa semplice ed immediata; ogni storia, ogni passaggio erano fondamentali, poiché potevano dare qualcosa e scalfire sempre più in profondità il suo cuore.

Egli riluttava la semplice attrazione fisica poiché quando sentiva il corpo di una donna percepiva il suo cuore, non solo il suo calore.

L'eccitazione e l'amplesso erano la conseguenza meravigliosa dell'incontro di due anime che con gradi differenti d'intensità, legavano i loro corpi al piacere inebriante, erotico, sensuale e passionale. Ema amava il corpo della donna e lo trattava come se fosse il suo; accarezzarlo, sfiorarlo, regalargli sensazioni emotive eccitanti era il suo essere e non rinunciava a questo.

Possedeva, e si faceva possedere, dava al sesso la sua importanza e fondeva in lui sentimenti e sensazioni recondite che la percezione di quegli attimi del contatto fisico gli davano.

Gaia si lavò il viso e domandò ad Ema se avesse un pigiama per lei, Ema le diede uno blu notte che aveva la giacca con i bottoni, così ella si spogliò, lo indossò e divertita disse "Sento il tuo odore" quindi si sedette sul letto ad attenderlo.

Ema si mise un sotto del pigiama ed una t shirt, si avvicinò a lei e propose "Dormiamo insieme in una piazza, voglio sentire il tuo corpo sul mio" Gaia si mise sotto il piumone ed Ema si sdraiò al suo fianco ricevendo il suo caldo abbraccio.

"Sai quale canzone fa proprio per te?"

Disse Gaia, alzandosi frettolosamente ed andando a prendere una musicassetta nel suo zaino

"E' qui, posso metterla?"

"Certo!" rispose divertito Ema.

Gaia accese la radio e tornò di corsa da lui.

"Tu per me sei un po' così, un meraviglioso, dolce Angelo Maledetto!" E così iniziò *Voglio un Angelo* di *Valentina Gautier*.

Ema la ascoltò attentamente e ne colse il significato. Gaia lo guardò intensamente, Ema sorrise e disse "Dai vieni qui", lei si sdraiò su di lui ed iniziò a dargli le labbra; furono naturali e liberi in quel letto facendo l'amore a lungo, per ore ed ore, e dando a loro reciprocamente tutto.

Ema non aveva mai fatto sesso in quel modo, in maniera così continua, ma fu qualcosa che gli venne naturale. Si bagnarono l'uno dell'altro, sentirono l'odore dei loro corpi mischiarsi, sentirono la voglia che non fiacca di entrare ancora l'uno nell'altro, bruciarono nell'ardore delle loro labbra che, umide, sentivano le loro lingue accarezzarsi con passione. Gaia soddisfò Ema più volte e lui la ricambiò in tutto, facendola sentire davvero compagna, amante, donna.

Era l'albeggiare quando "Cupido" li lasciò, e fu sostituito da un dolce "Morfeo" che li avvolse e li trasportò con sé legati l'uno all'altra.

"Dio! Sono le 14,30 passate!" Esclamò Ema aprendo gli occhi, mentre Gaia miagolò "Dai un altro pochino, dai!"

Ema le accarezzò la testa e si sdraiò nuovamente al suo fianco. Un bacio, un fremito ed i loro corpi ripresero vigore, Ema la prese e la possedette con forza, con voglia, lei accettò dimostrando tutto il suo ardore e sentì piacere come non mai.

Sudati, si lasciarono cadere e Gaia disse ad Ema che non aveva mai sentito un uomo in quel modo, Ema la coccolò e le rispose "Io sono uno come un altro, ma esprimo il mio essere come lo sento; il mio piacere è anche il piacere di sentire il tuo sotto la mia pelle. La soddisfazione, Gaia, si raggiunge solo quando esprimi te liberamente, senza limiti e chi ti è vicino fa altrettanto, lascia che il tuo corpo esprima ciò che c'è nella tua anima, non avere tabù, tu non scopi soltanto, ma in quei momenti ami un altro cuore."

"Vai!" esclamò raggiante Ema, così accese la radio ed iniziarono a ballare sul letto, poi preparò un caffè, accese una cancerosa, mentre Gaia andò sotto la doccia.

Fu il turno di Ema che andò a lavarsi mentre lei rassettò la camera e finì di vestirsi.

Suonò il campanello, Ema uscì d'istinto dalla doccia coprendosi con un asciugamano e senza pensarci su due volte, confuso anche dalla musica ad alto volume, aprì la porta

"Ehi ciao!"

Era Diana che entrò decisa,

"Ciao!" rispose Ema, irrealmente

"Sai, ho fatto l'esame ed ho preso ventisette!"

"Brava, davvero!"

Diana voltò il suo sguardo, vide Gaia seduta sul letto ed in un attimo i suoi occhi s'accesero di odio profondo.

Ema grondava, aveva l'asciugamano legato in vita e teneva la sua mano ancora sulla maniglia della porta, Diana accennò un teso sorriso e disse: "Dai, vabbè, ci vediamo dopo in piazza" ed andò via veloce come una furia.

Ema chiuse la porta, guardò Gaia e gli scese un velo sugli occhi. Gaia non parlò, si sistemò le calze e si truccò. Ema si vestì, parlò poco, con tono di voce diverso, si era incupito. Gaia rimase stranita e, vedendo quella reazione, cercò di parlargli, ma non ricevette risposte, pensò che fosse naturale una reazione del genere: "Cazzo, lui è qui nudo con me, certo non stavano giocando a Monopoli!"

Allora Gaia disse "Ed ora?"

"Cosa ora? Niente ora!" Gli rispose stizzito

Poi si finì di vestire e mestamente uscirono.

Ema accompagnò Gaia a casa e durante il tragitto le disse "Ora le parlerò, ok?"

Lei rispose "Sì, le parlerai e tornerai da lei, si vede e lo sento ed è la verità, falle capire che sono stata io a cercarti e a volerti, così non avrai problemi"

"Ma che cazzo dici Gaia!" Sbottò Ema mentre lei scoppiò in lacrime e con un filo di voce aggiunse: "È la verità, io dovevo evitare di intromettermi tra voi",

"Ascolta Gaia, non è vero!"

"Ema, sai cosa ti dico? Che entro stasera mi avrai già dimenticata e tornerai con lei".

Ema non aggiunse altro e si recò a casa di Diana. Diana aprì la porta, fece un sorriso sarcastico ed esclamò "Ciao Ema... bel fusto!"

"Mi fai entrare? Devo parlarti",

"Per me te ne puoi andare!" Stizzita, provò a chiudere la porta, ma Ema forzò il suo tentativo ed entrò.

"Vattene!" Urlò, "Sei un pezzo di merda!"

"Calmati adesso, parliamo, non è successo nulla!" "Nulla? Cristo! Eri nudo a casa tua con quella troia sul letto! Cristo! Vattene!"

Ema tentò di abbracciarla, ma lei resistette respingendolo, poi Diana scoppiò a piangere, Ema la tirò a sé senza parlare e la porto al suo petto.

"Stronzo! Sei uno stronzo!"

"Non è successo niente credimi!"

"Basta così Ema, ti prego! Vattene, non ti voglio più vedere!"

Ema provò ad arrampicarsi sugli specchi dicendo che Gaia era andata da lui a parlare di un grave problema e che poi, ingenuamente, l'aveva fatta accomodare andandosi a fare la doccia perché era in ritardo proprio perché doveva andare da lei.

Diana andò su tutte le furie rispondendo

"Non ho mai sentito uno stronzo raccontare tante palle! Dioo! Dai, la porta è lì, Vattenee!"

Ema andò via, si rese conto di tutto ma gli andò bene così. Passò dal tabaccaio, prese le sigarette e si diresse direttamente a casa di Gaia.

Raccontò che era finita, lei fu felice e lo abbracciò con tutta la sua forza; uscirono, andarono a mangiare un panino e tornarono a casa di Ema amandosi ancora, con più intensità.

18

La mattina Ema si alzò stranito, Gaia percepì il suo stato e gli chiese il motivo ma lui non si sbottonò, le disse soltanto di essere pensieroso.

In piazza incontrarono Mizio e Francesca, si intrattennero con loro ed andarono a pranzo a mensa, sembravano due coppie veramente felici e molto affiatate.

"Gaia!" si sentì chiamare

"Oddio Giulia! Ciao!"

Gaia aveva appena visto a mensa una vecchia amica del suo stesso paese.

"Dio ciao!" enfatizzò Gaia,

"Come stai? Anche tu studi qui?"

"Sì!" rispose Giulia, sorridendo per quell'incontro del tutto inaspettato

"Io abito con due ragazze nostre corregionali, in via delle Stallacce, quando vuoi passa, dai prendiamo un caffè; sul citofono c'è attaccato il mio nome"

"Sì. Certo! Allora ciao!"

Così si risedette a tavola facendo uno sguardo buffo e raccontò che quella era una delle ragazze più antipatiche del suo paese, pettegola e falsa, ma era meglio tenersela buona perché era davvero arpia.

Gaia, Mizio e Francesca si avviarono verso la biblioteca per studiare mentre Ema tornò a casa e trovò Anto che era appena rientrata, così si confidò raccontando alla sorella tutto ciò che in quei tre giorni intensi era accaduto;

lei, con modi gentili e affettuosi disse:

"Manu sai, devi darti una calmata, è giusto che a questa età tu ti innamori, ti lasci e poi ti rinnamori ma rifletti un po' di più ed aspetta. Se corri potresti cadere e farti male, molto male; con i sentimenti non si scherza, pazienta la tua donna arriverà. Non cercare di scoprire tutto e subito, la tua vita è solo all'inizio ed il tuo cuore ne dovrà fare di strada per capire davvero cosa significa amare ed essere amati".

Quelle della sorella furono parole pesanti e profonde di cui Ema fece tesoro. Quella notte non dormì, pensò a Diana e a tutto ciò che aveva combinato, poi però, allontanò quei pensieri e desiderò intensamente Gaia.

Trascorse una settimana ed Ema non si fece vedere da Gaia che lo cercò più volte a casa inutilmente. Ema era venuto a conoscenza del fatto che Diana frequentava un nuovo ragazzo ed iracondo pensò "Bella, innamoratissima! Mi ha rimpiazzato subito!"

La sera successiva Ema si incontrò con Gaia, Mizio e Francesca e decisero di andare a bere in un pub.

Il fato volle che in quel pub ci fosse anche Giulia con le sue compagne di casa, quindi si sedettero tutti insieme, chiacchierarono, risero e scherzarono, poi Giulia iniziò a raccontare alcuni pettegolezzi del suo paese che Gaia già conosceva e, visto che quei pettegolezzi iniziarono a suscitare grande interesse, Giulia non si fermò, ma continuò a raccontarne altri. Gaia iniziò a storcere il naso ed infastidita da quella situazione si alzò improvvisamente ed andò a fumare fuori dal locale. Così Giulia che, non era a conoscenza del suo flirt proprio con Ema, appena la vide lontana, la etichettò dinnanzi a tutti senza alcuna remora:

"Eccola, sto raccontando cose importanti e lei và! La solita furbetta mangia uomini!"

Ad Ema quella parola suonò strana, ma fu Mizio che chiese "Furbetta? Perché?"

"Perche? Ah, mo ti racconto…"

Giulia raccontò senza pudore di Gaia definendola una sfascia coppie senza ritegno; disse che in paese se ne era già passati una decina e che lei era proprio così sin da adolescente, le piaceva creare problemi e insomma...

Mizio rispose a Giulia che non era il caso di parlare così di una persona assente e Giulia rispose che aveva ragione, ma tutti più o meno conoscevano come era fatta. Gaia rientrò e si sedette affianco ad Ema, ma lui volle andar via ed anche Mizio e Francesca uscirono con loro.

Ema non parlò e fu Gaia a dire "Oh raga' ma che vi è preso?"

"A casa ti dico" rispose Francesca così si salutarono in un clima surreale.

Mizio rimase in piazza con Ema e gli chiese "Ma seriamente, tu credi a quella?"

"Io non credo, ma come fa quella a sapere tutti i cazzi di Gaia? Lei alcune cose della sua vita me le ha raccontate e per certi aspetti sono molto simili, magari le ha camuffate addolcendole…quindi permetti? Ma ora non mi interessa".

La sera successiva, Ema uscì per andare con Pigi in un locale, lì trovò Mizio e Francesca, chiese di Gaia, ma Francesca fu evasiva; lui si diede un'occhiata in giro e la vide vicino al bancone con un tipo mai visto che le cingeva i fianchi mentre lei beveva sorridendo. Quindi decise di avvicinarsi ed esclamò "Ciao! Ti cercavo ma vedo che ti stai divertendo! Dai a dopo semmai; ciao anche a te scusami, piacere Ema!" Così strinse la mano al ragazzo che era con Gaia e, senza chiedergli neanche il nome, fece un sorriso di circostanza ed andò via.

Ema uscì dal locale senza salutare nessuno, si sentì pugnalato alle spalle, si sentì ferito nel suo orgoglio da leone, ma reagì da uomo, tornò a casa e dormì, fregandosene di tutto e di tutti.

Diana venne a sapere da un'amica di ciò che era accaduto la sera al pub, e commentò "Gli sta' bene! Quello stronzo! Ha voluto la troietta e ora vada!"

Nei giorni successivi Gaia cercò Ema per poter chiarire ma Ema si fece negare, poi decise di affrontarla e non credette a nulla di quello che le raccontò. Lei cercò di fargli capire che la persona con cui l'aveva vista al pub era soltanto un amico che, ingenuamente si era allargato, tutto lì, poi quando lui era andato via aveva anche chiesto scusa per l'accaduto e lei aveva dovuto giustificarsi dicendo che non aveva fatto nulla e che quindi poteva stare tranquillo.

"Sì, un tuo amico? Che ti cinge i fianchi così? Ma dai, io non l'avrei fatto neanche con una cara amica, Gaia hai ragione, io e te non saremo mai una coppia, scopiamo benissimo ma … finiamola qui. Ok? A me non dà fastidio l'atteggiamento assunto, ma è il pensiero che mi rimane di quella situazione ambigua e poi ti sei dovuta anche giustificare con quello… pazzesco, davvero pazzesco! Vedila al contrario, lui come avrebbe reagito? Ti sei chiesta questo, come ti avrebbe etichettato? Le chiacchiere se le porta il vento, ma ciò che si vede rimane!"

Ema chiuse in modo deciso e Gaia a malincuore dovette accettare la sua scelta, però fece intendere ad Ema che arrivare a conclusioni affrettate e dare di una donna un'immagine distorta, superficiale e sbagliata per soddisfare il proprio egocentrismo nutrito da gelosia ed orgoglio mascolino ferito, non era da uomo unico e raro, anzi era da semplice ragazzo comune a migliaia d'altri.

Trascorsero un paio di settimane, oramai l'estate era prossima ed Ema si mise sotto a studiare, e con il fedele Mizio, ripresero a vedersi il pomeriggio. La sera tornava a casa ed usciva di rado poiché era determinato a superare gli esami e trascorrere un'estate da vero leone.

Una sera, al rientro da casa di Mizio incrociò Chiara e Diana in piazza, Chiara lo salutò, Diana era sorridente, così Ema si fermò

"Ciao! Da quanto tempo! Tutto ok?" disse Chiara

"Si studia di brutto, ora compriamo le sigarette e torniamo a casa, e tu?"

"Lo stesso, sono quasi sotto esame",

Diana aggiunse "Bravo hai messo la testa apposto, bravo!" Così, frettolosamente, andarono via.

Quell'atteggiamento interessato di Diana incuriosì tanto Ema: "Serena, felice di vedermi, ma dai, strano, proprio strano", pensò tornando a casa.

Ema ebbe un rigurgito, un ritorno di fiamma, tentò di reprimerlo, ma non ci riuscì, quindi decise di tentare l'impresa: di riconquistare Diana.

Così non perse tempo e dopo tre giorni da quell'incontro, un tardo pomeriggio si presentò a casa sua.

Aprì Fabio che era in casa con Chiara e fu entusiasta di vederlo, chiese di Diana, così lei si presentò in cucina.

"Bella sorpresa Ema, ciao!"

"Ciao, ho pensato di venirvi a trovare per fare una chiacchiera tra amici"

"Hai fatto proprio bene" rispose Fabio "anche se queste due rompono con lo studio!"

"Sì stiamo studiando tanto, notte e giorno, ma sto un po' trascurando questo poveretto" rispose Chiara dando un bacio a Fabio.

Parlarono e presero un caffè, poi Ema decise di agire ed invitò Diana per una pizza, Diana si girò verso Chiara in cerca di consenso e rispose che andava bene.

La sera successiva Ema passò a prenderla, andarono in pizzeria e chiacchierarono di tutto e di più, senza entrare in argomenti che riguardavano il loro passato, poi la riaccompagnò a casa e la salutò da buon amico.

Ema si convinse che era sulla buona strada, la vide ben disposta, sorridente specialmente quando si raccontavano fatti curiosi e simpatici riguardanti, alla lontana, loro due.

Trascorse una settimana, Ema fece decantare sapendo che lei, quando era sotto esame, diventava una iena poi, un pomeriggio in cui Mizio andò da lui a studiare, verso tarda sera, decisero di uscire per distrarsi un po'. Ema vide Diana, quindi piantò di colpo Mizio e le si avvicinò,

"Ciao!" esordì Ema,

"Ciao Ema!"

"Allora ci siamo, manca poco all'esame vero? Venerdì, ricordo bene?" disse Ema

"Sì, ricordi bene, uff… che tensione" fece Diana.

Poi dal tabaccaio dietro le spalle di Diana sbucò un ragazzo di bell'aspetto, moro, alto che si avvi-

cinò e la abbracciò, lei si girò e lo baciò così disse:
"Ah Ema, lui è Claudio il mio ragazzo",

Ema incredulo sorrise "Ah! Piacere, sono Ema, un amico di Diana",

"Beh, noi andiamo, ci vediamo, in bocca a lupo per gli esami!" disse Diana

"Crepi il lupo!" rispose Ema ancora sbigottito.

Mizio vide la scena e lo raggiunse, così a bruciapelo disse: "Si è fidanzata, ma che credevi? Che dopo tutta quella storia tu rimanevi immortale..."

"Mizio ok" rispose Ema "non parlare, vero, hai ragione, giusto così, ciò che si fa agli altri non si sente ma quando torna a te, si sente per due volte e t'accorgi veramente quanto male hai fatto".

19

Lo studio si fece intenso, arrivò fine maggio, Ema sostenne due esami, uno sì, ed uno così così; ma li passò entrambi. Venne l'estate e rientrò nella sua città dove si trattenne per un po' e poi andò a godersela in Grecia.

Una lunga vacanza, spensierata e divertente che egli visse intensamente in quell'Ellade, culla di civiltà e storia che tanto lo aveva fatto tribolare negli anni di Liceo ma che amava infinitamente.

Seguì il ritorno ad Urbino ed Ema riprese il suo lungo cammino, fatto di tante situazioni gradevoli e non. Furono giorni, mesi, anni che formarono e temprarono l'uomo. La sua indole non mutò nel tempo, anzi si accentuò il suo carattere determinato, deciso, e allo stesso tempo dolce e romantico. Vennero fuori anche aspetti edonistici che lo portavano, naturalmente, alla continua ricerca dei piaceri della vita ma in quegli anni accaddero anche tanti e tanti episodi strani, paradossali, a volte drammaticamente grotteschi come quello che accadde una mattina di inizio primavera quando Ema fu svegliato da una telefonata.

"Pronto?",

"Pronto qui è il Comando di Polizia, vorrei parlare con il proprietario della Y10, targata PZ 504415?"

"Sì, sono io, mi dica?"

"Lei è in contravvenzione, dovremmo notificarle il verbale qui al Comando, la attendiamo, grazie"

"Sì, stamane passerò da voi", solo questo egli riuscì a dire, quindi si fece una doccia, si vestì non dicendo nulla ad Anto per evitarle ulteriori preoccupazioni e si recò al Comando di Polizia.

Ema entrò al Comando e si diresse verso la guardiola, qui un agente fece il riconoscimento che fu seguito da una breve telefonata, poi lo condusse al primo piano.

L'agente gli indicò la stanza in cui recarsi ed andò via; Ema, sospirò, bussò alla porta ed entrò.

In quella stanza vi erano due ceffi con lunghi capelli, giubbino di pelle e barba corta ed incolta,

"Buongiorno" disse Ema,

"Buongiorno Emanuele, ben arrivato!"

Così pensò "Ma che succede, sanno il mio nome e mi conoscono, chi sono?"

Ema venne fatto accomodare ed uno dei due simpaticamente gli disse "Tu sei di una città rivale della mia, per tifoseria calcistica"

Spiazzato, rispose "Mah, sarà, forse, non so, se mi dice qual è la sua… Ma scusate la multa?"

"No, ascolta" disse l'altro, "nessuna multa, ti abbiamo chiamato per far due chiacchiere. Ci riconosci?"

"Francamente no!" rispose Ema

"Meglio così" rispose l'altro "noi siamo quei brutti tipi che vengono chiamati falchi e si nascondono tra gli studenti per osservare cosa fanno di buono e di cattivo…"

Ema rimase perplesso "Sì ok, ma perché mi avete fatto venire qui?"

Allora il più simpatico disse:

"Dai su, poche domande, tira fuori il portafoglio, togliti il giubbino ed appoggiati con le gambe divaricate alla parete"

Così Ema fu perquisito da capo a piedi; dalle tasche uscirono: il suo zippo, un biglietto del guardaroba di una discoteca ed un pacchetto a metà di malboro lights.

Il suo portafogli fu letteralmente rigirato come un calzino e da lì uscirono: circa cinquantamila lire spicciole, la carta d'identità, un santino, la patente e varie tessere di locali, poi tra le mani del falco più agitato capitò la tessera del suo gruppo Ultras.

"Mmm, ecco allora, avevo intuito bene, tu sei proprio Ultras!"

"Sì e no...perché? Quando posso seguo la squadra della mia città in casa ed in trasferta, i tafferugli li evito, puro divertimento e sano agonismo, sfottò a raffica ma finisce lì." Rispose deciso

Così il falco svelò di che città rivale fosse e con Ema divenne simpatia, si raccontarono varie scorribande fatte per mezza Italia al seguito dei club delle loro città; parlarono di agguati, botte da orbi, imboscate e ne parlarono per più di un quarto d'ora, ma il loro conviviale racconto fu interrotto dall'altro falco che disse:

"Emanuè vieni qua, guarda questa foto che ti ricorda?"

Ad Ema fu mostrata una foto che lo ritraeva tra una decina di ragazzi, alcuni con delle "canne" altri con bottiglie di alcolici ad alta gradazione in mano ed un altro sdraiato a terra, con al centro un grande narghilè.

Il falco disse "Bella festa eh?"

Ema fece mente locale, poi ricordò "Oddio sì, ma tre mesi e mezzo o addirittura quattro fa!"

Sì", "E quindi? Forza, raccontaci", incalzò l'altro

"Sì, io ed un mio amico"

"Chi è?" disse un falco

"Mizio" rispose Ema, "allora fummo invitati da un amico di un suo compagno di casa ed andammo; ma per noi era una festa normale, poi cacciarono sta roba, ma noi assolutamente!"

"Mmm... sicuro? Dai, forza Emanuè, caccia il fumo" borbottò l'altro,

"Ma che cosa devo cacciare, io fumo malboro lights e basta, credetemi".

I falchi lo misero sotto torchio, ed Ema sudò per un bel po', poi rispiegò tutto, rispiegò che lui quella sera era capitato lì per caso; aveva fatto un paio di tiri sia di fumo, che di *narghilè* e basta, ma non consumava quella roba né la spacciava; aveva bevuto questo sì e parecchio molti distillati ed alcolici strani, davvero forti che sballavano ma niente di più.

I falchi si convinsero della sua estraneità ai fatti e lo tranquillizzarono; poi gli offrirono un caffè ed uno dei due raccontò ad Ema alcune cose "Vedi, è da un po' che seguiamo quei tipi, e due di loro sono, oltre che consumatori abituali, spacciatori di sostanze stupefacenti, non solo di hashish e marijuana, ma di eroina, cocaina ed altra roba pericolosa. Emanuè stanne lontano; ok?"

Ema rimase davvero impaurito e ringraziò per i consigli poi andò via sollevato d' aver ricevuto una lezione importante e fondamentale per la sua vita.

Trascorsero circa una ventina di giorni da quell'episodio ed Ema si recò di mattina al Caffè Rinascimento per prendere un caffè. Nel bar vi erano i quotidiani da leggere a cui lui, solitamente, dava uno sguardo; questi erano posati su di uno scaffale in fondo al bancone.

Quella mattina però, il giornale che sfogliava abitualmente era stato preso da un cliente che stava appoggiato di fianco a lui in attesa del caffè, questi lo teneva sollevato leggendo.

Ema ordinò il suo ristretto, poi allungò lo sguardo per leggerne i titoli ed improvvisamente il giornale si abbassò. Apparve a mò di caricatura, un uomo conosciuto che sorrise, gli strizzo l'occhio e rialzò immediatamente il giornale. Ema finì di bere il caffè, guardò in cielo e si fece una risata così uscendo dal bar pensò:

"Cara Sigurney, tu che hai fatto il film Alien, avevi ragione, gli alieni... sono tra noi!"

L'uomo misterioso non era altro che uno dei suoi cari amici falchi.

20

Di anno in anno Ema fece esperienze, Urbino era diventata per lui *"Mater et Magistra vitae"*.

La sua vita ebbe una svolta quando egli andò con un amico al Peter Pan, famosa discoteca di Misano Adriatico e così, per puro divertimento, decise di curarne le "Pubbliche relazioni".

In quegli anni le grandi discoteche della Riviera Adriatica erano delle vere e proprie aziende del divertimento notturno; e tra Misano, Riccione e Rimini se ne contavano molte. Le perle più rinomate erano: il Pascià, il Peter Pan, il Prince, ed il Cocoricò. Ema divenne Pr. del Peter Pan e quindi si occupò di Urbino. Queste strutture del divertimento a respiro internazionale, non avevano molti Pr. perché gli incassi li facevano eccome, ne prendevano una decina al massimo che coprivano il territorio nazionale garantendone pubblicità e visibilità; Ema grazie alla sua comunicatività, al suo fascino ed alla sua intraprendenza fu preso subito. Iniziò un periodo della sua vita del tutto differente; intenso e fantastico.

Egli aveva una grande capacità di coinvolgere e muovere gente; il suo carisma ed il suo aspetto piacevole gli permisero di togliersi tante soddisfazioni.

Era lungimirante, aveva ingaggiato dei suoi aiutanti, un paio di amici, una specie di sotto Pr., che operavano dislocati nelle zone nevralgiche di Urbino, ai quali ricambiava i buoni uffici facendoli entrare gratuitamente nei locali e garantendo loro consumazioni.

Trascorse un anno ed Ema abbandonò il Peter Pan e passò al Pascià, egli era ormai conosciuto nei locali più importanti della Riviera dove ogni tanto andava per scambio reciproco di favori, portando gente con sé.

Conobbe diverse persone del mondo dello spettacolo. La sua Y10 era sempre piena, sembrava "l'auto rosa", perché usava circondarsi, principalmente, di presenze femminili.

Di sbornie ne prese tante tra: *B52 flambè, Coca buton Gin e Vodka, Angelo Azzurro ed altri miscugli*, ingurgitati in grandi quantità ma aveva una dote innata, alla guida, per le curve di Tavullia, riusciva ad essere sempre attento, lucido, e sicuro.

Furono momenti davvero meravigliosi per Ema, e quel tipo di notorietà simpatica, a ventidue, ventitré anni, gli regalò numerosi flirt. Era divenuto, non volendo, un catalizzatore di interessi, e quando il proprietario del locale *J Club* di Urbino, gli propose di occuparsi della direzione artistica del locale, egli non rinunciò, anzi raddoppiò.

Aveva entrate economiche sia dalla Riviera che in Urbino, ed era in grado di organizzare il suo tempo alla perfezione; certo lo studio ne risentì non poco ma, la sua passione per quel "gioco lavoro", in quegli anni, era davvero grande e rinunciarvi non era proprio il caso.

Tra le tante, Ema conobbe Veronica, una ragazza italo spagnola con la quale trascorse un paio di mesi davvero passionali. L'incontro fu del tutto fortuito, Veronica era un'amica di una ragazza con cui Ema era stato in intimità; quest' amica raccontò di quella situazione e Veronica si incuriosì talmente tanto che volle conoscerlo e così una sera al Pascià si incontrarono.

Veronica era una ragazza tosta: mora, alta, occhi verdi e corpo mozzafiato. L'amica li presentò, parlarono a lungo e bevvero insieme ma Veronica fu freddina e non diede a vedere il suo interesse per Ema, tanto che egli, abituato com'era, in quel periodo, a sentire la donna in poco tempo, rimase perplesso ed insoddisfatto ma non lo diede a vedere per evitare d'esser considerato il classico tipo da una botta e via.

La serata trascorse così, tra effimeri ammiccamenti e lunghi momenti di reciproca indifferenza.

Il sabato successivo, Ema stazionava in piazza ed era pronto per muoversi in Riviera, improvvisamente Veronica lo avvicinò e gli disse in modo fermo e deciso: "Vorrei venire al Pascià", Ema le sorrise e rispose "Va bene ora ti metto in lista" ma egli in effetti mirava a ben altro ed aggiunse "ma hai un passaggio? O provvedo io con i ragazzi?"

Veronica lo illuminò "No, non ho passaggi voglio venire con te!" Ema fu colpito ed affondato, da quella determinazione e rispose "Ah, ok, va bene".

Chiamò i ragazzi e svuotò la sua auto; con lui dovevano andare tre amiche a cui disse che sarebbero andate con altri. Scelse quindi di scendere in Riviera con in macchina solo Veronica.

Tornò da lei e la invitò a bere qualcosa al Caffè Rinascimento, lui prese *Martini Rosso*, lei una *Vodka alla liquirizia*.

Ema si sincerò che tutto fosse apposto, consegnò la lista a Angelo per farla comunicare alla discoteca e si accordò per incontrarsi direttamente all'ingresso.

Ema e Veronica scesero a Porta Lavagine, salirono in auto e partirono per la Riviera.

Il lampadario del Pascià si sollevò dal centro della pista e la notte prese vita. Ema visse una serata dolce amara; per i buoni risultati il direttore del locale gli diede un tavolo bordo pista offrendogli un paio di bottiglie di *Mhoet e Chandon*, ma per quanto riguardava Veronica sembrò che avesse usufruito solo di un comodo passaggio con annesso ingresso gratuito per andare a ballare in una delle discoteche più importanti della costiera romagnola.

Ema non pensò nulla, al momento lasciò perdere e si dedicò alla sua gente divertendosi.

Poi decise di avvicinare Veronica, intenta a parlare con alcune persone a lui sconosciute, ed in modo gentile e garbato la invitò al tavolo a prendere un flute di champagne.

Ema e Veronica si sedettero, mentre altri amici, tra un flute ed un altro, spiluccarono frutta e gustarono mignon.

"No dai guarda Nico, cioè no! Ah ah ah"

Veronica esclamò divertita quando vide un loro amico, Nico scimmiottare con altri.

"Dai togliti quell'uva da sopra l'orecchio, per piacere non fare lo scemo!" Esclamò Ema, mentre lui, preso dai fumi alcolici, rispose facendogli la linguaccia, poi repentino si avvicinò ad Ema sollevandolo energicamente dal divano e prendendolo in braccio.

"La vuoi l'uva Ema? Dai prendila!"

Ema non se lo fece dire due volte, avvicinò la sua bocca all'orecchio di Nico, prese gli acini d'uva e gli diede un morso sul lobo

"Ahi!" esclamò Nico, ridendo ed Ema si fece beffe di lui.

Si tirò fino a quando le prime luci dell'alba iniziarono a filtrare dalle grandi vetrate del Pascià.

Il rientro ad Urbino fu saporito, anzi piccante e non fu immediato; quando Ema, in auto, mise su *November rain*, pezzo con cui usava rientrare a casa, Veronica lo abbracciò dandogli un bacio sulla guancia e posandogli la mano su una gamba. Ema la strinse con la sua; non dissero nulla, ascoltarono e basta. Ema fermò l'auto, lei lo guardò e lo abbracciò di nuovo. Da quel caldo abbraccio, in un istante, si trovarono labbra nelle labbra; Veronica si sbottonò la camicetta bianca di seta ed iniziò ad accarezzare il suo petto, slacciandogli i bottoni della camicia uno ad uno. Ema iniziò a sentire Veronica, il suo modo di baciare era diverso da quello delle altre donne; Egli non aveva mai sentito delle labbra così dolci, passionali.

La spinse dolcemente sul sedile, lo abbassò e si mise su di lei sollevandole la schiena con le mani; Veronica si lasciò andare, leggera e desiderosa di lui, Ema, con le labbra scese lungo il suo collo, sfiorandole i capezzoli, Veronica si inarcò dal piacere, poi Ema le tirò su la gonna sino al bacino e le accarezzò delicatamente il fondo schiena, lei si eccitò e disse "Sì! Continua così, non ti fermare",

lui le sfiorò le gambe lisce coperte da velate autoreggenti, Veronica gli slacciò i jeans ed iniziò a sentirlo tra le sue mani. Ema le diede le sue labbra, lei le morse con voglia e lui le disegnò con la sua lingua. Lei allargò le gambe, spostò il perizoma e strofinò Ema sul suo intimo; lui le entrò dentro, nel suo corpo, nella sua anima, nel suo cuore. Movimenti ritmati e respiri affannati si fusero insieme eccitando senza limiti i loro corpi. Veronica allargò le braccia e le mise dietro il poggiatesta, Ema la fece inarcare ancor di più, facendole sentire dentro tutto sé stesso.

Veronica gemette più volte, Ema diede ancor più vigore ai suoi movimenti; lei si contrasse, strinse le sue labbra accogliendolo sempre più poi gemette di nuovo con passione, con piacere, con libertà; Ema continuò, continuò ancora e Veronica lo sentì venire; la bagnò di sé sul ventre morbido e profumato. Il suo corpo sudato collassò su di lei che lo accolse teneramente

"Ho goduto Cristo! Sei stato stupendo" sussurrò Veronica,

"Non dire nulla", rispose Ema, in paradiso, "il silenzio tiene vicini i nostri cuori, le nostre anime in amore; le parole ci riportano subito alla realtà".

21

Ema aveva avuto una vera e propria metamorfosi, di notte egli viveva intensamente e di giorno era un ghiro.

Si alzava nel tardo pomeriggio, ormai al tramonto e quasi sempre ancora sfatto. I suo mal di testa, come una centrifuga incessante sulle sue tempie che andava a mille giri, era sempre presente ed i conati di vomito mangiavano il suo addome.

Confondeva quella luce crepuscolare con l'alba in una vita vissuta davvero al limite.

In quel contesto così "bizzarro" riuscì a dare anche degli esami grazie a Marcello, che il pomeriggio verso le 16,30 andava a casa sua buttandolo letteralmente giù dal letto.

Oramai, a primavera inoltrata Ema fece il salto finale, divenne uno dei Pr. del Byblos il locale più "in" di tutta la Riviera.

Ema era soddisfatto di sé, ma guardando in profondità nel suo animo iniziò a capire che quella vita non era altro che una vita di plastica destinata a fondersi a contatto con il calore della vera esistenza da percorrere.

Era cosciente della pericolosità di quei luoghi e di ciò che girava, meschinamente celato nel divertimento.

Stupefacenti, droghe passavano di fianco a lui, sotto i suoi occhi, ma Ema era maturo a tal punto da capire che la sua vita era stata un dono e non andava annullata, distrutta; andava vissuta sì, ma senza cazzate di gioventù che l'avrebbero bruciata, per sempre.

Egli vide di tutto e di più, visse in prima persona situazioni; vide davanti a se piste innaffiate da champagne ed avvenenti donne cedere facilmente alla lussuria; vide pallette ingurgitate una dopo l'altra mischiate ad alcol, vide lacci impregnati di sangue e buchi fatti nei bagni; e quando un personaggio importante gli propose:

"Ema, sei bello, lo sai, mi piaci tanto. Ho un desiderio, posso farti un lavoretto lì, con la coca?"

Egli rispose "Ma cosa ti manca nella vita? Hai tutto, fama, bellezza e denaro perché gli sputi in faccia!"

Quel mondo notturno tentacolare, pericoloso, effimero iniziò a stancarlo, a svuotarlo.

Anto, la sorella si era laureata ed era andata via da un bel pezzo, Ema viveva da solo, sì circondato da amici ed amiche ogni momento ma qualcosa gli mancava, gli mancava sé stesso.

La pelle era cambiata sì, ma la sua anima era sempre quella, di un uomo corretto, equilibrato, deciso ed amorevole.

Il suo dovere ad Urbino era quello di *"studere, studere"* e come un fulmine a ciel sereno, Ema decise di mollare tutto, regalando la gestione dei locali ai sui fedeli compagni d'avventura.

Aveva tracciato una strada davvero importante che regalò senza rimpianti. Anni di piombo, sì furono anni di piombo, vissuti a duecento all'ora, tra notti insonni, amore, sesso e trasgressione a livelli fuori dal comune, difficili anche da immaginare ma era giunta l'ora di fare un altro passo, di crescere definitivamente e di dare all'essenza il vero nutrimento per discoprire la sua vera natura.

Quella scelta, fu una scelta consapevole, presa senza sofferenza; la ragione, all'unisono con il cuore, fecero il resto.

Continuò a frequentare la Riviera ma saltuariamente, ed era sempre un ospite gradito.

Ema restrinse il suo raggio d'azione ad Urbino e negli ultimi tempi cambiò atteggiamento.

Passava spesso in pizzeria da Tony a farsi una "pizza volante", margherita con bufala e basilico. Tony oramai non era più il suo confidente, il suo maestro, ma un suo amico, un suo pari con cui confrontarsi. Ema aveva fatto esperienza e, come diceva Tony, era diventato "U uagliò chì palle sotto".

I loro discorsi erano ormai volti a raffinare i modi di esprimere i sentimenti nel piacere da dare e ricevere.

Tony frequentava una splendida ragazza Melissa, che viveva in un appartamento grande in un sottotetto antico nei pressi della vecchia abitazione di Ema, in Porta San Bartolo.

Ema viveva da circa due anni in una zona nuova di Urbino, in villette a schiera alla Tortorina.

Melissa si presentava da Tony sempre verso mezzanotte, Tony finiva di lavorare, andavano a bere e poi...

Quella sera, Ema si trattene a chiacchierare con Tony e capitò che Melissa si presentò con una sua amica Barbara, altoatesina, con capelli lunghi biondi e occhi azzurri.

Tony spontaneamente chiese ad Ema di unirsi a loro per andare a bere qualcosa e lui accettò di buon grado.

Tony e Melissa, tra una birra ed un'altra si lasciarono andare a sensuali effusioni, Barbara ed

Ema invece, conversarono a lungo. Barbara era una donna che sapeva ciò che voleva: romantica, passionale, decisa, dominante; davvero con gli attributi. Ema ne rimase affascinato, e tra loro, nacque una reciproca e spontanea simpatia. Si trattennero a lungo così verso le 2,30 andarono via, anche perché il proprietario del Pub, ormai stanco, sospirò profondamente e fece intendere a Tony, che era ora di andar via.

Passeggiarono un po' ed arrivarono sotto casa di Melissa e Barbara; Melissa aprì il portone e Tony simpaticamente la spinse dentro poi entrò Barbara, Tony si girò e guardò Ema così improvvisamente disse:

"Che fai lì, entra muoviti!"

Ema si rivolse a Barbara "Posso?"

"Certo che puoi, vieni".

Fecero le scale, tre piani, poi si giunsero in un portico sottotetto ampio, in fondo vi era una porta, quindi Melissa prese le chiavi e la aprì.

L'abitazione era grande, antica con mattonelle in cotto disconnesse; si recarono in camera di Melissa e Tony si sedette sul letto come Barbara, mentre Ema prese una sedia e si mise di fronte a loro. Melissa andò a prendere da bere e tornò con una bottiglia di *Southern Comfort* che Ema apprezzava molto.

Si fecero un paio di bicchieri mentre Tony e Barbara scherzarono tra loro prendendosi in giro. Barbara era la più grande amica e confidente di Melissa e Tony la conosceva da tempo oramai; tra loro vi era complicità e amicizia sincera, insomma avevano davvero un gran bel rapporto.

Tony maturò in se che era giunto il momento, e pensò bene di disegnare in animo e cuore una luna piena e rossa in quella notte e regalarla ad Ema.

"Mbè su che fate qui!" disse ironicamente, "Io e Melissa dobbiamo parlare di cose intime e personali, potete accomodarvi altrove, per piacere?"

Barbara ed Ema uscirono dalla camera e la porta si chiuse alle loro spalle, Ema rimase confuso e fu Barbara a dire

"Se vuoi possiamo chiacchierare un po' in camera mia?"

Ema non disse nulla, sorrise e la seguì.

Barbara fece strada e così si trovarono in una camera accogliente, con lunghe vetrate dalle quali entrava una splendida luce notturna ed il letto era posto proprio in quel punto; l'effetto era unico, magico.

Barbara non accese nessuna luce, disse solo ad Ema

"Se vuoi puoi andar via"

"No, sto bene qui, con te" rispose deciso, così lei lo prese per mano e lo portò davanti al letto.

Si misero uno di fronte all'altra, Ema le iniziò ad accarezzare i capelli, poi le cinse il collo tirandola a sé, avvicinò le labbra alle sue e la baciò.

Barbara per Ema fu la donna che, con le labbra parlava ed amava; davvero una donna speciale.

Ema credeva nel bacio, per lui era il primo incontro con l'altra anima e quel bacio scalfì ancor più in profondità il suo cuore e l'essenza ricercata ebbe nuova linfa, nuova conoscenza.

Si spogliarono senza alcun pudore, l'uno di fronte all'altra, poi si sdraiarono sul letto; Barbara fu donna, il suo modo di esprimere amore facendo sesso non era mai stato sentito e vissuto così in profondità da Ema.

Il suo corpo fu accarezzato centimetro per centimetro, baciato, idolatrato; le carezze ricevute, i morbidi massaggi espressi con mani e corpo gli misero i brividi. Ema perse il controllo e si eccitò, ma Barbara lo fece rilassare, per rendere quegli istanti lunghi, eterni.

La sua lingua dolcemente bagnò la mascolinità di Ema.

Lei si mise sopra e si voltò di spalle, accolse Ema dentro e lo accarezzò con il suo intimo.

Egli non fece nulla; si fece guidare, trasportare, possedere da un essere femminile angelico che dava all'amore il sesso in modo sublime, delicato e carnale.

Barbara si girò di schiena inginocchiandosi e lo accolse di nuovo.

Movimenti dolci, lenti sincronizzati diedero nuovi piaceri; Ema sentì Barbara, lei sentì Ema e la sua schiena fu bagnata e si inebriò di umido amore.

Si sdraiarono e lei lo abbracciò tenendolo stretto al suo seno. Ema sentì che quella notte non era terminata, desiderò Barbara ancor di più e fu lui a dare a lei il massimo piacere, fu lui ad esplorare il suo corpo e a dare le sue labbra ad ogni angolo del suo intimo. Barbara sudò, gemette, sentì un uomo che la possedeva senza alcun limite, Ema fu passionale, le entrò dentro ancora e fu delicato e vigoroso, lei si sciolse nel suo corpo e si lasciò andare al piacere verecondo, bagnandosi con lui.

Immensa fu la passione e l'erotismo di quegli attimi che s'impressero nel suo cuore e nel suo animo per sempre, indissolubilmente. Diverso fu il modo, diverso fu il tempo dedicato alla ricerca del piacere, diversa fu la dolcezza, diversa fu la passione, diversa fu la sensualità, diverso fu tutto. Vero fu tutto.

E come per tutte le cose terrene, che capitano meravigliosamente quanto meno te lo aspetti e vengono vissute intensamente, anche per questa vi fu una fine.

La sorella Anto era andata a trovarlo e si sarebbe trattenuta con lui un paio di giorni.

Ema una mattina uscì, mentre lei rimase a casa.

Suonò il citofono, Anto si affacciò alla finestra e vide una ragazza con lunghi capelli biondi che la guardò e disse "Ciao, scusami Ema abita qui?"

"Sì" disse Anto "Io sono la sorella dimmi?"

"Ecco, devo darti una cosa per lui"

"Ok, sali, ti apro".

Ema tornò verso ora di pranzo, Anto sorrise poi andarono in camera sua e disse

"Sai stamane è passata una ragazza bionda e ha lasciato questa per te", così Anto consegnò ad Ema una rosa rossa con un biglietto; Ema la guardò ed aprì il biglietto, e lesse "Per sempre, tua Barbara".

Ema si sedette, tenendo in mano quella rosa guardandola e riguardandola con amore; i suoi occhi si inumidirono, di una felicità mai provata.

Anto lo osservò, poi si avvicinò e lo confortò:

"Manu, non credo che molti uomini ricevano rose rosse, le hai lasciato il segno, ti ha nel suo cuore, sei davvero speciale per lei fratellino".

Ema si laureò e lasciò Urbino.

Urbino madre e maestra di vita, amica fidata, dolce compagna, amante segreta; Urbino che è sempre lì, presente; Urbino che esiste in lui in ogni istante.

No egli non portò ricordi, portò via con sé un

uomo, un uomo formato, maturo, che comprese l'importanza della vita e dell'amore; *"l'essenza che tutto muove"* egli, la percepì, la respirò, donando alla sua anima la viva speranza di conoscerla, di viverla, di amarla.

Ema e l'inchiostro

Ti ricordi Ema quando da piccolo, portavi il grembiulino con il fiocco ed usavi le tue penne. Poi su di un bianco foglio posavi la tua mano e tracciavi ciò che vedevi dentro di te: linee, curve, tratteggi.

Ma capitava spesso che l'inchiostro finisse sulle tue dita e così, con un po' di vergogna, pensavi di esserti sporcato, quindi provavi di nascosto dalla maestra a pulirti.

Con un po' di angelica saliva, strofinavi le tue dita, ma niente, niente, quelle macchioline non andavano via; rimanevano sbiadite, ma presenti sulla tua pelle.

Così pensavi, ricordi cosa pensavi... pensavi che andava bene in quel modo, che le macchie stavano bene lì, anzi erano tue, solo tue, del tuo fare e del tuo essere.

Dicevi: *"Questo inchiostro è solo mio ed è su di me, dentro di me, per sempre"*.

Ema inchiostra ancora oggi come allora, e pensa le stesse cose.

Io ed io

"*Cosa hai trovato dentro di me? Tanto vero?*
Ne hai narrato una parte, sì, ma mi hai dato desiderio
di ascoltarti e leggermi ancor più in profondità.
Tu che hai inchiostrato di me, con semplice candore,
intensità e verità intimi attimi, mettendo a nudo ciò
che sono; lascia che sia io, ora, a guidarti verso altri
luoghi reconditi.
Il Tempo trascorre e sento il bisogno di parlarti, ora
dunque ascoltami ed inchiostra ciò che ti dirò.
Mi mostrerò nudo come sono pregi, difetti, vizi e virtù.
Che possa sentirti dentro di me, sempre.
Io amo, lo sai..."

22

È il primo pomeriggio di un tardo autunno ed un tiepido sole mi scalda.

Sono arrivato in Piazzale Michelangelo e volgo il mio sguardo verso Santa Maria del Fiore; ho con me dei fogli ed una semplice e comune biro, una bic.

"Certo" dico, "Brunelleschi e Giotto avevano un sogno da realizzare e lo hanno realizzato con coraggio e volontà".

Mi accendo un sigaro ammezzato, dò una boccata, una seconda; tolgo la mano dalla tasca e vado verso la maestosa statua del *David*.

C'è una panchina, mi siedo, apro la mia borsa, tiro fuori tre *A4*, li piego in due, poi tolgo il cappuccio alla mia *bic* ed… inizio così, d'inchiostro rosso, con un bacio, il mio bacio.

Il bacio è…

Ho mai pensato a cosa fosse un bacio per me?

La verità?

No, ho baciato spesso ed anche tanto, ma non ho mai pensato cosa fosse realmente il bacio.

Il bacio è la porta al mio cuore, alla mia anima; le labbra serrate si schiudono per accogliere le sue, il suo sapore accarezza il mio.

Siamo uniti per sempre quando l'odore dei nostri corpi si fonde sulle nostre labbra umide, calde, soffici e ne disegna amore.

Io accarezzo le sue, lei accoglie le mie ma non per un attimo, ma per ogni istante, per sempre.

Io non ti farò mai mancare i miei baci, mancherebbero a me.

Con i nostri baci i nostri corpi, i nostri cuori, le nostre anime si conosceranno ma soltanto le nostre.

Io poserò il mio bacio sul suo viso, sulle sue guance, sui suoi seni, sulle sue intimità segrete e lei farà lo stesso con me.

Quando penso al bacio, non trovo aggettivi, sento nel mio intimo un forte battito e *"l'essenza che tutto muove"* chiama me perché vuol essere nutrita dai suoi baci.

Io non sarò più lo stesso dopo aver dato le mie labbra, ed anche lei; non saremo sostanza, saremo amore, saremo una cosa sola, unica.

Ad occhi aperti vedrà me davanti a sé, sfiorerà le mie labbra, mi toccherà, io toccherò lei, e ci accorgeremo che l'effimera vita terrestre ha destinato noi, l'uno nell'altro, ad essere un unico io.

Sofferta, irta, piena di ostacoli ed imprevisti è la strada che porta a lei, ma non rinunciare alla tua vita, bacia e muori.

23

Da poco è deceduto il *Principe di Minneapolis* e mi ha lasciato *Purple rain.*

Stamane, prima di venire qui, l'ho ascoltata e ri-ascoltata.

"Pioggia viola", sì Viola, un fiore eterno dentro me, un colore unico, il nome di una figlia che ancora non ho; sì femminuccia certo, solo e sempre; bambina, ragazza, donna...

Dovrei raccontare a me stesso questi ultimi quindici, venti anni, rileggerli con attenzione perché sento il bisogno di conoscermi davvero,

"Angelo Maledetto, Leone d'Essenza... un uomo alla ricerca di chi? di cosa?

Un uomo vero, sincero, leale, forte, senza paure, pronto a confrontarsi con sé stesso, a sfidare sé stesso.

Inchiostro ce n'è in questa biro, ed anche altri fogli nella borsa, ed allora vado.

"Emanuele, non temere parla con il cuore, con l'anima, esprimi ciò che senti, nessuno darà giudizi, nessuno farà questo. Vizi e virtù, pregi e difetti risiedono in ogni essere, quindi va, fa' quello che senti di fare".

Sono uno spirito libero, umanamente reale e mi sto conoscendo a fondo, accettando ed amando me stesso per quello che di natura sono, così parto da questo concetto.

Finì l'Università e rientrai nella mia città.

Dare un taglio netto al passato, agli "Anni di piombo" vissuti ad Urbino non fu semplice; rientravo in famiglia, in quella casa che mi aveva visto bambino, adolescente; ed a quei tempi la sentivo calda, accogliente.

Ma divenni uomo e quegli spazi, quelle sensazioni iniziarono a starmi strette.

La libertà di vivere da solo, in autonomia, senza regole, senza orari, assaporata per anni, oramai faceva parte della mia natura.

I miei genitori sono sempre stati genitori modello, moderni, emancipati, quindi non ebbi grandi difficoltà; capirono che il mio vivere era cambiato, era diverso da quello del giorno in cui, appena maggiorenne, baciai mia madre per andare ad Urbino.

Anche i discorsi tra noi erano del tutto cambiati, si parlava di lavoro, di politica, di vita sociale; e se prima ciò che dicevo non veniva molto considerato, all'epoca, invece, veniva ascoltato con interesse.

Incartai i miei primi Curriculum Vitae, ah! Se ripenso a quei momenti.

Gli strumenti informatici erano ancora molto fatiscenti, avevo un computer *Olivetti* portatile di colore bianco e pesantissimo che mi aveva dato il caro Ingegnere Tonino; era a cristalli liquidi verdi e caricava per memorizzare dischetti floppy da 3.5' pollici, sottili come una pellicola.

Poi collegavo una stampante ad aghi, quelle che facevano un rumore pazzesco durante la stampa, e così iniziai a muovermi nel mondo del lavoro.

Avevo anche il cellulare, caspita! Comperato già dall'epoca di Urbino con gli introiti delle discoteche.

Mi ero recato alla *Omnitel Olivetti* di Rimini ed avevo preso *l'Ericsson* con lo sportellino, pagandolo un milione e centocinquantamila lire, pronto cash.

All'epoca era per lo più un giocattolo, uno status symbol, le tariffe erano proibitive, vi erano finestre a fasce orarie più economiche, poi scattava la tagliola a circa duemila lire al minuto. Non esistevano i messaggi, i portatili avevano la funzione ma il menù messaggi diceva: *"Presto sarà abilitata la messaggistica istantanea"*, si faceva il contratto telefonico e non esistevano le ricariche.

In quegli anni spesso, le giornate trascorrevano con un'uscita, in tarda mattina, per incontrare vecchi amici, molti dei quali non si erano mossi dalla città, mentre altri, invece, frequentavano l'Università ma in città vicine tornando il week-end.

Snoopy era invecchiato ed ero costretto a portarlo per fare la passeggiatina con il guinzaglio; i tempi in cui fischiavo e lui mi veniva incontro di corsa erano ricordi, ora dovevo badare a lui che alcune volte si impuntava anche quando doveva fare pochi gradini.

Trovai un posto di lavoro in una agenzia assicurativa con sede nella mia città, feci la formazione ed iniziai questa prima avventura.

Non era la mia aspirazione ma decisi di provare e così ottenni anche discreti risultati; certo, è vero, le mie doti comunicative e la mia intraprendenza mi aiutarono molto, ma la cosa davvero utile per me fu che con quell'esperienza compresi l'importanza delle mie capacità, differenti da molti colleghi, così presi maggior fiducia in me.

Il mondo del lavoro, negli anni alla vigilia del nuovo secolo, era già in piena trasformazione, la crisi era latente e posti ambiti da colletti bianchi o anche impiegatizi nel settore pubblico erano divenuti un'utopia.

Il settore privato invece, viveva un momento particolare, e non dava garanzie contrattuali, iniziarono ad andare di moda i contratti a tempo, con cui le aziende soddisfacevano le loro esigenze nei momenti di picco delle attività, potendo liberamente dismettere le risorse alla scadenza del tempo pattuito.

Come ogni genitore, anche i miei erano pronti ad aiutarmi, ma pensarono anche che era giusto che io facessi esperienza.

"Il lavoro è essenziale per l'essere umano" diceva mio padre, "ma non devi vederlo come l'unica realizzazione nella tua vita, il lavoro è una componete importante, anch'esso è una compagna, ma con cui non vai a dormire o ci fai altro; quindi cerca, valuta, trova ciò che fa davvero per te, non fermarti, cimentati, cresci e migliorati anche in questo mondo. Ne prenderai delusioni, sarà così, ma ti rialzerai sempre e continuerai".

Anche la mia vita sentimentale cominciò a cambiare, i rigurgiti urbinati c'erano ancora e di tanto in tanto, andavo su a trovare vecchi amici trattenendomi un paio di giorni, respirando, a pieni polmoni, quell'aria che conoscevo molto bene; ma ero diverso, ero uomo e non cercavo giochini e scopate, cercavo altro.

Ricordo bene un periodo, il gennaio del 96', metà gennaio, esattamente, nella mia città.

Mi misi d'accordo con una mia vecchia amica che sarei passato a prenderla all'uscita dalla palestra e poi avremmo fatto una passeggiata in centro.

Parcheggiai in zona San Gerardo e scesi verso la

palestra, entrai nell'atrio ed attesi.

Livia si affacciò e mi disse che le servivano un dieci minuti, il tempo di una doccia; così presi da bere al distributore automatico posto di fianco al banco accoglienza.

La porta di ingresso della palestra si aprì e vidi entrare due ragazze che si diressero all'accoglienza per chiedere informazioni.

Una di loro era biondina ed indossava un cappellino di lana bianco, l'altra era mora capelli lunghi con la frangetta ed indossava un piumino blu ed un sotto tuta aderente.

La bruna si voltò per un attimo ed io incrociai il suo sguardo.

Dentro di me sentii emozione vedendo il suo volto di pelle ambrata e quegli occhi nocciola, grandi, luminosi che mi penetrarono così, d'improvviso, inaspettatamente.

Tesi l'orecchio per sentire i loro discorsi con l'istruttrice e memorizzai il numero di telefono che lei diede per l'iscrizione.

Livia uscì e mi trovò lì, immobile, immerso nei miei pensieri, venne verso di me e mi chiese cosa avessi; io con lo sguardo le feci intendere di osservare quelle ragazze, lei le guardò, poi le chiesi se erano tra le sue conoscenze.

Livia guardò ancora e mi disse che le conosceva di vista ed erano universitarie poi aggiunse che conosceva meglio la bruna, si chiamava Martina ed era di origini campane, lo sapeva, perché alcuni amici in comune l'avevano già notata e poi le era capitato di conoscerla in Facoltà, ma non avevano una frequentazione continua, erano semplici conoscenti.

Livia mi chiese a bruciapelo se volessi conoscerla ed era pronta a chiamarla, io evitai, quindi uscimmo dalla palestra ma prima di andar via, la guardai un'altra volta.

Trascorsero un paio di giorni e Livia la incontrò all'Università, le disse chiaramente che un suo amico voleva conoscerla. Martina rifiutò categoricamente, quindi Livia mi riferì questo.

Il leone non si rassegnò per nulla, così decisi di agire a modo mio.

Un pomeriggio andai ad un telefono pubblico di quelli arancioni con la cornetta nera, misi duecento lire e digitai sulla tastiera quel numero che avevo impresso nella mente.

Un paio di squilli e poi...

"Pronto?"

Pronto sono Ema, volevo parlare con Martina?"

"Sì sono io, ma scusa chi sei?"

"Sono Ema, non ci conosciamo, sono un amico di Livia, scusa il disturbo"

"Livia chi? Ah sì, ho capito e cosa vuoi?"

"No nulla, ascolta volevo chiederti se potevamo conoscerci, magari incontrarci per fare due chiacchiere e prendere qualcosa da bere?"

"No guarda non se ne parla proprio, scusa ora chiudo, e poi il mio numero come fai ad averlo? Mah! ciao..."

Sì, andò proprio così, ma pensai "Splendida voce, tipa davvero determinata, mi piace ancor di più".

Raccontai tutto a Livia, per evitare che facesse brutte figure con Martina, pensando che fosse stata lei a darmi il numero di telefono.

Livia si fece un sacco di risate dicendomi che ero il solito matto e non sarei mai cambiato, le chiesi di lavorarsela e dirle che sapeva chiaramente della mia telefonata, che ero una persona seria senza doppi fini e che se avesse voluto incontrarmi, ero sempre disponibile.

Trascorsero un paio di giorni quindi Livia la incontrò e lei le diede picche.

La settimana successiva Livia, ormai presa dalla situazione, fu astuta e la fermò quando era con l'amica biondina, proponendo a loro di uscire per andare a bere qualcosa.

La cosa andò in porto e così…"

Pronto Ema sono Livia!"

Oh ciao Lì, cosa c'è?"

"Stasera alle 19,30 passami a prendere, andiamo in centro e… sorpresa ci sarà anche la tua Martina! Ciao ciao!"

Feci mio il motto latino modificandolo un po': *Audentes Fortuna iuvat, et nunc et semper!*

24

Anfibi slacciati, jeans, camicia celeste fuori, pullover blu, giubbino di pelle terra bruciata, sciarpa spigata blu e bianca ed *Obsession*; così mi preparai per quell'uscita.

Passai a prendere Livia, parcheggiammo nei pressi del centro ed imboccammo via Pretoria.

Arrivammo in piazza, un paio di vasche e ci fermammo sotto i portici.

Io accesi una cancerosa e sbirciai il cellulare rispondendo ad un paio di amici che avevano organizzato per l'indomani una partitella a calcetto.

Livia sembrava più agitata di me, era insofferente, guardava ogni minuto l'orologio, sbirciava a destra e sinistra e sbuffava.

"Quando arrivano queste?" esclamò, le dissi di portare pazienza, che sarebbero arrivate presto, me lo sentivo.

Dall'angolo dei portici sbucarono le due, camminarono con passo lento, quasi impaurito, guardandosi attorno, Livia alzò la mano per farsi notare così si avvicinarono.

"Ciao sono Ema!"

"Piacere" fece Silvia,

"Ciao io sono Martina", le diedi la mano e lei sorrise.

Aveva labbra a cuoricino meravigliose, velate da un leggero rossetto rosso, denti bianchi ed un piccolissimo neo sulla guancia.

"Cosa videro i miei occhi?

Non lo so descrivere, so cosa sentì il mio animo, il mio cuore la mia essenza".

Facemmo un paio di vasche, Livia mi prese sotto-braccio, Martina e Silvia camminarono al nostro fianco.

Si parlò dell'Università, io raccontai che l'avevo terminata e loro parlarono delle loro difficoltà. Martina aveva circa cinque anni meno di me, fantasticai pensando che non era una grande differenza e che poteva andar bene.

Infreddoliti entrammo in un Pub del centro, io consumai un *Martini Rosso* con fetta d'arancia; chiacchierammo ancora simpaticamente e ridemmo molto.

Si fecero le 21,30 e Martina disse che per lei si era fatto tardi e doveva rientrare.

Martina viveva a casa con i nonni, lei era nata in provincia di Napoli mentre la madre era originaria della stessa mia città e quindi per la scelta universitaria aveva optato di venire lì e stare dai nonni, accudendoli con grande amore.

Ci salutammo e chiesi a Martina se potevamo rivederci, lei disse che le avrebbe fatto piacere così accompagnai Livia e rientrai a casa.

Alcuni giorni dopo, venni a sapere da Livia che l'Università organizzava, in un cinema di città, una rassegna cinematografica per gli studenti, una tessera con cinque visioni a prezzi contenuti di pellicole recenti ma acquistabili solo dagli universitari.

Io non avevo accesso alle tessere ma capitò che Livia mi cedette la sua poiché, per impegni, non sarebbe potuta andare alla proiezione successiva. Le proiezioni si tenevano il giovedì sera alle 19,30 ogni due settimane, ed allora pensai di telefonare a Martina per invitarla ad andare assieme. Lei aveva la tessera ed accettò, quindi rimanemmo d'accordo che sarei passato a prenderla il giovedì successivo.

Martina aprì la portiera dell'auto, mi salutò e sorrise, così andammo.

Presi dei pop corn per lei e per me e ci accomodammo in galleria.

Il film era *Amistad,* ancora lo ricordo, lo guardammo con grande attenzione ed ogni tanto io le sussurravo all'orecchio di non aver capito qualcosa e lei dolcemente mi spiegava; io lo facevo apposta, ma non ho mai compreso se avesse capito che lo facevo per avvicinarmi a lei e né mi svelò mai questo mistero.

La riaccompagnai a casa, e siccome eravamo oramai amici, per salutarla, le diedi un bacio sulle guance.

Le chiesi di riuscire insieme e lei, disse di sì.

Tornai a casa con una luce nuova, come quando senti dentro quel qualcosa che ti fa tremare ed allo stesso tempo ti porta un'eccitazione incontrollata, dandoti una felicità strana, incomprensibile e tutto quello che ti capita in quegli istanti è sempre meraviglioso; ed anche tutto ciò che altri ti dicono suona meno importante di ciò che stai sentendo. Hai stampato in viso un sorriso che altri non vedono, ma tu sì, ed avresti voglia di gridare il tuo stato d'animo... ecco, io avevo tutto ciò.

Cenai con i miei ed Anto, guardai il rotocalco *Nonsolomoda* e poi andai a letto; dormii pensando dolcemente a lei.

L'indomani andai a lavoro, poi pensai di attendere un paio di giorni prima di chiederle di uscire, ma non resistetti ed il pomeriggio le telefonai.

Lei andava in palestra, allora ci accordammo che

sarei passato a prenderla, verso le 19,00 all'uscita ed avremmo fatto una passeggiata in centro.

Attesi fuori dalla palestra fumando una cancerosa, lei uscì, dolcevita bianco, scarpetta grigia e cappottino nero; le diedi un bacio sulla guancia ed accese una sigaretta.

Salimmo verso il centro, faceva freddo, quindi decidemmo di bere qualcosa al caldo.

Un punch per entrambi, Martina gradiva gli alcolici e quindi andavamo, come si dice, a nozze.

Parlammo a lungo e ci conoscemmo raccontandoci momenti di vita vissuta.

Lei raccontò di un suo ragazzo con il quale era stata per cinque anni, poi parlò della sua insofferenza di vivere in quella città, abituata com'era ad una metropoli come Napoli e della sua tristezza che rasentava la depressione per gli studi universitari, che più volte aveva quasi pensato di abbandonare.

Poi mi disse che aveva un fratello, più grande di lei, quasi mio coetaneo, a cui voleva un bene dell'anima.

Io le parlai di me, della mia variopinta famiglia e parlai della mia esperienza universitaria; per dirle tutto mi sarebbero serviti mesi, quindi sfumai e tagliai molto, evidenziai i momenti più simpatici, e felici, alcuni momenti d'amore e la mia maturità acquisita grazie ad essi.

Non feci il resoconto delle scopate, non era e non è nella mia indole, parlai di me a cuore aperto.

Martina ascoltò con interesse e rimase colpita dalla mia personalità.

Lei era una ragazza spigliata, forte di carattere, e molto determinata, leonessa di segno, anche se in quel periodo era un po' giù, certo le pesava stare lontana dal suo mondo, da Napoli, ma ora lì con lei c'ero io, ed iniziò ad accorgersene.

La riaccompagnai, sotto casa spensi l'auto e parlammo ancora, poi lei mi salutò bacandomi sulle guance ed io d'istinto le accarezzai la mano; lei sorrise, fummo tentati ma andò così.

Non volevo fare come in passato, non volevo affrettare i tempi, volevo godermi appieno quei momenti di corteggiamento, il momento sentimentale più bello, sì, il mio cuore batteva ed anche il mio corpo reclamava ma Barbara mi aveva insegnato, in quelle notti, che si fa l'amore con serenità, con lentezza, con piacere e anche con le parole.

"Il tuo sesso deve essere il mio, il tuo sentire deve essere il mio ma mai con frenesia ma con romanticismo, passionalità, erotismo".

Giunse San Valentino ed il Tg3 regionale all'ora di pranzo diede una notizia: "Tragico incidente sull' autostrada Salerno-Reggio Calabria, in direzione Salerno, all'alba, un Alfa 164 è uscita di strada, schiantandosi contro una galleria; hanno perso la vita il padre, il figlio e la figlia.

Il padre stava accompagnando i figli a Battipaglia a prendere il treno per andare all'Università degli studi di Siena; lasciano la moglie ed un'altra figlia".

Fecero vedere le foto ed io riconobbi.

Mio padre era in bagno, mentre mia madre era distratta a prendere la frutta.

Chiamai subito mio padre che vide la foto ed anche lui riconobbe.

Erano grandi amici di famiglia ai tempi in cui avevamo vissuto a Castrovillari; mio padre e mia madre erano loro amici di vecchia data.

In questo momento che inchiostro ho il magone e preferisco non dire nulla, spero solo che il mio pensiero possa arrivare alle loro anime.

Con quel bambino, oramai uomo come me, giocavo a *Subbuteo* sul tappeto di casa, con la sua famiglia andavamo spesso a cena; mi fermo qui, un bacio anime candide.

I miei genitori e mia sorella partirono subito, io rimasi a casa, ero veramente frastornato e non ebbi il coraggio di andare con loro.

Decisi così, di punto in bianco di telefonare a Martina, sentivo bisogno di conforto, una persona che mi capisse davvero in quel momento, dimenticandomi che era il 14 febbraio.

Martina fu felice di sentirmi poi le raccontai l'accaduto e comprese da vera donna, quindi fu lei a chiedermi di uscire la sera per andare a mangiare qualcosa per starmi vicino.

Mi ricordai di San Valentino e senza nessuna intenzione ma per la sua disponibilità, le presi un braccialetto d'argento con dei pendenti smaltati.

Alle 20,00 passai a prenderla; lei era bellissima, minigonna, calze velate, maglia scollata nera, capelli lunghi lisci e rossetto rosso.

Andammo a cena in un locale fuori mano, un pub pizzeria nei pressi di un minuscolo lago. Prendemmo degli antipasti, delle pizze, accompagnati da vino *Donna Lidia Rosè*, poi tartufo nero, caffè e liquore *Jagermeister*.

Uscimmo dal locale ed in auto le chiesi di fermarci in un bel posto nei paraggi, per parlare ancora un po'.

Così accostai in uno spiazzo, dove il lago era proprio davanti a noi e la luna, a cielo sereno, si specchiava piena e meravigliosamente bianca.

Parlammo ancora ed ancora. *November rain* l'avevo sempre con me, ma decisi di mettere *Shola Ama,* ecco a chi somigliava Martina.

Ma sulle note di *You Might Need Somebody,* non resistetti più, la strinsi a me e le chiesi di baciarla, ricordo la sua riposta

"Cosa aspetti?".

Quel baciò durò tanto tempo, non fu un bacio facemmo l'amore con le nostre labbra, il tempo fu relativo il tempo fu eterno.

Io mi sciolsi davvero, le sue labbra in quella notte così lontana, le ho ancora impresse in me come un timbro indelebile.

Non facemmo l'amore, no, conoscemmo a fondo i nostri corpi; il tatto, l'olfatto, il gusto ebbero piacevoli ed intense sensazioni.

Martina, nonostante l'età e le poche esperienze, seppe come prendermi ed io la sentii mia.

Godemmo entrambi, tanto e più volte.

La voglia di baciarci era tanta e continuammo ancora.

Si fecero le 3,00 davvero tardi per lei che abitava dai nonni e così andammo via.

Durante il ritorno lei pose la sua mano sulla mia gamba poi arrivati sotto casa, ci baciammo ancora e ricordo che le dissi:

"Martina non scherziamo tra noi ok? non facciamoci del male io penso già di a..."

Lei mi fermò baciandomi e disse "Zitto non dirlo, non dirlo, potrei dirlo anch'io ma voglio sentirlo in un altro momento, quando sarò veramente tua".

Tornai a casa erano le 3,30 e piansi, sì piansi come un bambino, piansi di gioia, di immensa gioia, sentivo il suo odore, le sue labbra, volevo riuscire per andare da lei; mi sentivo un leone in gabbia. Era tutto nuovo per me, era strano, diverso, era avvenuto che quella mia smania di entrare in profondità alla ricerca dell'*essenza* si era d'un tratto sopita, come se avesse trovato un profondo equilibrio, ed avesse scalfito il nucleo del mio io, facendolo vibrare.

Ne percepii le onde addormentandomi ma non ne ebbi coscienza: "Mente e ragione, non siete certo come cuore ed anima".

25

I giorni seguenti furono, per entrambi, davvero meravigliosi, come vivere un sogno.

Mi recavo il tardo pomeriggio a prenderla in Università poi andavamo a fare lunghe passeggiate e ci imboscavamo in auto; cuore, anima e corpo si univano ogni istante.

Mi sentivo felice, equilibrato; sentivo in me qualcosa che, con il passare dei giorni diveniva serio, reale.

Avevo desiderio di stabilità e la mia sensazione era che lei completasse quella mia ricerca d'equilibrio.

Percepivo l'*essenza* a portata di mano e non avevo timore di inebriarmi di lei.

No, non si fece l'amore subito, preferimmo entrambi far crescere, pian piano, i nostri desideri.

Certo, ci soddisfacemmo l'uno dell'altra sempre, non facendo mancare passione ed erotismo ma per quel momento però volevamo aspettare, entrambi lo sentivamo un momento importante.

Per me non fu una sofferenza anzi, desiderarla anima e corpo mi rendeva un maschio, un uomo.

Si parlò spesso dei miei trascorsi urbinati ed uscirono molte cose dalla mia bocca, fui sempre sincero e leale, non nascosi mai niente, volevo che lei conoscesse tutto di me e di ciò che avevo fatto.

Lei non era d'una gelosia morbosa ma era equilibrata nei giudizi e nella valutazione delle situazioni da me vissute.

Del mio passato colorito e bizzarro poi amava i miei racconti e, a volte, eccitandosi, li riviveva con me.

Diceva spesso che, ciò che mi era accaduto per lei era un vantaggio, perché ora di fronte aveva un uomo.

Alla fine di marzo, alla vigilia di Pasqua, Martina mi disse che sarebbe partita per trascorrere a casa con i suoi familiari le festività.

Prima che partisse andammo a cena fuori, in un locale con musica dal vivo. Il locale era fuori città, in montagna, uno chalet rustico, molto carino. Ci trattenemmo per un paio d'ore, poi decidemmo di andar via.

Percorsi la strada tortuosa, e trovai un piccolo sterrato, sul ciglio che si addentrava, circondato da fitti abeti, così lo imboccai e mi fermai tra i grandi alberi.

Avevo preso ad ascoltare *P!nk,* di cui, tutt'ora mi nutro.

Ci baciammo, ma la sentii diversa: forte, donna, passionale come non mai; la assecondai ma iniziai a sentire una intensa eccitazione, fatta da irrefrenabile voglia di possederla, di penetrarla così le sussurrai di volerla e lei si lasciò andare.

Abbassai il mio sedile, lei scivolò e come una farfalla si posò sul mio corpo.

Le sue mani levigarono il mio petto, le accarezzai il collo, i capelli, lei scese con la bocca e le sue mani mi slacciarono i jeans.

Sentii le sue labbra calde e la sua morbida lingua avvolgermi, le spinsi dolcemente la testa, lei continuò ad inumidirmi dolcemente; tra i suoi denti serrava me.

Ebbi piacere, mi contrassi, il mio addome si indurì, lei affondò ancora con presa ferma, morbida e decisa, la sua lingua mi disegnava, la sua gola mi assorbiva.

Le sollevai la testa e la baciai dandole la mia lingua e mordendole le labbra.

In un attimo ci trovammo nudi con i nostri corpi a sfiorarsi; solo delle velate autoreggenti accarezzavano le sue morbide gambe.

"Ti voglio dentro" sussurrò, ma io, prima, volli ricambiarle il piacere donatomi.

La sdraiai sul suo sedile reclinato, le iniziai a baciare il collo e l'orecchio poi bagnai i suoi capezzoli turgidi; i miei denti e la mia lingua calda, umida la eccitarono ancor di più.

Scesi ancora sul suo ventre, il suo ombelico divenne la mia dimora, disegnai madidi cerchi poi diedi alla sua venerea insenatura, l'estasi.

Si contrasse, prese la mia testa e la spinse ancora più giù. Mi lasciai guidare. La mia lingua scese fino in fondo, allargò ancora di più le gambe e la gustai a fondo.

Il mio palato era inebriato di lei, il suo sapore agrodolce ed il suo odore li avevo nel cervello da tempo ma li sentii più forti, intensi.

Mi bagnai di lei sino alla gola bevendo il suo miele e la bagnai di me, mentre le mie dita le sfiorarono l'orifizio anale.

Era pronta ad accogliermi, io ero pronto ad entrare in lei.

Spinsi delicatamente ed un gemito mi accolse, diedi tempra al mio dolce movimento, assecondato da meravigliosi sussurri; mi incarnai in lei, le sue mani scesero sui miei glutei premendoli e le sue gambe avvolsero i miei fianchi.

Mi insinuai sempre più in lei che contraeva la sua profondità sentendomi forte; muoveva il suo bacino per darmi tutto, fino in fondo.

Le nostre labbra si incrociarono ancora, la mia lingua le accarezzò di nuovo il collo.

La sentii gemere ancora e contrarsi più volte "Cristo vengo, ti prego spingi ancora si … Dio si!" Sentii tremare il suo corpo sotto il mio, spinsi ancora più forte, mi sollevai sulle braccia dando forza al mio corpo e ancora, continuai; si contrasse più volte e gemette più forte.

Uscii da lei e le bagnai il suo ventre vellutato, lei mi tirò a sé, mi cinse con le braccia attorno al collo, baciò le mie tempie e mi accarezzò la fronte guardandomi negli occhi.

Io sussurrai "Ecco, ti amo", e lei "Si lo sento e anch'io ti amo".

Uniti, uniti per anni, si ci unimmo in tutto e per tutto.

Una donna cresciuta al mio fianco, piena di attenzioni, dolcezza, amore, carisma, e grande personalità. Inanellò esami su esami, la sua media… Trenta.

Le feci solo capire semplicemente l'importanza di quello che stava facendo, e le spiegai che era per sé stessa non per altri e che il mio appoggio e conforto, nei momenti di difficoltà ci sarebbe stato sempre.

Lei ricambiò i miei consigli con risultati stupefacenti.

Il suo sorriso era vita, era come la dolce brezza che accarezza le guance di un uomo, che estasiato, rimane immobile chiudendo gli occhi.

Dopo un mese da quella notte, Martina venne a casa mia, quindi decise di cucinare la pizza, e da buona napoletana, fu uno spettacolo.

I miei ed Anto le vollero bene dal primo istante. "Ragazza acqua e sapone" la definirono, e mi consigliarono di essere un uomo, un modello per lei.

Anche Martina amò a dismisura la mia famiglia, fu sempre presente in momenti di gioia e difficoltà, fu una figlia acquisita davvero.

I cosiddetti suoceri non erano altro che buoni amici, genitori con cui confidarsi apertamente.

Nell'estate di quell'anno, finita le sessioni d'esami, ricordo che decidemmo di trascorrere le vacanze insieme, prima però io andai a casa sua a Napoli.

La sua fu una famiglia davvero affettuosa, l'amore dimostratomi, genuino, schietto, sincero lo ricordo ancora.

La madre, un pensiero a lei, era una donna comune; quando parlava, parlava con il cuore, così compresi da chi aveva preso parte del suo carattere Martina.

Io ed il fratello diventammo grandi amici, vi fu subito feeling e ci considerammo, sin da principio, a tutti gli effetti anche noi, fratelli.

Era davvero bello uscire con loro per Napoli la sera ed andare per locali; sentivo, vecchie sensazioni sopite, risvegliarsi.

Così, io e Martina andammo una settimana in vacanza nell' amata Maratea; i miei avevano la multipropietà e quindi ci appoggiammo lì per dormire; il resto?

Mbè il resto furono spiagge di rena grossa e nera, insenature e calette meravigliose, acque cristalline e sole, sole, tanto sole.

La mia auto, era la dolce alcova notturna prima di tornare, da bravi ragazzi per fare la nanna.

Rientrati, non finimmo le nostre vacanze: partimmo con il fratello ed un amico per la Spagna.

Venti giorni, venti giorni paradossali, grotteschi, divertenti, unici, di puro e sano divertimento. Io e Martina ci amammo in profondità, diventammo, veramente, una cosa unica.

26

L'autunno dell'anno seguente trascorse senza grandi sussulti ma una mattina di fine novembre sentì suonare il citofono di casa.

Rispose Antonietta la domestica e mi disse che c'era da firmare, quindi scesi in ciabatte.

Una cartolina verde, con una scritta in grassetto che recitava Ministero della Difesa, fu consegnata a me, di persona.

Salì a casa, la girai e rigirai; non me ne capacitavo: chiamata alle Armi "la naja", in data 12 dicembre.

Era l'ultimo o il penultimo anno delle Leva militare obbligatoria, dopo l'avrebbero abolita ed io, ormai ventiseienne, rientrai negli ultimi scaglioni… che fortuna! Dieci mesi, dieci mesi di cosa mi chiesi; all'inizio la vissi veramente molto male.

Martina mi fu vicinissima e ricordo anche che la domenica prima della mia partenza si giocava al Franchi, Fiorentina- Juventus, mio padre ed Anto partirono ma io rinunciai, rimasi a casa con il magone e per stare con Martina; il martedì successivo sarei dovuto entrare in caserma.

Per la cronaca, la "Viola" vinse 1 a 0 con goal di Bati, e volò in testa alla classifica.

Feci i primi giorni in caserma nella mia città e poi fui mandato ad Avellino per il "Car".

Rientrai nella mia città dopo un mese e mezzo circa, grazie ad aiutini, e guarda caso il mio tenete era conoscente di un mio caro amico di Foggia che aveva studiato ad Urbino e conoscevo bene e quindi fui assegnato al ruolo di Caporale di Fureria della sua Compagnia.

Ricordi di quell'esperienza tanti, in effetti a guardarmi indietro fu anche utile, io ero già formato, tipo il letto lo facevo da quando avevo dieci anni e non avevo mai avuto allergie per le faccende di casa e per la cucina.

I problemi sorsero quando, nei primi mesi, dovetti prendere ordini da ragazzini appena diciottenni, quindi abbozzai ed andai avanti.

Divenni un militare anziano, quindi nonno e non fui mai arrogante né cattivo con le giovani reclute, in effetti mi dispiaceva vederle arrivare da così lontano, spaesate, impaurite e confuse. Per molti commilitoni fui un vero amico.

"Caporà, Caporà mi fai mandare in licenza, devo andare a Bari ti prego, sono triste qui!" ed io mi prodigavo, in effetti, non a caso, facevo parte del "Battaglione II° Compagnia Fanteria Lucana, Leoni".

Ne feci licenze ai soldatini, rischiando, ah sì! Si può dire? Mbo', comunque io lo dico e lo nego...

Martina era sempre presente in quei mesi, venne anche con i miei al Giuramento ad Avellino.

Ci vedevamo un paio d'ore alla mia libera uscita poi passavo da casa, ero fortunato, e rientravo in caserma verso le 22,30.

Passavo in rassegna le camerate facendo il contrappello, tornavo nell'ufficio di Fureria compilavo i registri assegnando i piantoni notturni e di servizi del giorno dopo; poi via in branda.

Il "cubo?" E chi se lo dimentica; da recluta, fui punito per ben tre volte e non ho mai saputo davvero come si facesse; poi curvé cucina, pulizia latrine e guardia settimanale.

...Fare il soldato di fanteria, oh mamma mia male si stà...

Ed anche la naja terminò.

"Congedo illimitato caro soldatino; ma se scoppiasse una guerra ora, mica chiameranno me, che quando all'esercitazioni sparavo, non centravo un bersaglio, neanche a pagarlo!"

Durante quell'anno logicamente il lavoro ne risentì molto, lasciai perdere il comparto assicurativo e cercai fortuna in altri settori.

La Formazione Professionale mi aveva sempre attratto, così trovai un Ente disposto a formarmi sulle attività del FSE (Fondo Sociale Europeo).

All'epoca la Comunità Europea erogava finanziamenti alle Regioni per incentivare azioni atte all'inserimento dei giovani nel contesto lavorativo e a riqualificare lavoratori in difficoltà.

Attraverso Bandi comunitari si presentavano dei progetti che, se approvati, permettevano di sviluppare interventi sul territorio nazionale.

Le strutture accreditate quindi partecipavano ai Bandi per mettere in atto i loro progetti.

La gestione, una volta finanziati i progetti, veniva affidata a figure professionali specializzate che sviluppavano e coordinavano le attività progettuali.

Quello, era diventato improvvisamente il mio mondo, mi piaceva davvero tanto, così gestii parecchi interventi e percorsi formativi, facendo molta esperienza e crescendo professionalmente.

Martina nel frattempo andò avanti con gli studi e giunse, anche per lei, il giorno dell'alloro.

27

Ed arrivò anche l'atteso nuovo secolo, il 2000. Gli anni, nella nostra città trascorrevano veloci, tempestosi, pieni di avvenimenti e d'emozioni, tra gioie e dolori, tra pianti ed amore.

Era giunto un momento importante, bisognava fare delle scelte per il futuro, scelte di cuore e di professione.

A Martina fu proposto di prendere una borsa di studio all'Università per un dottorato di ricerca ma decise di rifiutare.

Io non influenzai minimamente la sua scelta, io ero e sono così, consiglio con il cuore, metto amore in ciò che dico ma non condiziono, non costringo, lascio scegliere.

Così partì anche lei di Curriculum Vitae, nel frattempo, anche il fratello finì l'Università.

Trascorse un mese e Martina ricevette una risposta positiva: fu invitata a partecipare ad un stage retribuito in un grande azienda di distribuzione dove al termine vi sarebbe stato l'inserimento a titolo definitivo.

La sede dello stage: Milano. Lei accettò, così il fratello ritenne opportuno di andare con lei; ed io?

Io, ci pensai tanto, ricordo bene e francamente mi resi conto che nella mia città, grandi aspettative di crescita professionale e fare carriera erano ridotte a lumicino, così decisi di trasferirmi e comunicai ai miei la scelta.

Essi accettarono e capirono, intuirono anche che era l'ultima volta che avrebbero visto il "figliuol prodigo", che già era stato fuori all'Università, vivere con loro.

Martina ed il fratello partirono prima e tramite un loro zio che viveva nell'hinterland milanese trovarono casa, io partii una decina di giorni dopo.

Certo feci la traversata dell'Italia, avete presente gli emigranti anni '60, in effetti ricordo che non vi furono grandi differenze, ancora rido, pensando a quel viaggio interminabile Mi feci in auto mille chilometri, poche soste ed arrivai in tempo record, circa sette ore e mezzo, veramente da matti. La mia auto correva come il mio desiderio di libertà, di nuove esperienze, di nuove emozioni, di nuova vita.

Senza navigatore, con due appunti ed una cartina vecchio stile, imboccai la tangenziale Ovest, e con buon senso d'orientamento, sbucai in Viale Fulvio Testi.

Di tutte le città che avevo visitato nella mia vita, Milano mi apparve identica a quella delle pellicole dei film di *Pozzetto*; un grande agglomerato urbano continuo.

Viale Fulvio Testi era costeggiato da enormi palazzoni grigi con tantissime finestre ed ebbi la sensazione, confrontandole con le palazzine della mia città dove i condomini più alti potevano arrivare massimo al settimo piano, che quelle che erano dinnanzi ai miei occhi, erano veramente delle nicchie per topi.

La nostra abitazione era in Viale Sarca, in una corte di un grande condominio con il portiere. Eravamo al primo piano; la casa era composta da una cucina abitabile, un bagno, una camera matrimoniale ed un ampio soggiorno con un altro letto.

Io e Martina prendemmo la matrimoniale mentre il fratello ebbe il soggiorno.

Aveva l'ingrato compito di vigilare sulla sorella, ma dopo anni di fidanzamento e d'amore, il vigile, democraticamente non vigilava, sapeva che ci amavamo.

Martina aveva già iniziato a frequentare lo stage, la mattina prendeva i mezzi e si recava in sede che distava un paio di chilometri.

Io ed il fratello, invece, giravamo in città per informarci delle opportunità di lavoro che le varie agenzie interinali offrivano, poi alle 19,30 Martina ci raggiungeva, quindi giretto per locali e scattava l'aperitivo cenato.

Conoscemmo la tentacolare Milano, una città sempre in movimento; un po' sfiorita rispetto al boom degli anni 90', ma sempre una città, centro della finanza, della cultura e dello spettacolo.

Di quel periodo ricordo *Dedicato a te* delle *Vibrazioni*, il cui video venne girato in parte in Zona Navigli, sul Naviglio Pavese ed io assistetti alla registrazione; quella canzone mi entrò in testa e nell'anima e ancor oggi la porto dentro di me, come ricordo di quella esperienza anch'essa vissuta intensamente.

Mio padre aveva una conoscenza, una persona che anni prima era andata in Lombardia ed aveva costituito un Ente di Formazione Professionale. La sede dell'Ente era a Busto Arsizio, nel basso Varesotto, così mi diede il numero, lo chiamai e fissammo un incontro.

Presi l'auto e salii verso Busto Arsizio, percorrendo l'Autostrada dei Laghi, e chi se la dimentica, non ho mai capito come fosse possibile che su di una tre corsie libera, dove potevi andare a 130/km orari ed anche più, di colpo ti trovavi incolonnato. L'avrò percorsa più di un centinaio di volte e puntualmente avveniva questo, mah... misteri del Bel Paese.

Facemmo una lunga chiacchierata, raccontai della mia esperienza nella formazione e così mi disse che andava bene e che potevo iniziare a lavorare con la sua struttura. Io dissi che con me vi era anche un'altra persona che non aveva esperienza ma necessitava di essere inserita per lavorare, fui determinato a garantire per lui; così il titolare sorrise e mi accontentò.

Io ed il fratello di Martina prendemmo a fare i pendolari con l'auto; la mattina partivamo alle 6,30 da Milano e rientravamo nel tardo pomeriggio, sera, Autostrada dei Laghi permettendo.

I week end uscivamo tutti e tre per locali: giapponese, cinese, indiano, etiope, provammo davvero di tutto, che ridere.

Avevamo creato una mini comitiva con alcuni amici che frequentavano lo stage con Martina ed il divertimento era assicurato.

Qualcosa però cominciò a cambiare alla vigilia delle vacanze di Natale, Martina mi sembrò strana, più distaccata, ma in effetti ero io che, con mie seghe mentali, pensavo che si stesse allontanando. In effetti lei giustificava quel suo atteggiamento come normale, dicendo di essere molto concentrata nello stage specialmente da quando, dalle lezioni in aula, era passata a fare pratica proprio in azienda.

La mia esperienza invece diceva che non era così, cuore ed animo sentivano in modo differente ma mente e ragione, pur saziate dalle sue parole, seguivano altra strada.

A Busto Arsizio, avevo conosciuto Lara, bionda occhi castani, dell'alto varesotto, che era venuta a lavorare nell'Ente e nacque tra noi una forte simpatia. Con Martina, il nostro sesso divenne meno frequente, certo vi erano momenti di grande erotismo e passione ma li sentivamo in maniera del tutto differente.

Il desiderio si incontrava di rado, quando io avevo voglia di lei, capitava che lei fosse spenta e viceversa.

Conoscevo quelle sensazioni, vissute già in passato, ma non diedi troppo peso, né affrontai con lei discorsi particolari.

L'uomo e la donna spesso fanno questo errore: si illudono di poter recuperare il sentimento d'amore e a volte, non hanno il coraggio di esprimere con la loro bocca ciò che non provano più e continuano a guardarsi ipocritamente negli occhi, vivendo alla deriva in un amore che è svanito.

Il male di non essere sinceri con sé stessi e con l'altro o l'altra, rimase espresso e cosciente nella mente, ma parafrasando avvenne che: "Lei non lo dice e perché lo dovrei dire io? Meglio che lo dice lei, così io non avrò mai colpe".

Due esseri fortemente deboli in coraggio, di cui la loro anima ed il loro cuore vorrebbero altro: vorrebbero ciò che gli spetta per natura e non vi è nulla di male a dare a sé stessi felicità, a prescindere dagli ostacoli materiali di matrimoni mai conclusi o interrotti, figli nati e giudizi universali dati da altri.

In fin dei conti ciascuno deve essere felice nella

unica vita che vive, quindi, coraggio... Beh, ma questo è un discorso che affronterò in seguito, forse...

La sera prima di partire per le vacanze di Natale, portai a casa un paio di amici che erano venuti su a Busto Arsizio per svolgere dei lavori presso l'Ente. Così cenammo insieme a casa con Martina ed il fratello.

Ci trattenemmo a lungo in chiacchiere, fino alle 2,00 poi andarono in albergo.

Aiutai Martina a sparecchiare così in cucina la abbracciai e lei fu glaciale; si slacciò i pantaloni e mi mostrò le autoreggenti bianche velate, facendomi intendere che quella serata sarebbe dovuta andare in maniera differente. Un freddo bacio della buonanotte e di spalle l'un l'altra assorti in pensieri e immagini di ricordi sopiti.

Per Natale mi trattenni fino all' Epifania mentre Martina ed il fratello rientrarono subito dopo Santo Stefano poiché lei doveva riprendere il lavoro. Tornai anche io e le cose, i primi tempi, sembrarono normalizzarsi; si tirò avanti ma nel frattempo il mio interesse per Lara era aumentato notevolmente.

Capitò però che l'aria di primavera, prima della Pasqua mi portò un regalo: i corsi che stavo gestendo avevano bisogno di docenti specializzati quindi mi fu presentata Vania, più grande di me di un paio di anni, donna avvenente, con capelli biondi mesciati ed occhi verdi. Nacque una forte attrazione fisica tanto e vero che lei spesso si intratteneva con me in ufficio.

Una sera tornando a casa io e Martina discutemmo e lei disse che nella sua scala di priorità veniva prima il lavoro, l'affermazione professionale e poi tutto il resto. Il resto? Io, di colpo, sentii d'esser diventato il resto che magari si dà come mancia.

Mi disse che l'azienda le aveva garantito l'assunzione con un buon stipendio e le aveva proposto un piano di crescita professionale, chiedendole se fosse disposta a trasferirsi in una sede in Sicilia. Lei aveva già accettato.

Capì dentro che i nostri lunghi otto anni erano agli sgoccioli, cercai di ragionare con lei ma fu vano; l'idea di un futuro insieme, un matrimonio, dei figli era offuscata dal "Dio Manager" così cercai di consigliarla, di fare una scelta oculata e di decidere sul nostro futuro.

Lei mi amava ancora tanto e soffriva, così quella notte facemmo l'amore.

Facemmo l'amore come non mai, per ore, con vera passione e tanto erotismo. Ebbi tutto da lei quella notte, tutto.

Partii per Pasqua, tornai a casa ed anche lei andò dai suoi. Durante quelle vacanze mi sentii spesso con Vania così si creò feeling, un feeling davvero particolare. In effetti qualcosina era già avvenuta in quel di Busto; lei mi desiderava ed io iniziai a desiderare fortemente lei.

Martina tornò su, per riprendere a lavoro ed un tardo pomeriggio la chiamai sul cellulare.

Squillò a lungo ma non rispose, poi riprovai, ci mise un po' per rispondermi e quando mi rispose, ebbi la percezione di qualcosa di strano, una voce rauca, bassa ed una musica soft di sottofondo mi diedero cattivi pensieri.

Fui deciso, determinato, le chiesi cosa stesse facendo, lei tentennò e non mi piacque allora incalzai ma lei fu vaga e negò qualsiasi situazione particolare fantasticata nel mio immaginario, mi disse che stava riassettando la casa e quindi ascoltava musica e non aveva sentito il cellulare.

Quando un uomo si fissa diventa strano, copre le sue orecchie e si inebria di personale verità, vivifica i pensieri più stolti, viscidi e meschini del suo ego e sentenzia.

Avevo sempre controllato la mia gelosia, la ritenevo una sensazione con "cognitio causa" e le mie esperienze passate mi avevano dato sempre sicurezza in ciò, in come gestirla e magari motivarla ma quella volta fu differente, fui avvolto dal grigio e nonostante le sue spiegazioni, l'accusai apertamente di tradimento.

Non ci sentimmo per un paio di giorni, intanto decisi di chiamare Vania e le proposi di andare a fare un week end ai Laghi appena fossi tornato su.

Prenotai un albergo a Stresa e decisi di agire a modo mio.

Il lungo viaggio per tornare a Milano fu pieno di ricordi, di momenti di cupa tristezza, di profonda angoscia, di giustificazioni ingiustificate.

Feci un ragionamento: "Lei ha deciso di mettere il lavoro prima di me, a puttane il matrimonio e la famiglia... andrà via tra un paio di mesi, non ha il coraggio di dirlo apertamente che vuole troncare; magari si è anche trovata un altro per provare il distacco... io, dovrò farlo io".

Arrivai a Milano primo pomeriggio, aprii la porta e la trovai a casa, mi guardò e disse: "Quando vai giù, torni sempre solare, più bello"

La salutai freddamente ed andai in camera, disfeci le valige, presi un'altra borsa e cominciai a riempirla.

Lei entrò in camera e mi vide, non disse nulla, ghignò soltanto poi, da donna vera, accennò la storia del mio visionario tradimento. Io ascoltai distratto, disinteressato e le dissi:

"Per piacere, fai un caffè?"

Ci sedemmo in cucina, l'uno di fronte all'altra, accesi una cancerosa, lei mi imitò.

Parlai: "Come si possono buttare al cesso quasi nove anni di grande amore?"

Mi diedi anche la risposta: "Semplice, basta mettere avanti altre cose è tutto diventa relativo; la mia unica felicità ora?

È averti resa donna, in tutto e per tutto".

Lei disse che non era sua intenzione distruggere tutto ma la mia uscita immotivata rappresentava l'epilogo tra noi, la mia mancanza di fiducia dopo tanti anni era davvero ingiustificata e la sua scelta per il lavoro era giusta.

"Carattere forte" le dissi, "ti ho cresciuta bene",

"Sì" rispose "mi hai fatto davvero diventare determinata nelle cose".

Feci una doccia, indossai una camicia a quadretti celestini, jeans, giacca blu, *Obsession* e andai verso la porta, la guardai e le dissi:

"Ciao, starò fuori un paio di giorni",

lei mi sorrise, scosse la testa e disse "Vai, vai".

Erano circa le 20,00 quando presi Vania ed in un'oretta arrivammo a Stresa, meravigliosa di sera specialmente in primavera. Sentivo il profumo del lago nelle mie narici e quella brezza che mi accarezzava dolcemente.

Cenammo in un locale sul lago poi facemmo una breve passeggiata, prendemmo un gelato ed andammo in albergo.

La stanza era molto elegante, pavimento in ceramica, mobili color noce e letto con testiera imbottita; avevo scelto davvero un bell'albergo.

Posai la mia e la sua borsa, lei andò in bagno mentre io mi tolsi la giacca.

Aprii il frigo bar, presi una bottiglia d'acqua e la posai poi presi una mignon di *Jack Daniels* ed una *Coca cola* e mi feci un cocktail.

Lei uscì dal bagno e mi venne incontro, indossava una maglia di filo celeste, una gonna grigia e delle velate grigio chiaro, tacco, penso dodici.

Aprì la bottiglia d'acqua, fece un sorso, poi mi allargò la camicia e senza sbottonarla del tutto, mi versò l'acqua sul petto.

Io mi ritrassi, sorrisi senza dir nulla, lei mi baciò.

Mi eccitai al solo contatto con il suo corpo, le tolsi la maglia, lei mi sbottonò la camicia avidamente, la sollevai e la posai sul mobile del frigo bar.

Le slacciai il reggiseno e lei sbottonò i miei jeans.

Mi piegai su di lei ed iniziai a baciarle il collo, scendendo sui capezzoli, fino all'ombelico.

Si lasciò scivolare all'indietro ed io le accartocciai la gonna, si alzò e la lasciò cadere in terra, togliendosi il perizoma.

Rimase in tacchi ed autoreggenti, si rimise sul frigo bar e divaricò le gambe. Iniziai ad esplorarla, mi piegai tra le sue gambe e la mia bocca sentì il suo sapore.

Il suo respiro si fece intenso, allungò le mani e mi toccò.

La mia lingua era dentro la sua nudità più nascosta, sentiva me come non mai.

Si alzò di nuovo e si mise davanti a me, iniziò a baciarmi lungo il collo, bloccandomi le mani dietro la schiena.

Scese lungo il mio petto, lungo il mio addome e

sentii le sue labbra accarezzarmi dolcemente.

La sua bocca si spalancò e mi ingoiò.

Ero eccitato, lei continuò; lasciò le mie mani ed io le portai sulla sua testa.

Lei andò ancora con le sue labbra e la sua lingua mentre le premevo la testa fino in fondo.

I suoi denti mi solcarono di forte piacere, la sua saliva mi bagnò assaporandomi.

La allontanai di scatto come una furia, la baciai selvaggiamente marcandola, la girai di schiena, le feci poggiare le mani sul frigo bar e le entrai da dietro.

La possedei con vigore, con forza.

La bagnai sulla schiena, lei si sentì dominata.

Mi feci una doccia e la trovai sdraiata sul letto, vogliosa più che mai, mi invitò di nuovo ed io non la feci aspettare, le diedi volentieri ciò che desideravamo.

28

Il leone ruggì. Ruggì di rabbia, ruggì di malinconia, di delusione. Ruggì, perché doveva ruggire.

Fui determinato, fui me stesso, non rinnego nulla, anzi. Trascorsero quindici, venti giorni e Martina partì; ci salutammo, dopo quasi dieci anni, con un tiepido abbraccio ed una buona fortuna.

Lasciai la casa di Milano e mi trasferii definitivamente a Busto Arsizio. Con Vania niente di serio, si usciva e si consumava liberamente a piacere.

Cercai di concentrarmi sul lavoro, in effetti, ricevetti una grande proposta, su attività a cui avevo lavorato mesi prima.

Mi chiesero di gestire dei progetti formativi a Bruxelles, non ci pensai due volte ed accettai.

In autunno partii per la capitale belga, vitto ed alloggio in hotel di livello pagato.

Portavo con me due classi di stagiaire da seguire nelle loro attività pratiche per un periodo di circa quattro mesi e mezzo.

Nell'estate mi ero già recato a Bruxelles per collocare i miei ragazzi in varie istituzioni comunitarie ed uffici di consulenza internazionale. Respiravo aria nuova, ero in gran forma e mi godetti a pieno quel periodo.

Conobbi una splendida città, legai con molte persone che lavoravano in comunità Europea; mangiavo con loro al Parlamento e spesso mi intrattenevo nelle loro stanze, a dir il vero mini appartamenti.

Seguivo i ragazzi consultando i loro tutor ed annotavo sui registri le attività ed i loro risultati.

Le serate erano meravigliose, andavo per locali, pub, disco live, insomma rivivevo a distanza di quasi vent'anni i fasti di un tempo. Magdalene e Sophie furono le due fiamme in quei cinque mesi, entrambe belga, la prima rossa, occhi azzurri, la seconda bruna occhi nocciola.

Di Magdalene ricordo che mi fu presentata da un'assistente parlamentare.

Io sbiascicavo il francese, così, "en passant", lei mi prese subito in simpatia; però sentire "Je t'Aime" è tutt'altra cosa.

Piccole lentiggini in viso, corpo fantastico e lunghi capelli "rouge", mi fece letteralmente girare la testa.

Uscimmo un paio di volte con amici, poi una sera mi portò a mangiare "moules a l'escargot" innaffiati da champagne in un locale lungo la Senne.

Non andammo in hotel da me, ma mi condusse nel suo appartamento in Rue de Louxemburg, fantastico.

Un attico, in una abitazione tutta bianca, elegante con tetto spiovente.

L'interno era arredato in stile moderno, tutto in parquet e la sala aveva una lunga vetrata che affacciava su Bruxelles.

Cucina grande con faretti ed elettrodomestici in domotica e bagno con idromassaggio.

Una scala in legno conduceva al secondo piano, un atrio bianco con splendidi quadri astratti, due camere da letto con bagno interno e terrazzino con vetrata. Magdalene era figlia di un politico. Fece un caffè, per modo di dire ed io lo bevvi d'un fiato senza dir nulla; poi andammo a vedere Bruxelles dal terrazzo, mi accesi una cancerosa e lei posò la testa sulla mia spalla.

Ero a corto di parole, "Certo francese..." pensai "Cosa le dico? Adesso mi servirebbe un traduttore simultaneo".

Ma quando le parole diventarono difficili, fu a quel punto, che decisi di provare ad affondare il colpo e di esprimermi in maniera diversa.

Ci conoscemmo a fondo, prima su di un lungo divano grigio in sala, poi ci rintanammo in camera.

Era mia coetanea ed aveva buona esperienza, me ne accorsi da subito; anzi, in verità, era molto intraprendente, dominatrice.

Mi mise sotto di lei bloccandomi i polsi con le sue mani ed iniziò a mordermi sul collo e sul petto quindi arrivo fin giù ed io mi lasciai andare.

Sentii piacere, la sua lingua era seta e mi lisciava ma quando aprì la sua bocca sentii un piacere strano.

Magdalene mordicchiava una caramella, *Golia Activ Plus,* al mentolo e lisciò il mio membro con la sua saliva, impregnata di succo balsamico.

Sentii piacere e bruciore, era la prima volta, divenni vigoroso, cattivo dentro; la girai e la sottomisi, iniziai a possederla con forza.

Le piaceva tanto, faceva una falsa resistenza ma io le entrai dentro con decisione, lei mi abbracciò e si lascio andare ai miei movimenti.

Poi uscii e la misi di fianco, continuammo a toccarci avidamente.

Lei mi fece intendere, io preparai il suo l'orifizio anale e mi accolse con grande desiderio.

La penetrai a fondo, con dolcezza, non trascurando la sua principale intimità, affondando le dita e massaggiandola delicatamente; la bagnai dentro come suo desiderio.

Magdalene ebbe tanto piacere ed io mi sentii soddisfatto per questo.

Chi potrà mai dimenticare di aver provato un idromassaggio da quattro, cinque mila euro, alle 5,00 del mattino in un attico meraviglioso a Bruxelles sorseggiando un flute di champagne...

Con Magdalene continuammo a frequentarci, per altri mesi, la nostra relazione era particolare, vi erano giornate che ci incontravamo: fugace saluto, caffè alla Buvette ed indifferenza totale.

Lei era assistente parlamentare, mentre io mi occupavo delle mie attività.

Poi un suo messaggio sul cellulare: "Je veux vous avoir ce soir" chiamava me a lei.

Così a volte, in tarda serata, veniva in hotel ed altre volte, ero io che andavo da lei.

Di sesso ne facemmo tanto; con passione, erotismo, sensualità; ai limiti di quello che io potessi immaginare.

Di sentimenti ne esprimemmo anche e più che con il cuore e l'anima, li dipingemmo con i nostri corpi insaziabili.

Nutrii la mia *essenza* di nuove emozioni e sensazioni; le diedi maggiore conoscenza del sesso, la sentii vibrare, accendersi ma non ne percepii il contenuto, la sostanza.

Dopo circa due mesi e mezzo ci allontanammo senza nessun motivo particolare o frase di circostanza; fu così, reciproco, naturale: le strade erano differenti, ci eravamo incrociati, scontrati, desiderati, ma era ora di ripartire, in due direzioni opposte.

29

Continuavo a svolgere il mio lavoro con grande dedizione, diedi un senso concreto alla mia presenza a Bruxelles, creandomi una rete di conoscenze ed amicizie interessanti.

Capitò un giorno che Laura, una mia stagiaire, aveva bisogno di comperare un pc portatile e così decisi di accompagnarla.

Tornammo alla sede dove svolgeva la sua attività, e fui accolto dalla segretaria Sophie, che mi offrì un caffè.

Incontrai il responsabile della struttura e mi trattenni in chiacchiere nel suo ufficio poi si fece ora di pranzo ed andammo insieme in un Bistrot nei paraggi.

Sophie era simpatica, spigliata e parlava molto bene l'italiano con un meraviglioso accento francese.

Era bruna, capelli lisci neri, pelle ambrata ed occhi nocciola. D'origine franco tunisina, aveva vissuto con i suoi genitori quattro anni a Padova per poi trasferirsi a sedici anni a Bruxelles con la famiglia, era fidanzata da circa un anno.

Quello che accadde in seguito non fu qualcosa di lineare, anzi fu davvero strano, particolare.

In quel periodo, ero tranquillo, sereno, stavo bene con me stesso; non sentivo bisogno di nulla, ero sazio, avevo tutto.

Le mie serate con gli amici nei locali, il mio hotel con la mia privacy ed il mio lavoro, mi davano un senso d'armonia, di soddisfazione.

Una settimana dopo, fui invitato a cena dal responsabile di Laura e così andai con lei in un locale davvero distante; ricordo che prendemmo un taxi e mi costò un occhio della testa.

Durante quella cena mi trovai a sedere di fianco a Laura e Sophie.

Tra loro vi era forte affinità, erano diventate amiche e parlavano di tutto.

Così mentre chiacchieravano Laura involontariamente mi mise al centro dei suoi discorsi, lo fece senza malizia, liberamente. Raccontò il grande affetto e rispetto che nutriva per me, sottolineando che era un pensiero comune di quasi tutti gli stagiaire.

"Ema" disse: si è fatto in quattro per noi, è un uomo davvero stupendo, grazie a lui si sta' avverando un sogno, siamo qui a Bruxelles a fare pratica lavorativa, ricordo ancora i nostri volti perplessi e scettici quando il primo giorno di corso ci promise questo; nessuno ci credeva ma lui è stato caparbio, tenace e ci ha portato qui!"

Sophie si voltò verso di me sorridendo, io, credo d'esser divenuto di un violaceo mai visto, ma ripresi il controllo e sorseggiai una *Chimay Red* appena spillata.

Replicai a Laura ringraziandola per la sviolinata e sottolineai che il mio impegno era stato concreto e spontaneo, in fin dei conti era il mio dovere ed era giusto che io lo facessi in modo concreto, determinato; certo anche io avevo avuto paura di non riuscire in quella impresa ma ebbi fiducia in me stesso e tutto riuscì con naturalezza, poi aggiunsi che ero sempre stato un uomo che apprezzava i riconoscimenti ma se fatti con il cuore non con parole di circostanza e lei li aveva fatti di cuore.

Così raccontai anche di situazioni grottesche, come quando appena atterrati allo scalo aeroportuale di Bruxelles, nella zona ritiro bagagli, persi di vista un paio di ragazzi ed iniziai a sbraitare come un matto verso gli altri, costringendoli a mettersi in fila, come in asilo, per contarli.

Sophie rimase piacevolmente incuriosita dal mio modo di essere e seguì con interesse i miei racconti.

Mangiammo cibi particolari: il *Cous cous,* con verdure, una carne caramellata di vitello rosolata con strutto, che scoprii essere la *Carbonata fiamminga* e *l'Indivia belga* arrostita, con formaggio fuso e prosciutto tutto annaffiato da *Chimay Red.*
Una meravigliosa *Mousse di cioccolato fondente con crema* fu il dolce poi conclusi con caffè ed un *Armagnac.*

Sophie ed io eravamo entrati in confidenza e le promisi che sarei passato a salutarla.

Dopo una settimana di cattivo tempo e la neve fece la sua comparsa a Bruxelles.

Logicamente io cominciai girare per la città e per i suoi meravigliosi parchi imbiancati.

Arrivai, ormai al tramonto, sotto una fitta nevicata *all'Atom,* che sensazione unica, da vivere: nel bianco silenzio contornato da un cielo bigio e rosa, eravamo io ed il colosso d'acciaio.

La settimana dopo, metà novembre, nel pomeriggio, tra i miei vari giri, andai a trovare anche Laura in sede.

Mi accolse Sophie con un gran sorriso e fece un caffè.

Laura aveva terminato, così ci fermammo dieci minuti con Sophie, alla quale chiesi di uscire con noi la sera, per andare in un locale dove c'era un

nostro stagiaire che avrebbe suonato dal vivo.
"Dio! Gianluca grandissimo con la sua chitarra elettrica!"
Sophie accettò volentieri ed io e Laura andammo via.
Facemmo un pezzo di strada insieme e Laura in confidenza mi raccontò che Sophie era giù in quei giorni poiché il ragazzo l'aveva tradita ed avevano troncato, quindi da amica, voleva aiutarla, facendola distrarre.
In me scaturì un qualcosa di diverso; un senso di tristezza e tenerezza pervase il mio animo; sentire Laura che descriveva la sofferenza di quella dolce e tenera ragazza, mi strinse il cuore. Mi immedesimai in quel dolore e sembrò che conoscessi Sophie da tanto tempo: per alcuni istanti sembrò che la sua delusione era come se l'avessi vissuta anch'io.
L'*essenza* ebbe un sussulto, percepii nuova linfa, conobbe il desiderio di offrire ad una donna affetto, conforto, senza cercare nulla in cambio.
Così ci incontrammo all'ingresso del locale, entrammo e ci accomodammo ad un tavolo.
Quella sera, Sophie era davvero bella, occhioni da gatta e un filo rosso sulle labbra.
Indossava una maglia scollata grigia con su una sciarpina di colore nero e pantaloni neri.
Bevemmo birra ed ascoltammo l'esibizione di Gianlu con i suoi amici belgi.
Sophie fu di poche parole e nonostante Laura la stimolasse al dialogo, sembrò davvero spenta.
Goffamente urtai il suo bicchiere di birra prendendo delle olive e la annaffiai; rimasi di sasso ma lei si mise a ridere e finalmente si sciolse, si svegliò da quel torpore che la teneva prigioniera

e così iniziammo a parlare.

Comprese che di me si poteva fidare e fu proprio lei che cercò conforto, io ascoltai solamente.

Raccontò che era un periodo no e perciò era di poca compagnia, ma lei, di natura, non era così.

Mi confessò della sua storia finita male, non parlò di tradimento, fu una vera signora, disse che le cose non andavano come dovevano andare e quindi avevano deciso di troncare.

Poi aggiunse che la sincerità tra un uomo ed una donna è una dote che nasce nel momento in cui due persone dicono d' amarsi, un'appendice naturale dell'amore.

Mi disse che, da musulmana, credeva nell' infinita bontà dell'anima e nel rispetto dell'essere come essenza spirituale.

Il Paradiso tanto agognato lo aveva perso perché era stata peccatrice in questa vita; amare così materialmente e fare sesso senza essere sposata era la sua colpa mortale.

Disse però di accettare tutto e aggiunse che lei aveva solo espresso amore vero, puro con il suo cuore ed il suo corpo.

La fine del rapporto era come una punizione, una sentenza del suo credo.

"Il peccato che porto con me sarà il mio unico Paradiso Terrestre", poi aggiunse: "Noi musulmani crediamo che quando una persona muore due angeli chiamati Nakeer e Munkar la visiteranno nella tomba. Gli chiederanno della sua Fede, e se verranno a sapere che si tratta di un credente la sua tomba verrà ingrandita di settanta cubiti quadrati e verrà illuminata. Allora gli verrà detto di andare a dormire come uno sposo fino al giorno della resurrezione, quando Allah lo risveglierà dalla morte per ricompensarlo.

Ma se verrà scoperto essere un ipocrita verrà ordinato alla tomba di schiacciarlo fino a spezzargli le costole".

Io rimasi in silenzio, rimasi punto.

Sophie non parlò, fu anima, fu cuore, fu essenza; non avevo mai sentito una donna esprimere l'universo, in poche parole.

Amai la sua anima il suo cuore e la sua capacità di parlare semplicemente della sua religione, a me per molti aspetti sconosciuta, e rendere tutto così semplice, così chiaro così comprensibile, nella sua sofferenza.

Ebbi poche parole per lei, davvero poche, lei aveva voluto toccare il Paradiso in questa vita terrena, dando il suo amore, violando delle regole e per me, da sempliciotto occidentale, era un paradosso credere di essere destinato così drasticamente alla dannazione eterna.

Le dissi di ammirare il suo modo di essere, che mi aveva dato una lezione di vita, che aveva una grande anima ed un grande cuore. Aggiunsi poi che la stolta vita terrena ci mette ogni giorno alla prova, insidia la nostra anima, il nostro cuore ed il nostro corpo.

Migliaia di sfumate tentazioni ricadono su di noi, in ogni istante ma se agiremo a cuor sincero, la nostra anima sarà sempre salva.

Il Paradiso, l'Eden agognato è in noi, adesso, e fino alla fine della nostra esistenza terrena, dobbiamo soltanto trovarlo guardandoci davvero dentro e dare a noi il compimento di ciò che la nascita ha regalato, vivendo intensamente.

Le dissi che lei non aveva peccato, lei aveva semplicemente amato e doveva ancora amare; aveva subito un tradimento non la mannaia del suo Messia.

"La morale conta fino a quando il tuo cuore può sopportarla ma non esiste nessuna morale che possa fermare il suo battito, ama e fatti amare senza limiti, Sophie…"

Con Sophie non accade nulla, ci amammo davvero ma non facemmo mai l'amore; ci frequentammo per un mese e mezzo, le accarezzai il viso, la baciai, la sentii mia; piansi con lei. La amai da uomo e lei, mi amò da donna.

Sophie la ricordo così, come piaceva a lei, con *Your Eyes-Cook da books*.

30

Rientrai in Lombardia, i miei ragazzi sostennero l'esame di certificazione ed i progetti si conclusero.

Oramai abitavo a Busto Arsizio in una parallela di Via Milano; affittai un appartamento ubicato all'interno di una corte.

Ampia sala cucina con pavimento in cotto, una matrimoniale, una singola, come le definivo io: "per varie ed eventuali", ed un bagno.

Spartano ma carino, accogliente.

Il responsabile dell'Ente mi affidò altri progetti da gestire e così ripresi il mio lavoro.

Vidi ancora Vania, si susseguirono vari incontri, ma non ci prendemmo tanto.

In me qualcosa era cambiato, anche grazie a Sophie, non cercavo più il sesso nella sua espressione libera come soddisfazione del mio desiderio momentaneo, ma cercavo altro, cercavo stabilità.

Certo avevo troncato da meno di un anno con Martina quindi era anche giustificato il mio vivere libertino ma non ero propenso a questo.

Decisi di non cercare un ripiego, una scopata, ma senti il mio cuore, la mia anima. Cercavo di dare all'*essenza* ciò che realmente voleva: purezza, candore, verità.

Le verità nascoste nel mio io profondo, sussurravano il nome di colei che mi aiutasse a scoprirle, quel nome da legare indissolubilmente a me.

Il fratello di Martina lavorava in un ufficio di fianco al mio e con lui mantenni ottimi rapporti.

Rividi Martina che venne a trovare il fratello in

ufficio: un bacio, un abbraccio ed un sorriso ma-
linconico ma smorzato da entrambi senza alcuna
parola.

Dopo il Natale, con l'anno nuovo, cominciarono
le attività progettuali e conobbi i miei ragazzi.

Due classi ben assortite tra lombardi, laziali e
d'altre regioni.

Un collega, grande amico del mio responsabile
aveva inserito alcuni corsisti, tra cui una ragazza di nome Arianna e la sorella che venivano da
Pescara.

Due ragazze molto simpatiche e socievoli; Arianna era bionda con capelli corti e splendidi occhi
celesti, mentre la sorella, Maggy, era castana.

Spesso, alla pausa, non tornavo a casa ma andavo a pranzo con i ragazzi e mi piaceva osservare
il rapporto che tra loro si era creato e la loro grande affinità e la forte socializzazione.

Anche le lezioni d'aula furono simpatiche, alcune volte, da ridere davvero.

Capitavano giorni in cui dovevo stimolare docenti scazzati che andavano a ruota libera e raccontavano della loro vita e dei loro problemi; altre
volte dovevo sospendere l'intervento in aula di
docenti che si stendevano lo smalto mentre spie-
gavano. Insomma il mondo è bello perché vario,
ed io ero sempre con il sorriso sulle labbra, così
quando trovai la docente con lo smalto appena
steso le dissi che il migliore, secondo me, non era
quello che aveva messo lei ma era quello della
Revlon. Una sera uscii a cena con i ragazzi ed ebbi
modo di legare con Arianna.

Aveva un carattere mansueto, era una ragazza
molto dolce e si era appena laureata in Scienze
Bancarie.

La sua aspirazione era quella di trovare lavoro nel settore bancario ma già a quei tempi vi era grande difficoltà, la crisi iniziava a farsi sentire.

La sua voglia di emergere ed affermarsi mi ricordò momenti già vissuti, quando carico di aspettative, volevo spaccare il mondo ma tra dire ed il fare... fortunatamente però, io avevo trovato la mia dimensione, ciò che facevo mi gratificava.

Con Arianna fu colpo di fulmine, un paio di uscite e ci mettemmo insieme.

Il mio aspettare d'un tratto era scemato, avevo sentito il desiderio di lei e lasciai che la linfa di un nuovo innamoramento nutrisse il mio cuore.

Un rapporto differente, equilibrato, maturo; ci completavamo davvero ed eravamo sempre presenti.

Finì il suo corso e riuscì ad essere assunta nell'Ente, lavorava in amministrazione e quindi andammo a vivere insieme.

Il sogno di una vita in comune in Lombardia ci accarezzò ma dopo due anni, il Fondo Sociale Europeo iniziò a chiudere i rubinetti diminuendo drasticamente i finanziamenti per la formazione. Nell'Ente dovemmo studiare nuove soluzioni e gestire al meglio le risorse destinate così con una forma nuova, ibrida, che prevedeva parte di finanziamento erogato da aziende private ed il resto dall' FSE, ritornammo competitivi sul mercato.

Ma Arianna decise di cambiare lavoro ed iniziò a fare la pendolare da Busto a Milano; le Ferrovie del Nord divennero la sua nuova casa.

Trovò lavoro presso una società che si occupava di revisione contabile e verifiche sui finanziamenti erogati dall'FSE.

Le piaceva molto ciò che faceva ma lo stress, nel fare su e giù, la consumava giorno dopo giorno.

Dopo Natale, al rientro decisi anch'io di cambiare Ente ed iniziai a collaborare con nuove strutture, una a Busto Arsizio ed un'altra a Milano.

Guadagnavo bene e professionalmente, ero diventato, uno che ci sapeva fare.

Le giornate trascorrevano in modo anonimo, sveglia ore 6,30 ed Arianna era in piedi già automatizzata, io sonnecchiavo un altro po'; la sera invece, l'incontro a casa, se andava bene avveniva alle ore 20,30 doccia, cena, letto e basta; le forze e la voglia andavano a spasso con "Morfeo".

Più di un anno così per una giovane coppia fu deleterio, logorante dal punto di vista psicologico ed emotivo. Obiettivi? Non ne avevamo, io tornavo dai miei a Natale e Pasqua ed un po' d'estate; mille chilometri fatti in auto erano davvero pesanti ed i collegamenti ferroviari non ne parliamo, quasi dodici ore di viaggio, Lampedusa era più vicina.

"E se i miei hanno bisogno urgente ed improvvisamente stanno male?" Pensai "Che faccio? Davvero Superman!"

Così quando capitò che la madre di Arianna si fratturò tibia e perone, lei corse subito a Pescara trattenendosi quasi venti giorni e capimmo che dovevamo valutare altre scelte.

Io proposi di avvicinarci ed andare a vivere a Pescara, così lei sarebbe stata a casa, nel suo ambiente; ed io sarei stato a tre ore e mezza dai miei.

Detto, fatto. Pescara, sì, città davvero sorprendente, una città a misura d'uomo, con il mare, una città con la movida notturna, una città completa, bella d'inverno, splendida d'estate.

Io fui il primo a scendere, trovai casa e trovai anche lavoro in un'agenzia interinale che erogava anche formazione professionale.

Arianna mi raggiunse dopo un paio di mesi ed inizialmente, ebbe difficoltà a collocarsi.

Riceveva proposte di tirocini formativi, dove le davano un rimborso spese senza garantirle l'assunzione.

Iniziò così a lavorare anche lei dopo studiò intensamente per preparare un concorso, lo vinse e venne assunta in un'azienda regionale.

Vivevamo alla periferia di Pescara, in collina, da casa si vedeva il mare ed il massiccio della Maiella, davvero spettacolare.

L'abitazione era accogliente e spaziosa, una grande sala con un terrazzo enorme da poterci fare le feste, cucina abitabile, due camere matrimoniali e doppi servizi.

Frequentavamo tanti amici di Arianna e della sorella Maggy, coppie coetanee, alcune sposate ed alcune in procinto di farlo. Partecipai a numerosi matrimoni in attesa di partecipare, un giorno, magari al mio.

"Zitello si dice? Mbè figo, mi piace!

I familiari di Arianna li avevo già conosciuti quando vennero a farci visita a Busto Arsizio, essi mi trattarono dal primo giorno come un figlio e non mi fecero mancare niente. Devo molto a loro per l'affetto, il conforto ed il sostegno, specialmente nei momenti di maggior scoramento e difficoltà. Li ricordo come un figlio ricorda i suoi genitori. Conobbi la nonna materna Nives, era istriana ed aveva vissuto l'esodo.

Una grande donna, una vita intensa e maledettamente sofferta per quella indelebile macchia di storia italiana. Avevamo grande affinità, sia nelle idee, diciamo politiche, che nel modo di vedere la vita; aveva la capacità di improvvisare continue battute su aneddoti e storie di vita.

Di lei ricordo i suoi profondi occhi azzurri, intrisi di vita vissuta, il suo parlare buffo e meraviglioso istriano ed il dolce sorriso.

Trascorse altro tempo e decisi di lasciare la formazione così trovai posto in una grande e solida azienda che aveva sede a circa dieci minuti da casa.

Il settore logistica e trasporti ed erogazione di servizi affini, mi intrigava ed io, che mi occupavo di assistenza alla clientela ad aziende e privati, mi trovai a mio agio.

Con Arianna tutto sembrò andare per il verso giusto ma gli anni trascorrevano ed il passo decisivo tardava ad arrivare, se ne parlava ma forse non vi era il coraggio di perdere la propria indipendenza oramai matura.

Sai é come quando ti incroci, ti sfiori, ti urti ma non ti fermi per paura di aver fatto un danno e continui ad andare nella direzione opposta poi hai un sussulto di dignità e fai inversione e succede la stessa cosa e fai di nuovo, la stessa cosa.

Nonostante le velate pressioni dei familiari di entrambi e le battutine pepate di amici che ad ogni uscita dicevano: "Novità?" Tirando ad indovinare la data; rimanemmo vicini e distanti per altri anni, fedeltà sempre, sincerità e lealtà sempre.

Girammo un po': Creta, Parigi, Francoforte per alimentare il nostro amore ma quando si rientrava, la vita frenetica e stressante incentrata sul lavoro si rifletteva contorta in quella piatta e metodica di coppia tarpando quei sogni che a lungo avevamo cullato dai tempi di Busto Arsizio.

"La casa universitaria" dicevo io, ironicamente; due quarantenni andati da tempo fuori corso.

Le pantofole divennero mie amiche ed il grigiore offuscò la mente fino a toccare il mio animo. La mia sofferenza interiore non si manifestò, continuò ed essere latente, il conscio dell'inconscio percepì qualcosa ma fu l'*essenza* che tossì forte. Avvolta ed ingabbiata in una mucosa placenta, impenetrabile, che tutto ovattava, non dava sussulti ed anche se gli stimoli portati erano a volte decisi, la sua percezione divenne debole, fioca, malata.

Nutrita e cresciuta per anni, era in attesa di ciò che io dovevo sapere, della sua profondità più bella ed oscura; ma i sentimenti il desiderio, la passione e l'erotismo espressi, erano già stati percepiti e la sua placenta rimaneva intatta, impenetrabile.

No, non fu colpa di Arianna, fui io che in quel periodo, dopo anni, vivevo forse l'ultimo stadio di crescita.

Il mio cuore rigettava l'apatia ed ogni tanto scuoteva con il suo battito la mia anima ma l'*essenza* restava silente, distante, avvolta nella placenta grigia del mio io, non conosciuto.

Arianna ed io continuammo a galleggiare; il sesso divenne una cosa abitudinaria, saltuaria. Così quando non si ha la forza ed il coraggio di dire per paura di fare male ad un'altra anima, si continua a logorare noi stessi e chi ci sta accanto, usando frasi e risposte di circostanza:

"Cosa c è?" "Niente..."

Un concetto mio, ma lo voglio esprimere:

Si vive una volta sola e si può amare con diversa intensità ma ci si può anche accorgere di non amare quella persona e allora, che si fa? Ci si autodistrugge? No, affatto si cerca la propria felicità e si dà anche all'altro, liberandolo da quel torpore di un'esistenza oramai vuota.

Dire non ti amo più, non è un reato, è potere salvifico, è sincerità, lealtà rispetto anche per l'altro o l'altra; non dirlo potrebbe essere puro egoismo. E di ciò, guarda caso, l'altro ieri, domenica, mi è capitato di parlarne con un amico di vecchia data, separato con un figlio di circa dieci anni, che ad una mia domanda su come andava, mi ha risposto così: "Ema, sai che la vita è strana ed imprevedibile, perciò meravigliosa. Molte volte il mio carattere mi porta ad essere un po' burbero ed in effetti mi rendo conto che lo sono. La mattina, amo mettermi davanti allo specchio e fare autocritica per poi trovare in me aspetti solari che mi portano ad accarezzare l'autostima. Sono sereno, felice, trovo il mio equilibrio e mi sento vero, reale.

Come carattere, non so se sono un granché, molti mi dicono che sono un grande, ma io sorrido e penso no, assolutamente no; lo puoi chiedere tranquillamente anche alla mia ex moglie.

Tu mi conosci da tempo e sai che io credo nelle mie mediocri capacità e cerco di trarne il massimo. Amo prodigarmi per gli altri e farli sorridere. Sono un uomo di quarantasei anni con un matrimonio alle spalle di tredici anni che è finito, ed un figlio quasi di dieci e quindi?

Non ho forse diritto all'amore?

Ad un'altra donna che mi dia questo?

O sono un condannato a morte per ciò, che per natura, non è andato?

Dai su, tu sei una persona matura ed intelligente e cogli bene ciò che io ti sto dicendo.

Lei, la mia ex, ha scoperto che amo un'altra, anzi sono stato io a dirglielo; sai prima ha fatto ferro e fuoco, quindi si è preoccupata del costume e di cosa avrebbero potuto dire la gente ed i parenti, senza soffermarsi e domandarsi il reale motivo perché le cose tra noi non andassero più.

Poi però ha capito perché le rispondevo a monosillabi da mesi ed il sesso era diventato una rarità, come il nostro stare insieme era un traumatico e fastidioso sopportarci.

Lei si è liberata anche di quello che pensava dentro, ma non aveva mai avuto il coraggio di dirmi.

Si, abbiamo pianto, ci siamo insultati, ci siamo compatiti, mi ha fatto sentire una merda; ma se è finita è finita.

Dell'amore nulla torna, nulla si inventa, nulla si riprova, o c'è o non c'è.

Sai ok, io non la cercavo ma lei se mi avesse amato davvero, accorgendosi della mia distanza, mi avrebbe cercato ogni istante.

Il velo di paure ed angosce l'ho squarciato io, senza patemi, per entrambi, credimi è stato un attimo, una liberazione; sono stato sincero ed ho aiutato anche lei.

Amo un'altra donna alla follia e mi sento vivo.

Io sono un tipo che ha sempre creduto nell'amore e vuole trasmetterlo agli altri.

Ema, tutte le cose passano, è vero, a volte capita d'improvviso che ci accorgiamo di aver scelto la persona per cui provavamo sentimenti di profondo affetto, ma poi col trascorrere degli anni diventano di comune convivenza; chiudiamo il nostro cuore, serriamo le nostre labbra ed il nostro corpo e pensiamo se il vero amore toccherà anche a noi.

Il vero peccato è stare zitti, morire dentro.

Certo, immagino la sofferenza che come padre sentirò, come la sentirà lei ma nostro figlio crescerà, riceverà lo stesso affetto, anzi forse ancor di più poi capirà da solo, è nella natura umana.

Andrà via e farà la sua strada, la sua vita.

E noi cosa faremo dopo?

Ci guarderemo spenti, rassegnati ad una vita non vissuta, senza amarci e non aver cercato il vero amore dicendoci buongiorno e buonanotte come vecchi cari amici nel rispetto della pudicizia per il giudizio di parenti e conoscenti.

Ma loro abitano con noi o cosa? Io per salvare l'amore di persone come me, come te, come noi, ho trovato il coraggio di ammettere a me stesso che amavo un'altra e di affrontare la situazione.

Difficile a farsi è vero ma se magari si è infelici in coppia e non si ha il coraggio di affrontare le cose, ed il barlume del desiderio d'amore, balenato in passato, è divenuto inesistente e anche tentando, non ha dato felicità; allora va fatto per il bene di entrambi.

Aspettare che l'altro faccia il passo diventa impossibile, perché la paura attanaglia tutto quindi si riesce a far finta che le cose vadano bene ed una sofferenza interiore, terribile distrugge la nostra esistenza giorno dopo giorno.

Non so cosa pensi tu della fine di amori di coppie dove vi sono dei bambini, ma io ho visto altre coppie di amici che si sono rese conto che non vi era amore ed hanno reagito; sì, con pazienza hanno capito, hanno accettato e adesso vivono veramente l'amore".

Così mi disse un altro amico quando accadde a lui un paio di anni fa: "Un figlio capirà con il tempo, basta che non sia negato a lui l'affetto materno e paterno, e riconoscerà nel compagno o nella compagna che i genitori avranno, magari altre persone da amare con la stessa intensità. Ultima cosa Ema, non giudicare ciò che ho detto, è una considerazione personale schietta, ed una scelta fatta con il cuore e la ragione, per il bene di entrambi e di un figlio; con l'amore non si scherza è l'unica cosa intima e personale che nessuno può modificare o condizionare; l'amore vero va ricercato fino all'ultimo istante e va adorato, è un dono meraviglioso che la natura ha voluto regalarci. I peccati umani sono altri, i moralismi insulsi e bigotti che tarlano la nostra felicità di vivere, per una volta, quella che ci è concessa, una vita d'amore".

31

Presi coraggio e parlai ad Arianna a cuore aperto; Arianna ascoltò in silenzio, una lacrima silenziosa scese sul suo viso. Quello che, per anni avevamo serbato dentro di noi, risuonò emozionante, pacato, deciso, fermo.

In sala, seduti sul divano uno di fronte all'altro.

"Le parole che non ti ho mai detto e avrei mai voluto dire; è finita ma dircelo è duro, il nostro amore è finito, lo abbiamo capito entrambi, ma dircelo è duro".

Un bacio, sfumato in quel tardo pomeriggio senza tempo e l'amore si dissolse al tramonto. Avevo nutrito L'essenza di nuova conoscenza, le avevo dato esperienza, forza e coraggio di reagire ed esternare ciò che non esisteva più; sentii la sua placenta sciogliersi.

La sofferenza di un amore finito, affrontata con coscienza matura e serenità, senza sussulti d'ira, no non era un fallimento, era regola di natura. Due esseri, di carne e di spirito ed il loro vero amore, si devono cercare, a volte per molto tempo, la mente e la ragione dicono erroneamente che non è eticamente corretto ma il cuore e l'animo seguono la loro strada.

Il giudizio altrui? Lascia il tempo che trova.

Che avrebbero fatto gli altri al posto mio?

Infelicità silenziosa di entrambi per altri quarant'anni o forse più?

No, la vita è una e bisogna essere onesti e sinceri con sé stessi e con gli altri che, sposati o no, con figli o no, non dormono nel nostro letto nella bigia e livida realtà che hanno paura di affrontare, non morendo una sola volta, forse farebbe meno male, ma morendo ogni istante dei loro giorni.

Alle 7,00 ero già vestito, guardai la Maiella e sulle bianche nevi il sole sorse più radioso che mai.

Arianna è sempre presente dentro di me, compagna leale, amica fidata, una splendida creatura che ha incontrato, conosciuto un Angelo maledetto che, con forza e coraggio, continua a nutrire *l'essenza* alla ricerca del suo profondo ed oscuro fantastico soffio perpetuo.

32

Cambiai città, e raggiunsi un mio vecchio amico a Firenze, Emiliano, più di un fratello per me; mi aiutò ad inserirmi e rientrai nella formazione.

Tempi splendidi, ero nella città che avevo amato da quando avevo sette anni, passeggiando con i miei in Santa Maria del Fiore, dinnanzi al Duomo.

"Fiorenza" mi adottò come un figlio, mostrandomi i suoi angoli più intimi e segreti di bianchi marmi e bronzi senza tempo, svelandomi le sue tracce d' amore incise da secolari scalpellini.

Rapì l'anima e si prese il cuore, accarezzando il mio viso con i suoi violacei tramonti su Ponte Vecchio, rispecchiando la mia immagine nel suo Arno, di chiare e limpide fattezze.

La domenica Emiliano mi portava al Bar Marisa, anti stadio, ci prendevamo il caffè, cincischiavamo ascoltando i discorsi "bischeri" di allenatori improvvisati e poi con le nostre sciarpine, prendevamo posto in Curva Fiesole.

Con Emiliano avevo una lunga amicizia datata dagli anni '90. Lui veniva a Maratea d'estate e ci frequentavamo assiduamente. Ai tempi d'Urbino andai spesso a trovarlo per vedere "la Viola" poi, le lunghe telefonate domenicali, ricche di nostri coloriti commenti:

"Un si vince mai na fava!"

Emiliano era sposato con Lorella, aveva due figli, due gioielli pestiferi ma che mi volevano un gran bene, a modo loro, s' intende.

Si dimostrò un vero amico, presentandomi a tante persone ed amici che tutt'ora frequento. Certo sono trascorsi quasi tre anni dal mio arrivo a Firenze ma posso dire che sono stati davvero intensi. Punto e a capo si dice?

E allora io faccio così, punto e a capo.

Per capire che cosa è avvenuto in questi anni però, devo dare a me stesso consapevolezza:

La consapevolezza in un uomo arriva dopo un percorso tortuoso, irto di ostacoli.

La consapevolezza in un uomo, di ciò che vuole davvero, matura con l'esperienza del vissuto.

La consapevolezza in un uomo, d'essere finalmente se stesso, arriva quando conosce ciò che egli ha, ed è dentro di se.

La consapevolezza in un uomo è una donna al suo fianco, *per come è, e non per come la vorrebbe.*

La mia consapevolezza è tutto ciò.

33

Andai con amici verso Viareggio, era primavera inoltrata, cenammo a base di pesce dal Barabba. Eravamo io, Stefano, odontotecnico, Susy la compagna di Stefano, Michele avvocato, Marisa, la moglie di Michele ed Erica un'amica di Marisa. Emiliano e Lorella non vennero erano drammaticamente impicciati con i loro figli.

Io, conoscevo già, sia Susy che Marisa ma non Erica.

Donna appariscente, formosa, fisicamente ben dotata, con capelli neri, frangetta alla francese ed occhi scuri.

Dopo cena andammo sino a Forte dei Marmi, due passi sul lungomare, un digestivo e, in tarda notte, rientrammo a Firenze.

Io vivevo in zona Fiesole; Emiliano mi aveva aiutato a trovare una casa da sogno, tutta per me.

Una piccola villetta indipendente, sviluppata su due piani con giardino e vista mozzafiato della città.

Ammobiliata in stile classico, con eleganti tocchi di moderno, al resto ci pensai io.

La sala era meravigliosa, ampia, luminosa con una vetrata in stile inglese, pavimentata tutta in parquet color noce.

Al piano rialzato, la camera da letto accogliente e romantica; con bagno interno, un piccolo camino e finestra angolare anch'essa in vetrate stile inglese, da dove guardare Firenze, era davvero uno spettacolo.

Giorni dopo, verso fine settimana, Michele mi

mandò un messaggio sul cellulare, invitandomi a cena a casa sua.

Un paio di bottiglie di *Chianti* e mi presentai da lui verso le 20,30.

Eravamo in tanti, il buon Emiliano e Lorella, senza figli parcheggiati dai nonni, i padroni di casa, Stefano, Susy, Erica e due altri amici di Michele.

Si cenò in cantinetta: antipastini, carne, rigorosamente alla brace, insalata, e dolce fatto da Susy, crostata di frutta poi caffè ed un ottimo *Cognac Hennessy*, Michele era un grande appassionato di buone bottiglie.

Con Erica avevo parlato del più e del meno, scoprendo che era una tifosa della "zebra bianconera" quindi, in un covo di fiorentini si andò di simpatici e coloriti sfottò; si rise un bel po' anche grazie ai racconti di Stefano, che nella sua professione di odontotecnico ne vedeva di tutti i colori: "Metà impianto te lo pago contanti, l'altra metà ti porto un agnello a Pasqua!"

Satolli, ci spostammo sotto il portico della casa a prendere la mezz'aria, dove vi erano due panchine in ferro battuto ed un dondolo.

Si andò di liquorini vari, nocino, vin santo e ancora *Hennessy*. Roberto, l'amico di Michele, si sedette sulla panchina di fianco ad Erica e sembrò attaccar bottone in modo deciso.

Certo Erica era vestita da acchiappo, indossava minigonna in pelle con velate scure, maglia di filo scollata di colore blu avion con un foulard nero a mo' di sciarpetta e sulle spalle un giubbino di jeans.

Mi godetti divertito, addossato alla bianca staccionata del portico quella scena d' approccio mascolino pensando:

"Ma quando sono stronzi e coglioni gli uomini, un po' di petto in evidenza, due gambe scoperte, un sorriso e la loro eccitazione è già bella e servita, negli slip"

Io onestamente non ero interessato a tresche, giochi o altro genere di situazioni intrecciate; la scopata si, mi mancava, come del resto era naturale che fosse ma non la cercavo con assillo. Impegni non ne volevo, stavo bene così.

Avevo bisogno di riflettere, stare con me stesso.

Certo, pensavo, superati da un pò i quaranta dovrei prendere una decisione ma non posso scegliere il mio amore vero come si fa con un mazzo di carte; lei mi verrà a cercare, verrà da sé.

Accesi un ammezzato e mi rilassai avvinghiato alla staccionata del portico, un altro sorso di cognac e stavo in paradiso.

"Freddino eh? Come fai a stare in camicia con le maniche arrotolate?"

Così la voce di chi non ti aspetti, improvvisa, mi ronzò nelle orecchie e entro dentro, dritta, forte, scuotendo l'essenza.

Erica si appoggiò alla staccionata di fianco a me, posò il suo bicchiere colmo a metà di liquore ed accese una sigaretta.

"Beh si, in effetti inizia a far freddino" risposi, ipnotizzato dalla sua voce, tagliente, erotica, passionale, quasi disumana.

"Sei mai stato nudo, in piedi, dinnanzi ad una donna versando silenziose lacrime?

Erica mi sedusse in quell' istante, quella sera mi ammaliò, mi portò il suo demone dentro.

Le 3,00 ed eravamo sul mio parquet in camera da letto.

Polsi fissati dalle sue mani decise sul lenzuolo di

lino bianco, il suo corpo sul mio.

Movimenti pelvici ritmati, sussurri, gemiti duri, piacevoli sensuali.

Le sue labbra dolci ed amare, selvagge, di zucchero e sale; il suo odore addosso memorizzato dal mio olfatto e respirato come aria che offuscava la mente e la ragione.

Una nuova pelle per me, impossibile da togliere.

Il suo ingoio di me, di un uomo maledettamente inerme che entrava in un demone irresistibile d'angelica forma e figura.

Il ratto d'anima fu compiuto senza mistero, senza resistenza, senza malvagità, senza coscienza, senza che l'*essenza* sentisse il malvagio demone, in effimere sembianze d'amore, bussare alla sua porta; egli entrò, silenzioso, dalla finestra.

Cominciò una relazione, una calamita che mi attirò ogni istante, comunque e sempre.

Sadica, profondamente cinica, spietatamente erotica, profondamente passionale.

Il sesso era una semplice parola per lei, composta da cinque lettere; era l'atto che lei consumava, come un impudico pasto che la rendeva donna, saziandola di uomo.

Labbra tinte di scuro rossetto, intimo nero, velate autoreggenti e tacchi.

A casa sua, una notte, compresi quale poteva essere il limite tra l'immaginario ed il reale per una donna di una certa tempra.

Mi disse solo "vuoi *Angostura Reserva?* So che ti piace".

Mi fece sdraiare sul suo letto, lenzuola blu di seta, mi legò alla testiera i polsi con fiocchi di raso neri, mi spogliò e mi divaricò le gambe.

Si accovacciò su di me ed allargò le sue gambe,

posandole sulle mie; si slacciò il corpetto e lo lasciò scivolare, poi si inumidì le dita di saliva ed iniziò a toccarsi.

Scivolò sul suo corpo bagnandosi ancora le dita, poi arrivò fino in fondo, sfiorò le labbra del suo intimo allargandole e si immerse dentro.

Si massaggiò delicatamente il sesso, mi fece vedere; annusai, desiderai.

Risi nervosamente per la situazione paradossale, ma mi resi conto che era tutto vero, non era l'effetto dell'alcol che avevo in corpo.

Eppure pensavo d'aver fatto buone lezioni ma quella fu tutt'altra storia.

Ero un maschio, un uomo impotente davanti al suo desiderio, alle sue voglie.

Posò la sua bocca sul mio addome poi prese un cubetto di ghiaccio dal mio tumbler colmo di *Angostura* posato sul comodino, lo mise tra i denti e scivolò sul mio corpo.

Il mio piacere fu estasi.

Arrivò a me e mi avvolse, i suoi denti solcarono forte, la sua lingua gustosa si mosse leggera, delicata poi i suoi morsi improvvisi mi fecero contorcere, delirare.

Si sollevò, come un rapace quando avvista la sua preda e si posò su di me.

Lei entrò in me. Io diedi forza al mio corpo e spinsi con vigore.

Mi accolse calda, bagnata. Strusciai dentro di lei per molto tempo; ero eccitato, non avevo il controllo ma godevo come non mai.

Si sollevò e si girò di schiena, si accovacciò di nuovo su di me e diede il suo orifizio più celato.

Incurvò la sua schiena fino a stringere le mani attorno alle mie caviglie e con il basso ventre diede un lento movimento profondo; lunghi sussurri, gemiti di piacere e dolore.

Ero legato mani e piedi ed ero dentro di lei.

Venni, venni come non mai.

Si bagnò di me il viso e la bocca, mi slegò senza dir nulla e si sdraiò di fianco.

Volle essere abbracciata e disse:

"Godere tra uomo e donna ha eccessi figurati, non è un gioco, ma è il modo di esprimere i propri sentimenti; scopare è un gioco che molti sanno fare, fare l'amore è il sentimento che pochi sanno sentire e far provare".

L'essenza non fu scalfita, fu graffiata in profondità da unghie sottili e ben affilate; si nutrì del sesso vero, intenso, come passione carnale, erotica, senza limiti. Il sesso come materializzazione reale della sua verità, della sua libertà, della sua suprema espressione, senza nessuna astrazione fino a giungere, in orgasmo, al sentimento amore.

Erica era dentro di me, corpo ed anima e nonostante provassi ad essere uomo, mi sentivo soggiogato da lei, dal suo piacere. Le sue labbra mi avevano marcato.

L'amore?

Non sapevo più cosa fosse davvero l'amore in quel momento.

Il mio sentimento per lei era sublimato in un unico pensiero fisso che mi perseguitava: la paura di perderla, la paura di perdere il suo corpo, il suo essere donna.

I nostri "ti amo" erano sporadici, pronunciati a mezza bocca, gridati nel momento di massimo piacere.

Quando uscivamo a cena con gli altri eravamo una coppia a tutti gli effetti, ci scambiavamo effusioni, baci, sorrisi, carezze ma erano caldamente fredde.

"Il mistero d'amare", mi disse una sera, tornando da una cena "È il vero piacere celato nell'immaginario più segreto e recondito di tutti che molte volte non viene espresso neanche con la compagna o con la moglie per vigliacca pudicizia o vergogna. Il poter toccare e non toccare è desidero, sfiorare le labbra umide di passione, è assaporare; gustare in fantasia pian piano, ciò che avverrà in seguito senza tabù o limiti è nutrimento per il nostro io. Se non senti ciò non hai mistero, se non godi per te stesso liberando i tuoi sensi in meravigliose sensazioni da vivere e sentire in quei momenti non proverai alcun piacere e né lo darai, cercherai sempre altra donna o altro uomo che ti facciano sentire davvero te stesso o te stessa, che siano in grado di liberare te dalle catene del perbenismo sessuale e farti essere quello che sei realmente mentre fai l'amore".

Il nostro sentimento era intenso, strano, morboso, io non potevo più fare a meno di lei, del suo corpo; era divenuta una droga, che consumata a piccole dosi inizialmente aveva assuefatto i miei sensi ma ora, il mio io, il mio corpo reclamavano dosi massicce e continue.

Nel bagno di un ristorante, di sera, imboscati in Fortezza da Basso, nel parcheggio di un autogrill sulla A1, direzione Milano.

Ero dannatamente preso e perso, rapito; ero oggetto, ma mi piaceva tanto.

Due mesi e mezzo di intensa attività sessuale ed avevo perso quasi tre chili, nonostante le *chianine* ogni sera.

"Forma perfetta" mi dicevo.

Nudo e crudo, mi mostravo a lei e lei ricambiava dandomi il dono dell'infinito piacere.

Una sera però fui io a vestirmi da demone, ribaltai la situazione e condussi io il gioco.

Nuda, solo in velate autoreggenti, le bendai gli occhi con raso nero e le legai i polsi dietro la schiena, la feci stare in piedi al centro della mia camera da letto.

Misi su un cd che ripeteva all'infinito *The Power of Love dei F.g.to H.*, le versai sul collo un tumbler di *Sheridan's* freddo, il suo liquore preferito.

Lei digrignò, tremò e si sciolse; la mia lingua scivolò leggera sulla schiena disegnando le sue vertebre.

Poi le sfiorai le labbra coperte da un lucido rosso, le morsi delicatamente, lei cercava con la lingua le mie, io gliele negai; poi le feci sentire la mia lingua alle sue orecchie.

Lei si eccitò e tentò di liberarsi, le diedi le mie labbra e tornò silenziosa, docile, immobile.

Posai la lingua sul suo collo e scesi tra i seni, fin giù, fino al suo ombelico e lo circondai di umido amore.

Allargò le gambe e mi dissetai del suo miele, del suo intimo, messo a nudo, privo di peluria. Godette tanto, gridò ma non si mosse; io continuai a soddisfarla, la penetrai con la lingua e la gustai in profondità, con ingordigia, accendendo in lei iraconda voglia infinita.

Mi implorò di slegarla, io mi risollevai e la accontentai.

Le tolsi la benda e le liberai i polsi, poi la spinsi sul letto, allargò le gambe e le entrai dentro.

Schiavi dei sensi, schiavi del piacere erotico al limite della sopportazione, d'intensità sublime, mai provata.

La sbattei con rabbia, poi la girai di schiena e le entrai di nuovo.

Le strinsi i capezzoli e continuai con forza.

"Sì, mi piace, ti voglio dentro", continuai, lei distese ancor di più gli avambracci per prendermi fino in fondo.

Le venni dentro, continuai ancora, urlò più volte "ti amo", la sentii tremare e contrarre, poi si accasciò ed io mi posai sulla sua schiena.

Un uomo ed il suo limite quale?

In quel momento ero sazio, confuso, innamorato, ancora non so, non riesco a capire.

Ricordo solo che non parlai, scesi in sala presi la bottiglia di *Armagnac* e diedi un sorso lungo poi accesi un sigaro e risalii in camera.

Era sotto la doccia, io mi sdraiai su letto.

Lei tornò in camera con il mio accappatoio, la guardai, posai il sigaro acceso sul comodino e mi alzai.

Io ero davanti a lei nudo, immobile e silenziose lacrime rigarono il mio viso, quello fu un uomo vero.

Sai quando il tuo cuore è girato con la punta verso l'alto? E' possibile credici, e prova a sentire dentro te in quegli istanti.

Io, ho guardato dentro di me ma sempre a gran velocità poi un giorno feci un grave incidente ed il mio cuore si ribaltò.

Allora cominciai a guardarmi con prudenza, a settanta battiti al minuto e a tenere la strada, afferrando il mio animo come un volante a due mani.

Scoprii cose inaspettate mai viste mai percepite,
che tutti dovrebbero sentire, vedere per essere
veri.
Le mie lacrime quella notte?
Furono umide, furono calde, ed in bocca seppero
di zucchero

34

Ore 6.10, ero sveglio, seduto sul mio letto dove nella scura notte avevo lasciato il mio corpo, senza la sua anima.

Fissai e non fissai, per un paio di minuti, la parete bianca di fronte a me, arricchita da una serigrafia legnosa della mia "Ragazza con l'orecchino di perla", il 600' del fiammingo Wermeer.

La guardai intensamente ed i suoi occhi così candidi, puri e sinceri parlarono:

"Il tuo corpo e la tua anima hanno bisogno d'altro nutrimento, non di questo. Ti sei accorto che *l'essenza* non ha più sussulti? Non respira, non ti chiama, la tua *essenza* è stata ferita, graffiata e soffre. Ema, lei vuole dare altro a te; farti sentire il tuo meraviglioso oscuro profondo, non la trascurare soffre per te".

Feci una lunga doccia tiepida, l'odore del suo sesso non andava via, era diventato il mio odore.

Scarno, davanti ad un antico specchio posato sul comò, ereditato da mia nonna, chiusi gli occhi e spruzzai in gran quantità *Obsession*.

Inebriai le narici di me, inalando l'odore del mio corpo intriso con quel profumo, il vissuto della mia *essenza*, dandole memoria.

Presi l'auto ed andai a lavoro.

Ero stordito, confuso e feci una gran figura di merda.

Lì, nella stanza del mio dirigente, rovesciai il caffè su di un progetto importante da consegnarsi dopo poche ore.

Macchiai in maniera inverosimile le prime dieci

pagine, le prime due autenticate; si udì semplicemente una bestemmia, poi il nulla.

Sbiancai e rimasi in silenzio, presi il plico e feci
delle copie, uscii a prendere le marche da bollo,
corsi a farle riautenticare e consegnai il progetto
appena in tempo.

Non tornai in ufficio, mi presi mezza giornata.

Mi sdraiai sul letto, vestito, senza togliere neanche le scarpe, misi le braccia dietro la testa e fissai
il soffitto. Chiusi gli occhi.

Arrivò un sms, lo lessi:

"Stasera ho tanta voglia della tua morbida carne,
da me verso le 21,00".

Tolsi le scarpe, mi sdraiai nuovamente sul letto,
fissai ancora il soffitto, in silenzio, immobile.

Pensieri? Nulla, il vuoto.

Mi buttai sotto la doccia, una mano appoggiata
alle pareti e l'altra massaggiava la testa.

Acqua fredda? E chi la sentì.

Camicia bianca, jeans, e pullover blu sulle spalle;
non misi *Obsession*.

Erano le 19,30 ero nervoso, insofferente, girai in
auto a zonzo, mi feci due semafori rossi; imboccai Ponte alla Vittoria, poi piazza Gaddi ed andai
verso nord.

Tirai come un matto fino a casa di Emiliano.

Era in casa, l'auto ben parcheggiata nello spazio
davanti al portico.

Rimasi lì fermo, con il motore acceso per alcuni
minuti.

"Ma cosa gli dico?" pensai

"Mi consigli di scopare ancora oppure no?"

Ingranai la marcia ed andai via.

Presi i sigari, e puntai direzione Rifredi. Ero davanti a casa sua già alle 20,35 attesi cinque minuti e poi.

"Mi illumino d'Immenso!" disse vedendomi, poesia rubata da me all'*ermetico Ungaretti,* ma sentita come una metaforica e goliardica sineddoche rivolta alla donna.

Ci sedemmo sul tre posti porpora in sala, prese da bere, per me un *Armagnac.*

Accesi un *De' Medici.*

"Sei silenzioso stasera "disse, sfiorandomi la testa, "Sai mi ecciti ancor di più".

Sparì in cucina, la vidi tornare con un vassoio di *voulevant,* agghindata con grembiulino e crestina dicendo:

"La calda colf ha fatto questi".

Ne presi uno mentre lei mise un cd dei *Cure,* suonò la traccia *Close to Me.*

Si avvicinò e ballò per me poi si piegò ed iniziò a sbottonarmi la camicia con i denti, scese fino ai pantaloni, usò abilmente le mani.

La bloccai, mi guardò strano ed io deciso, parlai:

"Cosa stiamo facendo? Dove stiamo andando?"

Si alzò, mise le mani sui fianchi e rise, poi sollevò i capelli dicendo: "Il mio demone va verso l'Inferno del piacere ed il tuo?

D'istinto "Io, non voglio andare all'Inferno, non ho demoni e non ne voglio, ho solo un Angelo che fu maledetto molti anni fa, ma quest'Angelo cerca amore, no sesso".

"Cosa vuoi dire?" Impalata, davanti a me con occhi sbigottiti.

"Io non dico, non voglio usare il mio ed il tuo corpo, basta, ho bisogno d'altro".

Erica si sedette di fianco, imbronciata, come una bambina permalosa che sente di non essere più al centro dell'attenzione.

Le dissi "Non pensare che io stia bene adesso,

quello che ti ho detto pesa anche a me, scoparti?
Per me è bellissimo, possederti è una meravigliosa malattia, ma voglio altro e tu non sei la persona che può darmi quello che io cerco".

"Sai Ema, hai ragione, sei un uomo con le palle,
Cristo una ti sbatte la fica in faccia e la rifiuti.
Poi pensi che io cosa?
Non sia capace di darti cosa?
L'amore eterno?
Ah! Scopare per te non esiste, esiste solo fare l'a-
more vero?
Dio che uomo saggio e moralista che ho qui da-
vanti a me unico, introvabile, davvero".
Rimanemmo entrambi in silenzio poi fu lei a par-
lare ancora:
"Ma si basta con questa storia, hai ragione però
ti dico che io non scopo, amo; bel disegno da tro-
ietta che mi hai fatto. La porta e lì, te ne puoi an-
dare".
Sorrisi, guardai il soffitto, sbuffai poi,
"Erica non puoi capire, non si spiega a parole, è
l'essenza che tutto muove, ed è celata anche in te ma
non puoi capire, perché non l'hai mai percepita,
sentita vivere".
"Dio che discorso, mmm profondo, dai Ema, va
bene così dai".
Risistemai la camicia, abbottonai i jeans poi la
guardai, le accarezzai il viso e le diedi un bacio
sulle labbra, lei le serrò come uno scrigno e disse:
"È inutile che ci vediamo più".
Aprii la porta dinnanzi a me e la chiusi dietro di
me.
In auto, pensai e ripensai se avessi fatto davvero
la cosa giusta. Lucifero, l'Angelo più bello, pas-

sionale, lussurioso e tentacolare, era stato allontanato da me.

Arrivai a casa e piansi, ricordo, piansi come un adolescente alle prime armi, che sente il sesso e non lo ha più. Mi presi una sbornia con mezza bottiglia di *Southern Comfort*. Vomitai tutta la notte bile, anche dal naso. Sentii uscire il suo demone dal mio corpo, e per incanto *l'essenza* schiarì la sua voce e mi avvisò di essere pronta a farmi conoscere la sua meravigliosa oscura profondità. Seduto sul letto, le 5,30, fissai la parete bianca, incrociai gli occhi della mia Ragazza con l'orecchino di perla, le sorrisi e collassai tra le lenzuola profumate di me.

35

Un detto dice:

"Chiusa una porta, si aprirà un portone" mentre un altro recita: "Se son rose, fioriranno", ma anche le viole?"

Però, ora domando a te, che sbirci tra queste pagine...

"Hai mai avuto paura di guardarti dentro e scoprire di non conoscerti e non sapere se sei amato ed ami davvero?"

In bilico, come *L'estate dei Negroamaro,* ero lì, ormai inizio luglio, si soffocava.

Emiliano fece la voce grossa e mi svegliò da quel torpore, Erica era ancora il mio desiderio.

In effetti la cercai durante l'estate, lei fece la gattina ma giocava su più tavoli; si godeva le vacanze a pieni polmoni.

Chiusi definitivamente il rapporto.

Settembre, il mio compleanno, festa a sorpresa in taverna da Emiliano e Lorella. Il regalo per me?

Con gli amici presero un biglietto aereo A/R per Monaco di Baviera e prenotazione all'Hilton per 4 notti in ottobre: München!

Città che amavo, ed Emiliano lo sapeva, ero stato lì, in quinta liceo, in gita, ricordi meravigliosi.

Nei giorni seguenti fui io a cercare qualcosa che soddisfacesse le mie vereconde voglie, e le trovai in Agata, neo assunta presso l'ufficio dove lavoravo. Un paio di uscite: tagliata, chianina, passeggiata Lungarno, in Via dei Calzaiuoli e domenica al Franchi così ottenni quello che cercavo, il passepartout per il suo corpo.

Sesso senza legami?

Si in effetti fu cosi avevo bisogno di dar una forte scossa al mio io, al mio corpo, cercavo autostima, vigore mascolino.

In auto, come d'adolescenza rifiorita ma al leone al momento, andava bene così.

Dolce Agata, giovenca sublime di bocca, tenera di seni, estasiante di corpo; volemmo quello e ci prendemmo quello.

Partii per Monaco di Baviera, quattro giorni per ritrovare me stesso.

La mia camera all'Hilton, era ai piani alti, quasi in cima; moquette chiara, vetrata ampia e panorama sulla città.

Feci una doccia, *Obsession* poi jeans, camicia bianca, pullover blu sulle spalle ed il mio *Belstaff* di pelle tabacco.

Andai alla reception a prendere i documenti, mi divertii con una hostess dai setosi capelli rossi ed occhioni verdi a farmi indicare, su di una cartina dell'hotel, la strada per raggiungere Marienplatz, ci rendemmo conto che era un'utopia e: "Io chiamate a taxi per vous!"

Disse in un italiano misto francese, le feci il baciamano e risposi: "Danke my lady" anch'io da poliglotta d'altri tempi.

"Ich bin fralulen" specificò ma non capii.

"Signorina, è signorina!"

Sentii una voce provenire dalla mia destra.

Mi voltai, e occhi scuri come la pece di uno sguardo magnetico mi penetrarono; capelli brizzolati tirati indietro con brillantina, vestito di giacca doppio petto blu notte e jeans, si presentò con accento anglosassone,

"Salve Luis Jones Fholeman, per gli amici Mr Jones".

Poteva avere giù di lì sessant'anni portati benissimo. Un aplomb da uomo d'altri tempi.

Risposi ringraziandolo e ci stringemmo la mano, in modo, spontaneo, sentito, nostalgico, come vecchi amici ritrovatisi lì, per puro caso.

Presi il taxi, mancava un quarto alle 17,00 e, Marientplaz, mi apparve in tutto il suo splendore.

Passeggiai da esploratore, la osservai da tutte le angolazioni; mi incantai alla vista della chiesa di Saint Peter e del Glokenspiel della Torre Rathaus.

Di incommensurabile bellezza, il suo carillon prese vita in una lenta girandola di figurate emozioni, accompagnate dai rintocchi di campane.

La Giostra dei cavalieri e la Danza dei bottai, chiusa con il Canto del Gallo.

Non ero solo, a vivere quelle emozioni che schiusero il mio cuore, ero con chi di più caro potessi avere: ero con me.

Tornai all'Hilton e cenai in albergo.

Un tavolo in un angolo della sala.

Ordinai carne con patate ed insalata annaffiata da una buona birra bavarese.

Di fronte a me, notai che sedeva, a due tavoli di distanza, Mr. Jones.

Gli sguardi si incrociarono ed io accennai un saluto con la mano. Mr Jones, abbozzò un sorriso, si alzò e venne da me.

In un italiano perfetto disse: "Posso accomodarmi qui? O attendi qualcuno?"

Ero imbarazzato ma lo feci accomodare.

Fece portarsi della frutta e iniziò a sbucciare una mela. "Non ricordo il tuo nome... Mr.?" disse, "Ema, sono Ema, italiano"

"Ah questo l'ho capito fin da subito Ema!"

Così cominciammo a parlare.

Mr Jones era nativo della Yorkshire, di York esattamente, ma aveva girato mezza Europa, non era sposato e viveva in Germania da un paio d'anni a Bad Betheim, in Bassa Sassonia e mi parlò del fantastico Castello di Bentheim, dipinto, olio su tela, dal maestro fiammingo JsaackVan Rusidael, nel 600'.

Descrisse la maestosità di quella costruzione di pietra, con semplici e forbite parole e mi fece immaginare d'esser lì.

Capii che di fronte avevo un uomo diverso da altri: cultura superiore, gentlman e modi di fare raffinati.

Domandai che professione facesse, e rispose che era stato docente universitario, di letteratura e filosofia per più di quindici anni, quindi aveva fatto una scelta, mi disse che si dedicava a trovare cose dentro di sé, per poi darne parole.

Chiesi se fosse uno scrittore, e Mr. Jones mi entrò nel cuore

"Sono un comune uomo che usa una semplice penna: l'inchiostro che verso, sangue?

Scrive dei fogli bianchi, corpo?

Parole frasi, vita? Di logico, predeterminato, costruito non vi è nulla ma di improvviso, puro, reale vi è tutto".

Parlava tre lingue in modo fluente, conosceva di greco e di latino, e Pablo Neruda era dentro di lui.

Mi sentii piccolo dinnanzi alla sua mente.

Finimmo di cenare e ci spostammo a fare due chiacchiere nel giardino coperto dell'hotel.

Si fece portare uno *Cherry*, io presi un *Armagnac*.

"Fumi Ema?" mi domandò

"Si sigari ammezzati, per lo più italiani"

"Mmm, ammezzati?"

Cosi sfilò dalla tasca della giacca una piccola scatola, la aprì e mi mostrò un *Griffins britannico*, poi tirò fuori un *Dupont* in oro bianco.

Mi mise tra le mani il *Dupont* e disse:

"Questo accendino è nato per dar calore al tabacco, piegato in foglie e lavorato a mano, che rappresenta l'amore tra le tue labbra.

In bocca non metti un sigaro, tra le tue labbra accogli una donna, senti il suo odore: accarezzala, assaporala e fai lunghe boccate, affinché possa sentire il tuo desiderio di averla".

Tra le mie mani accarezzai una donna, la posai sulle mie labbra e le diedi amore con il calore della fiamma.

Però, non fumai un ammezzato, fumai un suo elisir.

Seduti in penombra, l'uno di fronte all'altro, distanti solo un metro circa, rimanemmo statici, in assoluto silenzio, per attimi eterni. Quel silenzio tra noi, fu il preludio a conoscere me stesso, nella mia vera vita.

"E sei venuto a cercarmi fin qui?"

La sua voce ferma, dolce, decisa, squarciò i miei timpani, poi alzai lo sguardo e lo guardai dicendo: "Cosa?"

"I tuoi occhi parlano, vogliono sapere, i tuoi occhi li conosco bene; sono i miei" aggiunse in modo sibillino, perpetuo.

L'incanto mi pervase, eravamo io e quell'uomo seduto davanti a me e pendevo dalle sue labbra, ipnotizzato dalla sua misteriosa favella che forse, non era altro che la mia.

Impossibile pensai, che sta succedendo.

"Ema rilassati, ti dico una cosa, io uso la penna per dare al mio inchiostro forma; uso dei grezzi fogli di carta per sentire me. Sei stupito che io sia in te, ma anche tu sei in me, lo capirai con il tempo. Stolto è colui il quale non crede alle parole di chi, sincero, apre il cuore, legge di te, e ne scrive tendendoti la sua mano per indicarti la strada che porta al tuo ego".

Non ebbi capacità di rispondere, lo continuai a fissare e ad ascoltare; aprì la mia mente, il mio cuore, non ero né Leone d'Essenza, né Angelo Maledetto, ero spirito con forma; non ricordai né ora, né tempo.

Mi chiese di parlare di me, così senza riserve, senza tabù; io parlai, parlai di me come un fiume in piena, raccontai da quando avevo quindici anni tutta la mia vita: dettagli, immagini, ricordi, tutto di tutto.

Avevo impressi, i suoi occhi scuri nei miei. Non mi interruppe, ascoltò silenzioso; non un sorriso, non un'emozione, non una smorfia; si dissetò di me.

Furono momenti emotivamente forti, intensi, le mie lacrime scendevano calde e dolci fin sulle labbra, per diventare fredde ed amare a loro contatto. Entrai in profondità e regalai a lui la percezione di me, dell'*essenza,* che solo un uomo come lui poteva sentire.

Erano ormai le 5,30 del mattino, io e Mr. Jones eravamo ancora lì, seduti l'uno di fronte all'altro, come se fossero trascorsi soltanto dieci minuti.

Si versò un po' d'acqua, aprì la sua inseparabile borsa di pelle di un marrone sbiadito, e tirò fuori un libro di piccole dimensioni, mi sembrò un breviario con una sottile copertina di pelle castagna consunta dal tempo.

Me lo allungò e mi disse di aprirlo.

Io lo iniziai a sfogliare e perplesso vidi che le pagine erano invecchiate, giallastre ma non vi era scritto nulla, proprio nulla, erano vuote.

Allora lo richiusi e lo guardai.

Egli mi disse "Vedi, è come la vita, hai sfogliato l'inizio e non hai trovato nulla, così hai desistito, ti sei rassegnato a viverla gialla, vuota, arida"; mi disse di cercare, di non perdere la speranza di trovare qualcosa, di scoprire, cosa, in quelle aride e gialle pagine, di meraviglioso e segreto era celato.

Riaprii il libro e continuai a sfogliare, ma nulla, era sempre uguale, mi spazientii ma continuai, verso la fine trovai una pagina scritta, con inchiostro nero, un po' sbiadito ma chiaramente leggibile.

Girai il libro verso lui, come un bambino, facendo vedere che avevo trovato qualcosa; ed egli mi fece cenno di leggere ad alta voce. Schiarii il timbro di voce ed iniziai a leggere:

El chileno Pablo, el hombre del Milagro.

"Non t'amo se non perché t'amo e dall'amarti a non amarti giungo e dall'attenderti quando non t'attendo passa dal freddo al fuoco il mio cuore... In questa storia solo io muoio e morirò d'amore perché t'amo, perché t'amo, amore, a ferro e fuoco".

"Non ti amo come fossi rosa di sale, topazio o freccia di garofani che propagano il fuoco, t'amo come si amano certe cose oscure, segretamente, tra l'ombra e l'anima. Ti amo come pianta che non fiorisce e reca dentro di sé, nascosta, la luce di quei fiori, e grazie al tuo amore

vive oscuro nel mio corpo il denso aroma che sale dalla terra".
Tratto di penna del 72, Luis Jones Fholeman in omaggio a Pablo Neruda

Alzai lo sguardo, egli aggrottò la fronte, sembrò visibilmente emozionato, poi mi disse:
"Dormici su, domani ti porto con me a vedere qualcosa, che devi vedere".
Tornai in camera, non pensai nulla, ero confuso, stordito; mi spogliai appena ed in slip e t shirt, collassai sul letto.
Ebbi sete così mi alzai e presi dal frigo bar una bottiglietta d'acqua, mi bagnai una mano e la passai sul viso.
Erano le 8,20, andai vicino alla vetrata e vidi il primo sole su Monaco. Mi ripresi con una doccia, un mal di testa tremendo mi assalì, andai di pasticca rosa *Optalidon,* a stomaco vuoto, come sempre.
Mi vestii e scesi a far colazione.
Con scarpe all'inglese, panama beige in mano, camicia quadrettata celeste, jeans blu scuro, giacca spigata marrone e sciarpa crema apparve da lontano Mr.Jones.
"Buongiorno!" Disse
"Buongiorno" risposi continuando con il mio croissant, senza alzare lo sguardo, mentre ripose il suo panama sul tavolo, di fronte a me quasi ad occupare il posto.
Sentii paura di incrociare i suoi occhi, ma poi tornò con una tazza d'acqua calda, una bustina di tè nero ed uno spicchio di arancia.
Lasciò tutto in tavola e disse: "Vado a prendere del pane e delle marmellate e torno... poi un'al-

tra cosa, sai non alzare lo sguardo ad un saluto sincero di un amico e come fare l'amore con una donna senza guardare il suo corpo e né sentire tantomeno la sua anima"

Mi fulminò letteralmente.

Presi un succo d'arancia ed un altro croissant mentre lui si fece un paio di fette di pane con marmellate di fragola e albicocca e sorseggiò il suo tè.

Presi coraggio, balbettai dicendogli che non sarai andato con lui a vedere quel qualcosa che durante la nostra nottata mi aveva consigliato di vedere, ma dissi che sarei andato a visitare un castello lì in Baviera.

Egli, non batté ciglio, continuò a spalmare la marmellata e rispose:

"Bravo Ema, è proprio lì che stiamo andando, a visitare il più bel castello di Baviera però non facciamo tardi, il taxi sarà qui tra mezz'ora".

36

Eravamo alla München Hauptbahnhof, biglietto e poi binario 22.

Ci accomodammo uno di fronte all'altro, il sole illuminava il suo volto, non una ruga, sguardo fisso rivolto al finestrino ad osservare il mondo in movimento.

"Dove vivi Ema?"

"A Firenze" risposi

"Well, città di meravigliosa cultura, arte e storia, centro d'Europa, Florence"

"Si" accennai, poi silenzio.

Nessuna inflessione, nessuna emozione, nessun fremito nel parlare; pacato, deciso, dolce, soave.

Il suono della sua voce era sempre maledettamente uguale; uguale a quello della notte che mi aveva incantato.

Decisi di affrontarlo ed allora domandai della sua vita.

Nessun tentennamento, mi fisso negli occhi, mise una mano sull'altra ed inizio a raccontare. Partì dalle origini, mi ricordò di essere nato nello Yorkhshire, esattamente a York, poi di essere emigrato da giovane con la madre d'origine ispanica in Irlanda del Nord; del padre non parlò, disse solo che non lo conosceva e non sapeva neanche se fosse morto.

Parlò dei suoi amori di Belfast e della droga all'età di quindici anni, che lo aveva bruciato dentro e fuori; si fece di tutto e si iniettò di tutto, quando viveva nel ghetto di Shankill.

La madre e una ragazza di nome Elodie, lo salvarono da morte certa.

Spirito totalmente libero, anticonformista reazionario, rivoluzionario, sognatore.

Crebbe al tempo della "Domenica di sangue" ed era lì, adolescente, quel 30 gennaio del 72', a Derry e vide e sentì tutto.

Studiò e per mantenersi lavorò sodo le notti, nei pub irlandesi; si laureò e divenne insegnante. Ottenne la cattedra di letteratura e filosofia alla Queen's University di Belfast. Nel 93' la madre morì di tumore e prima di morire gli disse:

"Ti ho amato come un figlio, un uomo, un marito; respira dentro di te e trova la felicità, il vero amore. El tuo Hombre, el chileno Pablo, y' el Milagro; mira en tu corazòn"

Non versò una lacrima ricordando la madre, continuò a mantenere lo stesso tono di voce, poi aggiunse:

"Sono nato il 16.06.del '56 come vedi il mio numero ricorrente è quello del Damn Lucifer, l'Angelo caduto; ma egli mi fece un dono, mi ripudiò e diede a me un Angelo custode diverso".

Morta la madre, lasciò Belfast e tornò a York, insegnò presso laYork St. John University College , ma dopo alcuni anni lasciò per suo volere.

Decise di dedicarsi anima e corpo alla ricerca del "Milagro, le Prodige".

Non ebbe altre donne solo Joland, amica ed intima confidente che viveva a Bad Betheim.

Del Milagro, del Prodige? Non me ne parlò.

Scendemmo a Fussen, prendemmo un bus che ci portò a Schwangau in Bassa Baviera.

Da lì un taxi e salimmo verso il Castello di Neuschwanstein.

Alla sua vista i mie occhi si inumidirono; dire che

ero emozionato è poco; Mr. Jones se ne accorse e disse:

"È le Prodige che vede e sente".

Visitammo l'interno, girando in lungo ed in largo nelle sue fiabesche ed incantate sale.

Era stato fatto costruire dal Re Ludwig II, intorno al 1869, in stile neogotico. Descriverlo?

No, proprio non posso, è da sentire dentro.

Mangiammo un panino e poi continuammo la visita, ci trattenemmo fino al primo pomeriggio poi prendemmo la via del ritorno, uscendo dolcemente dalla nostra favola.

Mr. Jones mi spiegò che mi aveva portato lì semplicemente per vedere la reazione del mio viso e cosa dicevano i miei occhi.

Mi disse *"Le Prodige* è la tua *Essenza"*.

"Amare un luogo per sempre? Si può. Scoprire che un perfetto sconosciuto ti dice che *l'essenza* ha visto con i tuoi occhi, che sono anche i suoi, quello che doveva vedere, è una favola? No non lo è, andò cosi, proprio così".

Prendemmo il treno, io mi addormentai per un tratto, quando durante il percorso il treno si fermò in una stazione mi svegliai.

Così capitò che due italiani, uno di mezza età e l'altro sui ventitré, ventiquattro anni si sedettero di fianco a noi ed affrontarono un discorso che, io e Mr. Jones, ascoltammo con attenzione.

"Ma perché pensi che l'aspetto esteriore di una donna è la cosa più bella, hai una fissa Cristo! Come fai a dire che non è vero dai?

Cosa ti eccita?

Su dai non dire cazzate, ieri sera te la sei scopata quella per cosa, chi era il nobel Montalcini, avete fatto discussioni o sesso, dai... ma smettila!"

"Non hai capito nulla; mi hai chiesto cosa mi eccita?

Mi eccita il desiderio di avere la sua mente, il suo cuore, la sua anima, l'involucro è relativo, è involucro, vedi e come quando scartavi una caramella, la sceglievi nel cestino perché era luccicante, colorata poi la scartavi e la sputavi; ed io ne ho scartate di caramelle lo sai e ne ho sputate tante".

"Si col pisello tra le loro cosce! Ma allora, dì, fammi ridere, spiegami meglio, cosa devo sentire, qualcosa dentro? Cioè?"

"Sei giovane in amore, devi crescere, devi sentire dentro di te, ascoltare il tuo animo. Quando la sua mente si unisce alla tua ed il tuo cuore anche se lontano da lei, impazzisce, allora sta' in campana, non avrai ostacoli né paure né timori lei è dentro di te e tu sei dentro di lei per sempre; non vederla subito non conta, quando vi incontrerete non avrete limiti".

"Si ma come è possibile questo?"

"Tu conosci una regola per l'amore, un'età, un ostacolo insormontabile?"

"Veramente, dico sul serio, se ci penso no, non vi sono limiti per l'amore, l'amore giustifica tutto è amore se due si amano Cristo! Devono amarsi e basta! E tu hai trovato tutto questo?"

"Si è racchiuso in un bacio, l'inizio sono le mie labbra nelle sue, poi vedrò dentro di me quello che non tutti vedranno: la mia follia immersa nella sua per il tempo che resta da vivere, chi oserà separare questa follia, non riuscirà mai. Ricorda verrà da sé non affannarti a cercare, l'incontro sarà casuale, le sue labbra saranno sulle tue per tutto il resto della vita".

Mr. Jones guardò il più anziano e disse: "Magistra lectione".

Poi guardò me ed aggiunse: "Carpe diem, in cogitazione austera veritate, d'essentia loquimur".

Arrivammo in serata alla München Hauptbahnhof, e Mr Jones mi disse: "Ema, facciamo due passi per Monaco, di sera è meravigliosa; hai mai provato la bavarese? Dai andiamo ti porto in luogo d'antica tradizione".

Io risposi "Si un buon dolce, va bene, si andiamo"

"Ah ah ah! Oh my God!" In vero stile inglese replicò divertito, "Ema la bavarese però non è un dolce, ma una bevanda di origine tedesca composta da the, latte e liquore, importata anche in Italia come bevanda all'inizio del 700' dai cuochi francesi al servizio dei Wittelsbach, casa regnante di Baviera. Poi Ema, nel secolo successivo, in Francia, nacque il dolce bavarese, ispirato alla bevanda bavarese; capito... Ah ah ah, dai C'mon!"

Rimasi zitto, mi dissi "Italiano ngurant!"

Passeggiamo un po' lungo la Maximilanstrasse, poi entrammo in una specie di dolceria brasserie, tutta in legno color noce. Il banco di scuro legno vissuto con vetri a mosaici colorati; il soffitto a cassettoni con varie incisioni in legno, raffiguranti i simboli della Baviera.

Ordinò ed offrì lui: bavarese e *Apfelstrudel* servito con della crema, per entrambi. Lo strudel bavarese di mele era speciale; veniva esaltato dal gusto in bocca del bavarese. Ne presi due porzioni.

Il locale permetteva di fumare ed accendemmo i nostri sigari quindi riprendemmo a parlare, ed ormai, in confidenza, domandai a Mr. Jones un qualcosa che da tempo pensavo a cui mai avevo trovato risposta.

"Molti dicono che sesso ed amore siano la stessa cosa, ma è vero?" Domandai.

"Io Ema, io ho un mio modo di vedere le cose, ugualmente differente dagli altri. Vuoi una risposta da me? La tua è una domanda fatta ad arte perché vuoi capirlo anche tu, vero? Va bene, allora apri la tua mente, le bestie umane si nutrono di sesso senza amore, costringendo anche altri contro volere; l'aberrazione morale e psichica dell'essere umano arriva a questo e, a volte, va anche oltre. Ma un uomo, una donna, tra loro, poli uguali ed allo stesso tempo opposti; costole nate l'una dall'altra, così vicini, così lontani, per natura si nutrono d'amore. L'appendice sesso dà l'estasi al loro cuore, lo eleva a nobili virtù, né esalta il tratteggio della carne, ne inebria i sensi, marca di segni indelebili l'anima. Di stessa cosa non si tratta: l'uno è la conseguenza dell'altro, il motore del sentimento vero, reale, unico, imprescindibile dal battito del cuore, che non è meccanico ma viene dal Prodige o come dici tu dall'*Essenza*. Di peccato, che esso sia adulterio, tradimento, separazione o altro, non si può parlare, se il sesso, vien fatto con amore e lega due anime che si son sempre cercate e finalmente si son trovate. Ricorda che non vi è età per questo, né importanza d'aspetto estetico, ne' tantomeno un limite; i corpi son semplici gusci che proteggono la cose più preziose: i semi e le terre fertili, che, per natura, daranno vita a nuovo e vero amore che andrà incontro al suo unico ed inimitabile Prodige, Milagro o Essenza impresso dalla nascita, in quel primo vagito".

37

Tornammo in hotel e mi posai sul letto, erano le 21,35 ma non avevo sonno così riscesi nella hall dell'Hilton, controllai la mia posta elettronica da una postazione pc, e poi girovagai un po' in una chat di amici. Diedi un paio di amicizie e feci dei post simpatici. Ricevetti un like da una persona e ne fui contento. Era già un'amica ma era la prima volta che mi rispondeva, così chattai con lei per un paio di minuti. Simpatica, cortese, e gentile; in effetti era tutto virtuale ma, sono quegli attimi veri in cui non vi è visione ed è solo immaginazione legata a parole spontanee quindi spesso reali, vere, sincere.

Guardai con il cuore e l'anima per la prima volta, a quarantacinque anni, prima di conoscere e vedere l'estetica d'un essere femminile e fu tutt'altra sensazione. Pura sensazione d'essenza? Mi piacque infinitamente.

Vidi Mr. Jones che parlava alla reception e mi avvicinai. "Mr. Jones che fa?"

"Ah Ema! Chiudo il conto, domani nel pomeriggio andrò via".

Rimasi davvero male. Così lo invitai a bere qualcosa e ci sedemmo al banco del bar.

Ero triste, sì, ero triste che Mr. Jones partisse, ebbi una sensazione di vuoto ed egli se ne accorse e mi disse:

"Ema, so a cosa pensi; le Prodige è reale lo devi cogliere in te. La tua donna, la tua anima sarà lei a cercarti, a dire a te per prima ti amo; non conoscerà ancora il tuo corpo, le tue labbra; saprà appena del tuo angelico volto ma conoscerà la tua anima, sentirà la tua voce, amerà già il tuo cuore. Anche tu amerai il suo cuore e non vi interesserà l'involucro che lo racchiude. La tua *essenza* si muoverà con grande energia, esploderà e darà a te la conoscenza del vero sentimento. Farete l'amore e sarete uniti. Conoscerai te, conoscerai lei e sarete indissolubili. Non aver paura ci sei, ormai ci sei; no non è una favola è la realtà di un semplice uomo come te, che, a quarantacinque anni trova il vero e puro amore".

Mi disse in poche parole tutto di me ed io cercai conforto in lui, come fa un fratello più piccolo che cerca il più grande, che sta andando via da casa. Mi aprii ancora e dissi emotivamente, senza una logica di dialogo:

"Ecco cosa penso, ho sempre amato camminare sul limite, sin da piccolo l'ho fatto e non ho avuto timore di cadere o sprofondare in chissà cosa; oggi mi accorgo che era la mia vera natura a volerlo, desiderarlo. Il bordo, il limite tra quello che è e quello che potrebbe essere, non è altro che essenza in altro luogo, essenza che è dentro me e sarà discoperta nella sua candida purezza soltanto da lei. Mr. Jones grazie a lei ho scoperto l'iceberg, ma l'ho soltanto osservato sulla sua superficie, ora sto iniziando ad esplorarlo anche nella parte sommersa, un po' di paura la ho ma sono uomo e devo conoscermi fino in fondo. Sentirsi sé stessi, a quarantacinque anni è meraviglioso, rimettersi in discussione ogni istante per conoscere la vita è meraviglioso, sentirsi dentro e fuori è vita vera, incanto; sentire d'esser prossimo al vero amore non ha espressioni che possano essere utilizzate per far comprendere cosa si proverà.

Dico a me stesso: non darò mai dispiaceri alla mia anima, lei è sempre stata pura, pulita e sincera, sono io che ogni tanto l'ho macchiata di inchiostro nero.

Perché?

Perché sono difettoso, fallace, come tutti gli esseri umani, ma per smacchiarla non ci vuole tanto, ci vuole volontà ed amore".

Finalmente Mr. Jones sorrise e mi diede un buffetto in viso, poi volle chiosare:

"Carica la tua anima, il tuo cuore; dà a loro energia sufficiente ad affrontare l'ultima prova; lei molto presto ti cercherà e tu sarai suo. Sii uomo, si te stesso, si Ema e vedrai che il vostro amore sarà qualcosa che ... non posso dirti, lo saprete solo tu e lei, beati angeli d'essenza.

Notte caro Ema ci vediamo domani nel pomeriggio ok?"

"Notte Mr. Jones, notte, e grazie"

"Di cosa Ema? Io non ho fatto proprio nulla, hai fatto tutto tu, hai sentito tutto tu. Ricordati dell'Hombre chileno e portalo sempre dentro di te".

15,00 del pomeriggio, era lì nella hall, in attesa del taxi per l'aeroporto. Borsa di pelle impugnata e ben saldata alla sua mano, ai piedi una piccola valigia, panama in testa e loden.

In bocca, sì, un *Griffins* spento.

Mi avvicinai a lui e dissi "allora ci siamo, parte?"

"Si, lo sai Ema che non ci vedremo più?"

"Perché dice questo?"

"Perché lo so, i tuoi occhi sono i miei, il tuo cuore è il mio, tu svelerai a te e a me *l'essenza, le prodige...*

Non avremo più parole da scambiarci, vivremo

l'uno nell'altro, nell'amore vero e ci ricorderemo scordandoci l'uno nell'altro; tu sei il riflesso di me ed io di te.

Fantasia? No Ema, no, realtà".

Poi come fa un padre con un figlio, mi baciò la fronte, mi diede una carezza ed una lacrima ammorbidì i suoi scuri occhi di pece.

Dissi "Che fa piange?"

"No Ema, sei tu che stai piangendo, di verità, d'amore, di luce, d'essenza".

Aprì la sua borsa di pelle e tirò fuori una penna, una bic, e mi disse: "Ti regalo ciò che ho di più caro, una penna; il suo inchiostro è il tuo sangue, versalo delicatamente, usa dei fogli bianchi, candidi e fa' che l'inchiostro possa asciugarsi bene e rimanere indelebile, in eterno.

Ema fa' questo, lo sai fare, lo devi fare, non temere parlerà la tua *essenza* versando il tuo sangue e bagnandone la tua anima, il tuo cuore. Tu avrai il vero amore".

38

Salii in camera, pensai a Mr. Jones e mi resi conto
che non avevo incontrato un uomo ma uno spirito, un angelo, un qualcosa di unico, meraviglioso; in carne ed ossa.

Lo ricordo così il mio Mr.Jones, con il brano dei
Counting Crows.

Uscii per Monaco, andai a zonzo, senza meta, era
la mia ultima sera; cenai con un panino al wrustel
e presi una 0,4 ml bionda ma ero talmente frastornato da quegli accadimenti che tornai subito
in hotel.

Passai nella hall e andai alla postazione pc. Vidi
la mia chat e trovai una risposta, era lei; così presi
a cercarla.

Chattammo per un'ora, lei viveva a Milano ma
era d'origine toscane, era sposata ed aveva un figlio di circa dieci anni.

Ci raccontammo così, per amicizia o non so per
cosa, un po'della nostra vita. La sentii davvero
umana, vicina e lei sentì me. Si instaurò un rapporto di rispetto reciproco strano, unico, bello,
sincero.

Tornai in stanza, ebbi delle sensazioni, ebbi delle
dolci e meravigliose sensazioni.

Presi la penna di Mr. Jones e su di un blocchetto
dell'Hotel, inchiostrai.

Scrissi: "Vivrò solo di vero amore, nutrirò la mia
essenza solo di lei".

La rilessi un paio di volte, la recitai anche ad alta
voce e mi piacque davvero.

Mi addormentai felice, felice per una chat, felice

perché dietro quella chat vi era qualcuna e la percepivo: paradossale? No, vero, reale.

Io materialista per eccellenza, sentivo profondità d'animo e cuore per la prima volta.

Mi svegliai, avevo il volo alle 10,00; sistemai il bagaglio e scesi a fare colazione.

Bilancio di quel regalo di compleanno a Monaco di Baviera?

Ancor oggi ringrazio loro per avermi fatto conoscere me stesso in quei giorni e la mia *essenza*, ormai pronta a schiudersi.

Arrivai in Aeroporto, feci il ceck in, depositai il bagaglio e andai al duty free. Presi *Obsession*, delle cioccolate e mi ricordai di un libro, lo cercai ma non lo trovai.

Avevo una fissa, da quando ero partito: trovare il libro diario in lingua tedesca di Christiane F., "Noi, i ragazzi dello zoo di Berlino".

Ma preso come fui dagli avvenimenti, me ne dimenticai. Ma una sintesi, in breve, dedicata a lei è d'obbligo: nella Berlino, anni Settanta, quartiere dormitorio di Gropiusstadt; Christiane Vera F. ha dodici anni, un padre violento e una madre spesso fuori casa. Inizia a fumare hashish e a prendere Lsd, efedrina e mandrax.

A quattordici anni per la prima volta si buca di eroina e comincia a prostituirsi. È l'inizio di una discesa nel gorgo della droga da cui risalirà faticosamente dopo due anni.

La sua storia, raccontata ai due giornalisti del settimanale "Stern" Kai Hermann e Horst Rieck è diventata un caso esemplare, una denuncia dell'indifferenza della nostra società verso un dramma sempre attuale.

Chi fosse per me e lo è tuttora Christane F.?

Due parole, la bambina, adolescente, donna, che ha visto il fondo della vita fino al suo estremo. Ha reagito, ha capito il suo valore ed ha combattuto per essa. L'infelicità ed il degrado del suo vissuto che tutt'ora la segna, non hanno eguali nel mio immaginario. Ciò che i suoi occhi hanno visto e le sue vene hanno sentito sono un avvertimento solenne a non credere che, in tenera età, poter fare e provare tutto possa migliorare la vita e farti sentire diverso, forte e grande da cambiare la tua realtà.

Diverso già lo sei, sei te stesso, unico.

Morire per uso di stupefacenti, significa qualcosa?

Christiane ha fatto e ha detto, senza pudori ne' vergogne cosa si può provare, sentire. Lei oggi è viva, combatte ancora ma ha ucciso il suo zombie, per me poi, sarà sempre viva.

Il suo, un esempio estremo di vita sbagliato raggiunge la redenzione ottenuta con la sua anima ed il suo cuore sempre forti in un corpo martoriato dal malvagio sterco del demonio. Il racconto vero, di un'adolescenza vissuta ai margini di un'intera società, cieca ed indifferente riflette ancor oggi quella realtà a cui bisogna sfuggire.

Ero a Monaco e non andai a Berlino, oggi me ne pento. Avrei cercato la sua casa, non per un autografo o una foto, ma soltanto per stringerle la mano e dirle con sincerità:

"Christiane, sei una gran donna, grazie d'aver raccontato con coraggio la tua giovane vita che ha visto il volto della morte; il tuo messaggio crudo e veritiero sarà di monito per le generazioni future, in me vivrai in eterno.

A te *"David Bowie, il Duca bianco; Heroes."*

39

Casa dolce casa, ero davvero contento di essere tornato a Firenze, però, per me, ormai, nulla era davvero più come sembrava. Il giorno seguente, ripresi a lavoro, e mi sentii con Emiliano per raccontagli del viaggio.

Non parlai di Mr. Jones lo sentivo un segreto, una parte intima da non svelare.

Appena pomeriggio, mi telefonò Roby, un caro amico che lavorava saltuariamente in una libreria in Via Martelli; io lo chiamavo "pollicione verde", per le sue grandi mani, ma allo stesso tempo, così delicate per il mestiere che aveva fatto per dodici anni. Aveva lavorato nel settore del vivaismo ornamentale, nella piana pistoiese, e si era occupato di produzione, commercio di piante e fiori freschi; poi la crisi quindi si era dovuto reinventare come aiutante libraio.

Mi avvertì che aveva trovato due vecchie edizioni di Noi, i ragazzi dello zoo di Berlino, una dell'87'e l'altra del 97'. Passai da lui in chiusura, la sera e presi i due miei cimeli, Roby mi diede anche un altro libro che aveva letto e gli era piaciuto chiedendomi di dare un'occhiata.

Tornai a casa, cenai, poi guardai bene i miei due libri di Christiane F., e li riposi fiero in libreria. Presi lo scritto ignoto che mi aveva dato Roby; aveva un titolo particolare Krònachia, così, salii in camera per leggerlo a letto.

Nella recensione si parlava di una metafora dell'esistenza umana e mi incuriosii. Cominciai a sfogliarlo e trovai una chiave di lettura curiosa, particolare.

Il libro allo stesso tempo fantastico e reale sembrava parlare anche di me del mio intimo. Approfondii la lettura, e quelle figure descritte, in un mondo immaginario, avevano sentimenti ed emozioni di comuni esseri umani. Amicizia, odio, benevolenza, falsità, caratterizzavano i loro animi in un susseguirsi di eventi.

Una sorta di bracciale, quasi impresso sulla pelle di un uomo rappresentava il Male supremo ed aveva una sua anima scura, nera. Rifuggivano dal Male tutte le anime, che pagina dopo pagina incontravo, ma non sembravano anime differenti, sembrò di imbattermi in una unica anima che mostrava, come nella vita reale, mille sfaccettature. La catarsi dal Male e la ricerca del Bene come principio di vita, passava attraverso l'amore, visto come essenza pura, spirituale ma anche vera, unica e reale.

L'ignoto autore, esaltava la donna nella sua naturalezza, in modo fantastico.

Senza alcuna remora, la sua donna apriva il cuore all'uomo, mostrandosi nuda nella sua purezza e pronta a combattere di rosa, e di spada per lui, rendendo fluido il suo sangue con l'amore. L'uomo, curvo e scarno dentro di sé, udiva la sua voce, l'urlato lamento di una guerriera, e ne traeva energia vitale, muovendo verso il Bene.

Egli cercherà l'essenza del vero amore e la troverà secretata in lei.

Rimasi affascinato da quella lettura, sentii d' amore vero tra uomo e donna che anelano al bene, sentii me; mi piacque molto.

Il sabato andai a cena fuori, con i soliti, e vennero

anche Emiliano e Lorella.

Presi a smannettare con il cellulare; navigai per alcuni minuti ed andai in chat. Trovai un suo messaggio di saluto e risposi; poi feci un paio di post e fui tentato di scriverle ancora.

Emiliano mi riportò bruscamente tra loro, chiedendo ad alta voce con quale tedescona stessi smanettando; versò un bicchiere di *Chianti* e mi invitò a raccontare del viaggio in Baviera. Rimasero stupiti quando dissi che era stato un viaggio del tutto diverso dagli altri, un vero confronto con me stesso, niente sesso, né tantomeno eccessi d'alcol o quant'altro; una sorta di ritiro spirituale; quasi da monaco, appunto.

La serata terminò ed io rientrai a casa; ero stanco ma avevo da terminare un lavoro per l'ufficio. L'indomani sarei andato allo stadio con Emiliano, quindi decisi di farlo in quel momento.

Mi armai di *Cherry* ed ammezzati, "i mozzati" come diceva simpaticamente Mr. Jones e cominciai a controllare e sistemare i documenti.

Terminai non troppo tardi, così visto che ero con il portatile acceso, navigai un po'. Curiosai tra i messaggi ma non trovai nulla. Senza alcun motivo però, rimasi un po' male, forse mi aspettavo un messaggio di lei.

Non so perché ma decisi di scriverle, attesi una risposta ma non arrivò.

Spensi tutto, presi un bottiglia d'acqua e salii in camera.

Mi spogliai ed indossai solo il sotto blu del pigiama, poi spensi l'abatjour, caricai un cd e selezionai la traccia dell'*Immenso dei Negroamaro.*

Andai verso la finestra ad angolo, la aprii, accesi un ammezzato e rimasi lì, senza alcun pensiero, a contemplare la bianca luna e Firenze, avvolta nei bagliori di una notte stellata.

Pensare era superfluo in quel momento, tutto doveva scorrere, lei doveva trovare me.

Io? Io dovevo solo aspettare il suo vero amore.

La domenica la trascorsi a pranzo da Emiliano, poi al Franchi, partita sotto un diluvio tremendo, la tribuna coperta ci salvò.

Bombolone dal *Buscioni* e commento con "smadonnate" per lo striminzito pareggio rimediato in casa, quindi mi ritirai.

Cenai presto: brie, crudo ed insalata, poi frutta e pantofole.

Ero stanco, ricontrollai il file per l'ufficio e salii in camera sdraiandomi sul letto con la tv accesa.

Presi il cellulare e misi la sveglia, poi navigai un paio di minuti.

Vidi la chat e trovai un tenero messaggio di buonanotte, risposi.

Chattammo, ormai eravamo molto in confidenza, ci prendemmo in giro e prendemmo in giro vari internauti che postavano tante simpatiche boiate.

Iniziai a sentire il desiderio di raccontarle di me, chi fossi, cosa facevo, insomma a rendermi reale, con un volto, un corpo ed un'anima e così feci.

Lei apprezzò molto la mia sincerità ed onestà, percepì la mia persona come un essere di cui fidarsi e si aprì, poi alla fine le feci una domanda:

- Melania bellissimo nome ma perché Melania?

- Ah! Una storia particolare; mio padre scelse Elania ma mi madre volle aggiungere una M come iniziale e pensarono al nome Melania. Mia madre per rendermi unica disse a mio padre: nostra figlia sarà diversa dalle altre, soffrirà e tribolerà per amore ma, alla fine, nel momento più difficile della sua vita, come d'incanto, sarà tra le braccia di colui che le darà il vero amore. Mettile una M come iniziale al nome, la M è il segno che dà origine a tutti i tempi, crea l'inizio del naturale e le forme naturali dell'esistenza. Sai Ema, tra i geroglifici simboleggia una donna ed essa rappresenta anche l'intimo dell'uomo, le forze che si intrecciano tenendo l'ordine del mondo.

- Che storia fantastica davvero! Tua madre aveva già intuito che saresti stata una donna speciale.

- Grazie Ema ah ah ah! Dai ora vado notte…

- Notte a te.

Pensai a tutto ciò che ci eravamo detti, confidati; mi addormentai sereno, appagato, felice, diverso. Una voce che non sentivo parlava a me attraverso le dita, e come una pianista che accarezza le bianche e nere bacchette, dava suono e respiro a ciò che sentiva dentro.
Nell'etere poneva l'orecchio ed ascoltava silenziosa, attraverso i cristalli liquidi, ciò che io dicevo parlandole con caldo e sincero affetto attraverso dei freddi tasti. Davamo forma, insieme a vita reale.
Di virtuale c'era solo l'oggetto utilizzato, ma di vero, sentito, reale c'era tutto.
Pensai è un simpatico sistema per comunicare con altri, non vincola, non crea imbarazzo però, pensai anche che, parlare con lei era diverso da un semplice svago; apriva il mio cuore ed il mio animo, così ebbi sensazione che lei stesse diventando per me un reale riferimento, un punto fer-

mo. Corresponsione d' amorosi sensi telematici?
Può darsi dissi, perché no.

La notte porta consiglio, ma anche pensieri e parole inespresse che il subconscio macina, macina e ripropone quando i tuoi occhi, ai primi vagiti di una nuova alba si schiudono d'incanto.

6,35 i miei si schiusero, ho sempre odiato me stesso per questo. Feci un sorso d'acqua e riposai la testa sul cuscino, richiudendoli, cercando di rilassare, per altri istanti, il mio corpo e la mia mente ancora intorpidite.

Il mio inconscio entrò nel conscio muovendo un continuo pensare, ed allora l'alba della mente impresse concetti inaspettati, percepiti dalle mie orecchie ma non espressi dalle labbra; così disse a me:

"Pensare che ci possa essere un punto fermo nella mia vita è sensato ma se non ho cura di me stesso, della mia anima e del mio cuore e non mi preparo a questo, quel punto non lo troverò mai. Il punto fermo di ciascun essere è custodito in altro essere, in altra anima. La ricerca è difficile, affannosa; la mente ragiona troppo per cercarlo, si impone di trovarlo e spesso, considera erroneamente, di averlo trovato semplicemente per soddisfare la propria ricerca e non affannarsi per lunghi tempi in quel naturale compito.

A volte trascorrono anni ed anni nella ricerca, a volte bastano istanti a far materializzare il punto fermo nel nostro essere. Il punto fermo è equilibrio, energia vitale, purezza, candore, amore.

Il punto fermo va ricercato con l'anima ed il cuore, non con la mente e la ragione. È la ricerca di sé stessi in altro essere, ed arriva in maturità: compensa, equilibra, preserva, completa.

Cammino alla ricerca di esso, in bilico su di un filo resistente ma trasparente, sottile. Se sbaglierò, cadrò; ma potrò ancora rialzarmi, riafferrare il mio filo e rimettermi in equilibrio camminando di nuovo su di esso. Al centro poi, quando arriverò al centro, e guarderò verso il basso tutto il mio trascorso, non avrò vertigini, mi basterà guardare in alto ed il mio punto fermo mi darà equilibrio.

Ha un volto, un corpo, è una donna.

Solo lei allungherà la sua mano e mi solleverà dal mio precario filo d'esistenza allacciandomi con sé al filo infinito del vero amore.

Giorno, mese, anno non esistono per trovarlo, basta nutrire speranza, desiderio infinito di cercarlo ed avere il coraggio di camminare decisi, sereni, sempre sul proprio filo. Non metterò mai il filo della mia esistenza in cloroformio.

40

Ormai erano trascorsi due mesi e mezzo da quando ci seguivamo di continuo in chat. Era qualcosa di così intimo e segreto che non lo svelai a nessuno.

Pensai alle parole di Mr. Jones: "Non la vedrai subito, conoscerai appena il suo angelico volto, amerai il suo corpo e sarai in simbiosi con la sua anima; sarà lei a cercarti ed a sospirare, per prima, di vero amore"

I nostri discorsi si fecero seri e profondi. Lei sapeva molto di me, ed io sapevo di lei. Il suo sentimento d'amore per il compagno si era affievolito, spento, non per colpa sua né tantomeno di lui ma naturalmente. Ciò ispirò in me nuove e profonde riflessioni. Rividi il mio concetto d' incontro tra due anime; mi sostituii a loro due, in quel ruolo spinoso e scomodo, e ragionai. Arrivai alla conclusione che nulla è scritto come verità assoluta e che non vi è niente di male in un distacco pacifico e civile tra due esseri né tantomeno vi erano stati tradimenti e quindi era una naturale conseguenza latente di un amore che non c'era più, magari inespressa anche da lui per paura o chissà cosa. D'altronde, nella vita, nessuno viene legato con un guinzaglio per essere addomesticato ad un amore che non c è.

Parlammo ancora e arrivai a capire che non erano solo cuore ed anima a soffrire, ma anche corpo e carne; non si cercavano più per fare l'amore e nonostante i suoi slanci d'affetto verso di lui, il compagno era entrato in una fase di apatia ed appagamento sessuale.

La sua sofferenza interiore era tanta; lei amava il suo compagno ma per una donna non sentirsi amata, possedere ed essere posseduta nell'esternazione massima del sentimento è un qualcosa che non può esistere, davvero.

Sentii con il cuore ciò che lei mi confessò e le consigliai di riprovare, di dare sé stessa per quel rapporto.

Il tarlo più grande era quello di sentirsi sola e svuotata, costretta a portare avanti una vita, trascinandosi senza felicità.

La realtà infatti era che viveva in un matrimonio ormai sfiorito, condizionato mentalmente da un figlio che, ancora in tenera età, forse non sarebbe stato in grado di comprendere una separazione.

Io le parlai a lungo di me, dei miei tumultuosi trascorsi; delle mie sofferenze in amore, delle mie passioni e delle mie cocenti delusioni.

Era come se fossi stato sposato anche io; certo avevo avuto tante storie brevi ma avevo anche vissuto due amori con convivenza, entrambi lunghi quasi un decennio.

Le feci capire che anche io ero giunto ad un "break point" della mia esistenza, il prossimo passaggio sarebbe stato la ricerca di stabilità reale nel sentimento e nel vero amore: la conoscenza interiore *di quell'essenza che tutto muove,* ma che a lei non spiegai, perché volevo tenere ancora segreto il mio profondo intimo.

La notte la trascorsi a riflettere, in effetti pensai che molte volte anche io ero stato autolesionista non esternando le mie infelicità ed insoddisfazioni, arrivando al punto di soffocare con il mio stesso respiro.

La depressione iniziò a nutrirsi del cuore e della anima, oscurando me e la cosa per cui ero venuto al mondo: la vita. Mi stavo uccidendo con le mie stesse mani per paura di dare infelicità ad altri.

Le mie lacrime nascoste ed il mio magone in petto mi consumavano lentamente. Facevo male a me stesso per paura che altri avessero sofferto per le mie sincere e leali parole.

Poi fui illuminato, e capii che dovevo reagire. Tirai fuori tutto da me, tutto.

Mi scontrai con la realtà con colei che rappresentava l'effimero sentimento ormai inesistente con coraggio e verità.

Le conseguenze?

Dolorose all'inizio ma meravigliosamente naturali dopo.

Ero rinato, libero d' animo e leggero di mente; ero diverso, ero me stesso.

Chattammo ancora un pò quella notte e scoprii che preferiva essere infelice dentro per il resto della vita che parlare con il suo compagno del loro amore svanito.

Mah, pensai, e le scrissi:

- Ma chi dice che due persone sposate, che non si amano più, non possano essere libere e felici di rifarsi una vita? Ma se uno cerca l'altra e l'altra lo ignora e poi viceversa, per un mese, un anno... che senso ha? Ma perché devono uccidersi a vicenda in silenzio?

Melania non rispose.

Per tre quattro sere non chattammo e mi mancò davvero tanto, pensai di averla ferita con le mie parole e decisi di non cercarla, di aspettare e rispettare la sua volontà di silenzio.

Percepivo, sentivo ma non avevo il coraggio di riconoscere che lei, in qualche modo, era già dentro di me.

Sentivo il suo soffio leggero che faceva vibrare il mio cuore dando a *l'essenza* nuovo aria, preparandola a ricevere il piacere dei selvaggi monsoni del vero amore.

Virtuale? No, reale.

Non c'è bisogno di vedere materialmente e scopare con una donna per sentire qualcosa; a volte, nella vita basta parlare, anche usando dei semplici pulsanti.

Forse il sentimento è più vero, puro, e la verità, dolce o amara che sia, è più facile a dirsi perché il non guardarsi negli occhi disinibisce il parlare e affievolisce la paura di far male ad altri. L'ipocrisia nel guardare negli occhi e dire la verità come dettata dal cuore si perde nello sguardo di colui o colei che involontariamente manipolano le menti ed attendono di ricevere parole che non facciano male.

I giorni successivi fui impegnato con il lavoro, avevo molte scadenze e trascurai anche gli amici.

Tornai dai miei per un paio di giorni, e notarono nei miei occhi una nuova luce.

Con Melania ormai erano parecchi giorni che non ci sentivamo, era come se fossimo in una fase interlocutoria, di riflessione.

Poi improvvisamente mi scrisse, avevo bisogno di parlare con lei così demmo seguito ad lunga chat di confessioni dove parlammo di tante cose anche frivole e simpatiche.

Helsinki era la città dei suoi sogni ed amava il gelido inverno con la sua bianca neve.

Per me era meraviglioso, le esternai la mia passione per i fiocchi bianchi ed il desiderio che avevo da tempo di visitare le città scandinave. Trascorse mezz'ora e scrisse:

- Ily
Ily? in effetti, di primo acchito non compresi il significato e non risposi, non ero molto pratico di abbreviazioni moderne usate in internet; poi navigai un pò e misi "Ily" sui motori di ricerca e compresi: "abbreviazione dalla lingua inglese di I love you".
Rimasi basito ma dentro di me anch' io ero pronto a dirglielo.
Lei scrisse di nuovo giustificando quella sua esternazione, aggiunse che aveva sbagliato a scrivere una cosa del genere ma era qualcosa che sentiva dentro. Non voleva che pensassi male di lei, e si scusò quasi vergognandosi.
Io le risposi semplicemente:

- Anch'io Ily
Le scrissi poi, che non vi era nulla di male, aveva parlato con il cuore ed era meraviglioso. Io, ero virtualmente innamorato ma restavo in trepidante attesa della umana realtà.

41

La mattina mi svegliai, ero diverso. Il cuore aveva ripreso a battere al solo pensiero di un nome; mi resi conto che nutrivo un sentimento vero, puro, candido.

Eppure, io Leone d'Essenza, Angelo Maledetto, nei miei vissuti sentimentali, intensi, sofferti, il mio cuore lo avevo sempre fatto battere, anche freneticamente.

Ma ora, era un battito diverso, ora era il cuore di un uomo che sentiva d'aver trovato qualcosa di raro, speciale... dovetti fare i conti con le parole di Mr. Jones e riconoscere le sue verità, nella vita nulla accade per caso.

Gli ostacoli? Il suo matrimonio.

La tomba del nostro vero amore, pensai, non potrà essere un simbolico anello.

Combatterò con lei, sarò la sua spada ed il suo scudo ma non per mero egoismo ma perché lo vorrà anche lei.

Le darò tutto di me, incondizionatamente, riporrò il mio cuore nelle sue mani e lei si nutrirà di esso.

La sera chattammo e le chiesi il numero di telefono, avevo bisogno di sentire la sua voce.

Il mio virtuale non esisteva più; diveniva sempre più intenso, vero, reale. Avevo forza e coraggio di vivere quella situazione. Lei era lei, punto e sarei andato avanti.

Era un tardo pomeriggio di giovedì ed incrociai, uscendo dall'ufficio, Emiliano.

Prendemmo un caffè insieme e decisi di aprirmi.

Emiliano ascoltò attentamente e non rimase per niente stupito, anzi mi disse che se l'amore era corrisposto non dovevo rinunciare, dovevo andare avanti, dovevo realmente incontrarla e capire.

"L'infelicità sarà sempre in voi, solo vedendovi e magari baciandovi sentirete se, il vostro amore è vero, eterno. Il vissuto di una persona non è metro di valutazione da parte d'altri, è il suo vissuto e basta e non è giudicabile da nessuno. Il futuro di due persone che si amano davvero non si basa su congetture, stereotipi, modelli o ipocrisie, il loro futuro non è altro che il quotidiano che vivono, fatto da ciò che sentono l'uno per l'altra e desiderano realmente rendere loro comune in ogni istante. L'amore è l'elemento cardine del loro quotidiano. Svegliarsi ed andare a letto con il mal di cuore è l'inferno terrestre che diamo alla nostra anima nata per vivere felice.

Ema cerca il vero amore e se è questo, non perdere tempo coglilo; nessuna paura qui si tratta di te e lei non di altri"

Emiliano mi fu veramente uomo, mi fece capire tutto.

Il Mattino seguente feci il suo numero e la chiamai, ci dicemmo poco, eravamo emozionati e fu bellissimo sentire la sua voce; ci dicemmo timidamente "ti amo".

Era sabato ed andai a fare un giro per negozi. Invitai a cena da me Emiliano e la sua famiglia e ci accordammo per andare allo stadio l'indomani quindi verso le 23,30 andarono via.

Riassettai la casa, e mi vidi un pò di tv. Il mio pensiero però era sempre rivolto a lei. Il suono della sua voce rimbombava nelle orecchie e si tuffava dolcemente nel mio cuore.

Accesi il pc e decisi di scriverle ma ormai era entrata la domenica, pensai che probabilmente non avrebbe letto ma le scrissi ugualmente:

-Nella vita non ho avuto molti sogni da realizzare né desideri che mi tarlassero mente ed animo. Ho sempre desiderato però che un giorno, vicino, lontano ci fosse un qualcosa che si potesse avverare, ed ho sempre pensato che avrei dato tutto me stesso per questo. Oggi io ho qualcosa in cui credere davvero; Il sogno di realtà tangibile non è un sogno, scrivo qui virtuale ma sento dentro altro, sento reale. Un qualcosa che è mio davvero, un qualcosa che mai mi deluderà, nel bene e nel male, perché sento che potrebbe cambiarmi la vita. Scrivo di te, di quanto ti amo, di quanto mi manchi di quanto il tuo silenzio mi faccia paura di perderti. Un giorno darò me stesso a te, senza nessun timore senza nessun pudore, senza nessun limite perché, solo tu sai quanto ti amo. Tu sei tu, per me, così come sei.

Melania lesse il giorno dopo, fu contenta per ciò che le scrissi e comprese il mio vero e profondo sentimento. Ci sentimmo di nuovo, ed il nostro rapporto divenne forte, serio, viscerale.

Le nostre telefonate erano dolcemente tenere, sentivamo entrambi paura di parlare apertamente d'amore, ma era così; l'emozione di sentire "ti amo" veniva soddisfatta, come due adolescenti follemente innamorati, al termine della telefonata.

Avevamo bisogno di vederci, di sfiorarci, di baciarci. Un desiderio che cresceva quotidianamente e diveniva infinito.

Tre mesi e mezzo di un filo rosso che legava i nostri cuori, era ora che da uomo iniziassi a raggomitolare quel filo ed avvicinarmi a lei.

Accadde qualcosa che non riuscii a comprendere immediatamente; Melania improvvisamente era divenuta introversa, chiusa.

In chat mi scriveva di rado e a volte evitava di farlo anche se la stimolavo. Cambiò atteggiamento e le nostre conversazioni calde, amorevoli confortevoli divennero fredde, distanti, sporadiche: non mi cercava più.

Intuì che vi era qualcosa che la frenava, la soffocava.

Era proprio così Melania combatteva con sé stessa, soffrendo in silenzio, chiudendosi senza esternare nulla.

Con il compagno, non parlava troppo, viveva la routine familiare priva di grandi sussulti, trascinandosi stancamente.

Il suo atteggiamento era cambiato tanto che lui percepì il suo diverso stato d'animo.

Ci fu un giorno che le scrissi e mi rispose che stava di merda perché il compagno si sentiva molto lontano da lei e lei non ebbe coraggio ad aprire il suo cuore sinceramente.

Melania soffriva per lei, per il compagno e per me; si sentiva la causa del male ed arrivò a dire di odiarsi per questo.

Un fiore meraviglioso, unico, che appassiva ossigenato solo da aria rarefatta; un fiore raro, privo di acqua e luce, posto vicino ad una finestra della vita ma serrata bene, con le imposte chiuse ermeticamente.

Presi coraggio e le scrissi, cercai di farle capire che non aveva nessuna colpa per ciò che stava accadendo e che era nella natura delle cose.

Le dissi che accade e non raramente che, ci si sposa, ma poi, se negli anni i sentimenti provati inizialmente si affievoliscono e scompaiono non bisogna farsene una colpa mortale. Le chiesi se il compagno si era ravvicinato, se la cercava, se la desiderava, se voleva fare l'amore. Lei rispose che nulla era cambiato, lui non cercava lei e lei non cercava lui, e che pur volendo il suo cuore era distante da lui.

Anch'io soffrivo ma era una sofferenza differente, matura, controllata.

Melania però percepì che dentro di me c'era tristezza e dolore ed una sera mi scrisse:

-Ema, io ti ho amato dal primo istante, ti amo e ti amerò per sempre...

Sei inciso a fuoco nel mio cuore; ma ho paura, mi sento una vigliacca, non ho il coraggio di dire al mio compagno ciò che ho dentro; preferisco morire in questa mia vita di tristezza e di un amore vero mai avuto. Si felice, io mi trascinerò nella mia vita e non amerò mai nessuno, io amo te.

Soffro perché tu stai male e mi sento in colpa, mi odio.

Rimasi gelato, piansi davanti al pc, mi sentii impotente. In quel momento avrei voluto essere lì, e tenerla tra le mie braccia per sempre.

Asciugai le mie lacrime e dissi a me stesso che avevamo bisogno del nostro amore, amore vero, puro.

Per la prima volta scattò in me un qualcosa di unico, in altre circostanze avrei lasciato perdere ma quella sera non fu così, il mio cuore ed il mio animo parlarono.

Non le scrissi.

Era un momento delicato, era un momento che capivo profondamente il suo stato d'animo e volevo farla stare tranquilla.

Quando una donna ha il cuore a pezzi per amore, ha bisogno di stare sola; L'uomo, contrariamente alle Sacre Scritture, paradossalmente si forgia da una sua costola, è nato da lei; lei dà la vita alle creature.

L'uomo non può capire fino in fondo la sua profondità, il suo dolore, l'uomo deve solo starle vicino ed adorarla.

La donna è capace dal suo dolore di trarre forza e coraggio, risorgere dalle sue ceneri. La donna è un essere supremo, celeste, di vero spirito, che diviene carne d' angelica forma per mostrarsi all'uomo e dare a lui il vero amore.

Trascorsero un paio di giorni e Melania non scrisse più. Un uomo, davvero innamorato, non si inorgoglisce ma sente paura di perdere la cosa più importante della sua vita.

Mi guardai allo specchio vedendo i suoi occhi dentro i miei e pensai che non potevo lasciarla andar via; c'eravamo cercati per una vita e adesso avrei dovuto rassegnarmi ad una vita distante da chi mi dava vero amore e per la quale ero disposto a dare la mia vita, senza alcuna riserva.

Fui io quindi, dopo alcuni giorni, a scriverle e una sera le dissi ciò che pensavo, ciò che io avevo dentro:

-Melania, è vero la tua sofferenza è terribile, indescrivibile; sai ho provato a sostituirmi a te per qualche istante ed ho sentito il mio cuore circondato da spine, scoppiare. Ascolta io non soffro né per me e né per te, io ti amo è diverso e voglio che il mio amore vero e sincero dia alla tua sofferenza conforto. Certo dirai, per te è facile sei libero ma io ti dico che anche tu sei libera, libera di amare davvero ed essere amata. Devi sapere che esiste un uomo che darebbe sé stesso per vederti al suo fianco ed è pronto ad amarti come nessuno ti ha mai amata. Non siamo adolescenti, siamo persone adulte con un vissuto alle spalle; no la nostra non è una cottarella né tantomeno un gioco bizzarro, i nostri sono veri sentimenti, è l'amore ricercato da una vita. Io piango per te, e tu per me. Ma perché non possiamo essere liberi di amarci? Ogni tuo passo lo fai sul mio corpo, fatto solo per te, ricorda. Pian piano, passo dopo passo, con l'aiuto del tuo uomo, del tuo vero amore, uscirai da ciò che ti sta uccidendo dentro. Credi in me, urla il mio nome al cielo sono venuto al mondo per darti conforto ed amore, niente più.

Trascorse un po' di tempo prima che rispondesse poi mi disse che era sconvolta; che il suo cuore stava impazzendo e che sarebbe stata già lì, tra le mie braccia, se non avesse avuto un figlio.

Io le risposi:

-Si, un figlio è un figlio, è il frutto di un rapporto. Ma un figlio non è ostacolo alla felicità degli esseri umani. Ha vari stadi di crescita, di maturità; egli diventerà uomo, e se adesso magari non comprenderà il motivo, crescendo capirà che la madre non ha fatto nulla di male; ha trovato il vero amore, magari più avanti in età, ma lo ha trovato, ed ha fatto la stessa cosa che lui farà durante la sua vita. Nessuno sbaglio, un matrimonio può anche finire, non è né il primo ne 'l'ultimo. Certo tuo figlio dovrà avere sempre l'amore sia della madre che del padre, magari vivrà con te, ma il padre dovrà essere sempre presente. Piangerete e soffrirete insieme, perché inizialmente sarà disperato e magari non se ne farà una ragione; ma una madre, è legge di natura, è l'unica che sa confortare un figlio, è l'unica ad entrare nel suo cuore, e a far capire le cose. Crescerà e diventerà uomo e vedrà la madre felice ed il padre che si sarà rifatto una nuova vita; ma il loro amore per lui resterà sempre come quello del primo bacio datogli nella culla. Io sarò lì, presente, vicino a te e vicino a lui, vi amerò sinceramente e darò tutto il mio cuore.

Melania mi rispose che era sofferente e non riusciva a scrivermi; io le dissi di non rispondermi, non serviva rispondermi, certe cose vanno direttamente al cuore e non c'è nulla da scrivere.

Ascoltai in silenzio assoluto *It Ain't Over Til It's Over, Lenny Kravitz*, poi spensi il pc.

Seguirono altri giorni di silenzio, poi ripresi a scriverle rispondeva di rado ma sembrò rincuorata.

Le comunicai la mia scelta di incontrarla e le dissi che verso la fine del mese sarei dovuto andare a Milano per lavoro così le chiesi di vederla.

Melania si emozionò, prima ebbe paura ma poi aprì il suo cuore e si sciolse dicendo che erano quattro mesi che desiderava vedermi, baciarmi.

La forza del vero amore tra un uomo e una donna è un dono celeste e muove davvero il mondo. Ciò che stavo per affrontare era la cosa più ardua

ma più bella della mia vita.
Darle un bacio?
No. Soffiare con le mie labbra la mia vita nella sua e ricevere da lei il suo cuore

42

Arrivò il 23 novembre, ero a Milano, c'eravamo dati appuntamento in hotel, io alloggiavo al Best Western in città.

Ero nella hall seduto e sfogliavo distrattamente un giornale guardandomi attorno.

Mi avvicinai alla reception e ripresi il documento poi mi sedetti di nuovo e guardai il cellulare.

Le porte a vetro si aprirono ed entrò lei.

Il sentimento di un adolescente innamorato rapì il mio cuore e la mia anima; mi alzai e le andai incontro, ci guardammo negli occhi, lei sorrise, io anche.

Era bellissima, mora, due occhi azzurri che mi entrarono dentro, un viso morbido e due labbra che solo al pensiero di sfiorarle mi creava emozione.

Le dissi "Ciao", lei non rispose, sorrise ancora.

Eravamo lì, impalati in mezzo alla hall e mi sembrò che tutto attorno non ci fosse nulla; sospesi in un cielo blu su di una nuvola, solo noi due.

Mi resi conto che era lei, quella luce che cercavo da tanti anni.

Il cuore parlò alla mia anima e la mente non ragionò su nulla, impresse in sé il suo timbro di voce per sempre.

Come due ragazzini prendemmo la metro ed andammo in P.zza Duomo. Passeggiamo in Galleria, silenziosi; l'uno attendeva l'altra. Avevamo entrambi voglia di gridare il nostro amore ma.

Ci sedemmo ad un bar e chiacchierammo un pò'.

La nostra intesa? Splendida, sembrava che fossimo una coppia già da tempo.

Poi visitammo il Duomo e come due fidanzatini in cerca del primo contatto, io le diedi la mano e lei sorrise stringendola.

Parlammo a lungo della situazione e le ribadii che le mie intenzioni non sarebbero cambiate e ciò che provavo per lei era reale ed unico.

Lei si emozionò, quasi pianse; disse di essere confusa e spaventata per la scelta.

Le dissi che io ero lì, accanto a lei e le sarei stato vicino per sempre.

Sentì il mio vero amore e mi abbracciò.

Si fece tardi, doveva rientrare e la accompagnai.

Uscimmo dalla metro e ci fermammo in strada, non cercai dentro di me il coraggio per parlare ma tutto uscì naturale: "Melania, voglio un bacio, solo così capirò se sono in te, presente indissolubilmente".

"Allora dammi un bacio, un tuo bacio lo aspetto da tanto, le tue labbra le cerco da una vita, le desidero da sempre, con un bacio potrebbe cambiare la nostra vita lo sai?"

Le dissi:

"Si, lo so, potrei aver trovato ciò che ho cercato a lungo, la mia anima nascosta nella tua e non la voglio perdere; io ci sono, sono qui, pronto a tutto; non aver paura di baciarmi, le mie labbra ti daranno solo dolcezza e sentirai il respiro dell'amore. Tutto cambierà e noi ci ameremo senza tempo, nutriremo d'essenza l'infinito; limiti non esistono, tutto si supera insieme, nessuno può ledere il volere di due anime, di due cuori che sono nati l'uno per l'altro".

"Allora baciami, amami da adesso ed ogni giorno avrò bisogno dei tuoi baci e non sarò mai sazia".

43

Rientrai a Firenze cosciente di ciò che volevo: vivere con lei per sempre. La vedevo presente quando aprivo gli occhi, sentivo il suo odore, gustavo il suo sapore.

Il marchio impresso sulle mie labbra era indelebile, aveva aperto la strada all'*essenza* che palpitava in attesa di rivelarsi a me nella sua meraviglia.

Seguirono giorni intensi di lavoro.

Mi vidi con Emiliano e raccontai quanto accaduto.

Lui fu contento, mi consigliò di starle vicino, confortarla ed aiutarla poi mi confessò, conoscendomi da anni, che avevo trovato l'amore vero.

"Mr. Jones avevi ragione tu. Non si può spiegare, bisogna viverlo; vien da sé ed è meraviglioso".

Una notte lessi del "chileno" Pablo Neruda e del suo amore impresso eternamente in versi; versai tante lacrime, lacrime di felicità mai sgorgate così chiare, così libere, così calde.

Con Melania ci sentivamo quotidianamente, sembravamo dei teneri amanti, quasi a ricordare "Paolo e Francesca" del sommo poeta Dante; tremavamo al solo pensiero di essere ancora distanti.

L'amore era forte ed il desiderio di stare vicini era diventato un dolore insopportabile per i nostri cuori.

Così decisi di andare da lei e la chiamai avvisandola che la settimana seguente sarei partito per rivederla.

Mi svegliai in quel giorno senza tempo, rimasi

seduto sul letto, e pensai oggi si parte, si va; poi fissai lei...

Prima o poi qualcosa le dovrò dire, eh Jan: "Di porcellana le sue gote, di caldo Cherry le sue labbra, gli occhi son scuri, ma parlano. Copre i capelli e mostra perle. Perle di saggezza, di sincerità, d'amore, che solo una donna che sente *l'essenza che tutto muove*, può regalare. La mia ragazza, con l'orecchino di perla? Sì, sei tu ed hai un nome Melania"

Così uscii di casa, era mattino presto e mi incamminai a piedi, arrivai fino al bar all'angolo, presi un caffè ed accesi un sigaro. Diedi lunghe e profonde boccate; pensai, che sarei stato io a dichiararmi in modo sincero, e che andava fatto assolutamente.

Era lei che cercavo e non avrei rinunciato per nulla al mondo al suo amore quindi, presi l'auto e partii.

Arrivai pomeriggio in Via delle Azalee, una villetta a schiera con un giardino curato ed inebriante profumo di rose, viole e magnolie.

Mi passai la mano sul viso, forzai il tono di voce schiarendolo e suonai.

"Si?"

Sentii la sua voce soave, decisa e squillante, titubai attimi ma poi... "Melania sono Ema", non aggiunsi altro avvicinai solo il mio viso ancor di più al freddo citofono in attesa di un sospiro.

"Ciao Ema, apro!"

Così uno scatto liberò il cancello; percorsi il lastricato grigio e mi trovai dinnanzi alla sua porta. Attesi pochi istanti ed i suoi occhi azzurri invasero il mio corpo.

Melania sorrise e non disse nulla, io la guardai ed entrai.

Mi diressi nella sala togliendomi il cappotto, lei mi seguì poi mi disse

"Accomodati", io risposi semplicemente "Grazie".

Melania rimase in piedi dinnanzi a me e domandò

"Prendi un caffè?"

Le risposi si, e così come un leone che dinnanzi alla sua dolce ed amabile leonessa trova forza e coraggio risposi ancora: "Ascolta devo parlarti, non prendermi per uno sprovveduto o uno sciocco, a quarantacinque anni penso di non esserlo", Melania sorrise ed annuì poi accese lo stereo e mise *Heaven out of hell* di *Elisa*. Si sedette accanto a me sul divano ed io continuai "Non è facile dirti che, anzi è facile dirlo ma magari è tremendamente magico sentirselo dire non è vero?"

Melania sorrise ancora e schiuse le sue labbra sussurrando: "Dimmelo, per me è facile e meraviglioso sentirmelo dire solo da te".

Le accarezzai il viso avvicinai le mie labbra alle sue e rimasi immobile. Melania chiuse gli occhi poi sussurrò "baciami adesso".

Le mie labbra sfiorarono le sue poi la mia lingua le assaporò delicatamente. Melania bagnò le mie, iniziai ad accarezzarle i capelli e a posare la mia bocca sul suo morbido collo, lei si avvicinò ancora e sentii il suo seno poggiarsi sul mio petto.

Un lungo respiro affannato risvegliò i miei sensi e tra le sue labbra socchiuse le chiesi

"Mi vuoi?"

Melania con un filo di voce rispose "Ti aspetto da una vita".

Le sbottonai con delicatezza la camicetta bianca, lei lo fece con la mia, mentre le nostre labbra rimasero incollate.

Melania mi spinse giù, sul divano posandosi dolcemente su di me.

Iniziò a baciarmi lungo il collo ed il petto, io le slacciai il reggiseno e portai la mia bocca sui suoi capezzoli, sentii il suo cuore battere forte e l'odore della sua pelle entrare forte in me. Le sfiorai dolcemente le gambe, coperte da sottili auto reggenti, le sollevai la gonna e sbottonai i miei jeans, le accarezzai i glutei premendo il suo corpo sul mio.

Melania sospirò, gemette poi si inarcò su di me, le entrai con delicatezza, amore infinito, lei iniziò morbidamente ad assecondare i miei movimenti. Le entrai in profondità, lei mi sentì, sollevò il suo corpo poggiando le mani sul mio petto e continuò a ritmare il movimento dei nostri corpi.

Si inarcò ancora, diede forza al corpo, il suo ventre tremò e sentii la sua vagina contrarsi; continuai a spingere in lei mentre i suoi movimenti pelvici si fecero intensi, estasianti.

Fu lungo, diverso, romantico, passionale. Lei venne, io venni con amore e dolcezza.

Gemette dolcemente poi, ansimando, si piegò sul mio petto, avvicinò le sue labbra alle mie e sussurrò "Ema, ti amo".

Esplosi dentro e percepii *"l'essenza che tutto muove"* espandersi calda nei nostri corpi.

Silenzio, silenzio e lacrime. Lacrime d'amore, lacrime mai espresse, lacrime di vita, lacrime di me e lei.

"Melania, andremo ad Helsinki, prenderemo una casa e ci andremo quando vorremo; sarà il nostro rifugio.

Vivremo dove vorrai tu, io non ho terra, la mia terra sei tu.

Tuo figlio sarà accudito con amore da te e dal padre, io cercherò d'esser degno d'avere il suo affetto".

Mi sollevai con il tronco e feci un sorso d'acqua poi mi risdraiai sul divano, le diedi un bacio sulla fronte e le accarezzai la testa.

Lei si posò dolcemente sul mio petto e continuai: "Cosa diranno i parenti, gli amici?

Non temere nulla di eccezionale, saranno sorpresi offesi, indignati si vergogneranno ma di cosa?

Che tu ami un altro uomo diverso da tuo marito e che hai fatto un figlio?

Ma hai diritto alla tua vita e alla felicità o deve essere vincolata a quella degli altri?

Mbé, non è la prima volta che accade nel mondo e ne l'ultima, passerà anche a loro.

Con il tempo capiranno, se vorranno; a loro serve solo capire, non possono sentire ciò che dentro proviamo l'uno per l'altro.

Quando vedranno che sarai di nuovo felice, tuo figlio crescerà senza mancanza di affetto, tuo marito si rifarà una vita come è naturale che sia, ed avrà, se vorrà, una nuova compagna che amerà, comprenderanno. Ma il giudizio d'altri può essere mannaia della nostra vita, del nostro vero amore in matura età?

Credo di no, a tavola, sotto la doccia, nel letto, a guardarci nudi e ad amarci, a svegliarci vicini ad ottant'anni ci saremo io e te, non ci saranno loro.

Ci possiedono? Ci hanno comprati? Siamo schiavi del loro volere?

No. Tu avrai l'uomo che hai cercato da sempre

e la sua essenza che darà la sua vita a te ora ed ogni istante.
Cosa sarà per noi ora? Eterno.
Hai mai guardato l'amore infinito?
Io si, e l'ho trovato nei tuoi occhi, Melania".

44

Beh, si è fatto tardi davvero, la biro è andata, fogli
finiti.

Che tramonto però.

I lampioni sono ancora fiochi, le prime luci av-
volgono Santa Maria del Fiore ed un cielo terso,
macchiato di nuvole rosa incanta i miei occhi.

Dai andiamo, torniamo a casa, gatto Camillo ci
aspetta.

Ho riposto tutto in borsa ma non l'ho chiusa, la
lascio aperta; così, mentre cammino, voglio che
lo scritto sui fogli asciughi bene, voglio che respiri, voglio che sia vivo, vero come lo sono io.

Aver fantasticato d'amore o aver raccontato il
vero di un cuore e di un'anima resterà per sempre un mistero ma resterà scritto, indelebilmente
tra le mie pagine.

Mr. Jones, il mio pensiero ora è per te, qualcosa
ho fatto; ho usato il mio inchiostro, il mio sangue,
e l'ho posato sui fogli; grazie maestro di vita, grazie.

La paura secolare dell'uomo?

È non avere il coraggio di raccontarsi, di rilegger-
si, di affrontare sé stesso.

L'essenza che tutto muove?

Sì, è con me, e adesso sorride.

FINE

Ora, la mia mano lascia cadere la penna sui fogli;
penso, finito?

No, non è finito nulla... cosa faccio?

Accendo lo stereo e metto su un cd; ascolto le prime note di *Elisa "Eppure sentire"*, mi avvicino alla finestra e ne apro una metà.

La luce invade i miei occhi, il sole bacia il mio viso.

Accendo un sigaro ammezzato, due tre boccate poi, guardo fuori.

Cosa guardo?

Guardo me, guardo te, guardo la vita; respiro "L'essenza che tutto muove" e la sento, la sento dentro me, sei tu, sono io...

Così ho deciso di lasciare una pagina bianca, perché Lei dice che dentro di me vi è ancora tanto inchiostro da utilizzare e tanta vita da vivere; Lei ora lo dice a me affinché io lo dica anche a te.

"Ti Amo, ti amo davvero"

Ogni istante, trascorso lontano da te,
spegne il mio cuore.
Ogni istante, trascorso a pensarti,
riempe i miei occhi di lacrime.
Ogni istante, aspetto te. Tremo, muoio.
Ogni istante Ti amo.
Ti porto con me, ora, sempre.
Le mie labbra nelle tue, per amarti in eterno.

A Lei

"Di getto mi fermo d'inchiostro.
Verso in gocce le ultime lettere che sono di sincero affetto ed amicizia per te che, silenziosamente, hai ascoltato me.
Ora conosci il mio intimo e ti considero parte di me,
amico, amica.
Spero che, anche tu, sentirai questo di me".

Un bacio, Ema

Libro I - Ode XI
A Leucònoe

Tu ne quaesieris - scire netas - quem mihi, quem
tibi
finem di dederint, Leuconoe, nec Babylonios
Temptaris numeros. Ut melius, quicquid erit,
pati,
Seu plures hiemes seu tribuit Iuppiter ultimam,
Quae nunc oppositis debilitat pumicibus mare
Tyrrhenum. Sapias, vina liques et spatio brevi
Spem longam reseces. Dum loquimur, fugerit
invida
Aetas: Carpe diem, quam minimum credula
postero.

Tu non ricercare, – saperlo non è lecito – qual
fine
a me, quale a te gli Dèi abbian dato, o Leucònoe,
né i Babilonesi calcoli [astrologici] tentare.
Quanto [è] meglio pigliare in pace tutto ciò che
sarà!
O che più inverni Giove ci accordi, o che ultimo
[ci dia] questo che ora il Mar Tirreno contro
le opposte rupi frange, tu sii spiaggia, il vin
torbo]
filtra, e in breve spazio la lunga speranza
rattieni.
Mentre noi parliamo, ìnvido il Tempo sarà
fuggito:
Tu godi dell'oggi, e punto non credere al
domani.

Quinto Orazio Flacco, lucano
Traduzione curata da Giustino Fortunato, lucano

Indice